Um drama de verão

SUSAN LEE

Tradução
Raquel Nakasone

Copyright © 2021 by Susan Lee
Copyright da tradução © 2022 by Editora Globo S.A.

Publicado mediante autorização da autora. Direitos de tradução negociados por BAROR INTERNATIONAL, INC., Armonk, Nova York, EUA.

Todos os direitos reservados. Nenhuma parte desta edição pode ser utilizada ou reproduzida — em qualquer meio ou forma, seja mecânico ou eletrônico, fotocópia, gravação etc. — nem apropriada ou estocada em sistema de banco de dados sem a expressa autorização da editora.

Título original: *Seoulmates*

Editora responsável **Paula Drummond**
Assistente editorial **Agatha Machado**
Preparação de texto **Vanessa Raposo**
Diagramação **Gisele Baptista de Oliveira**
Projeto gráfico original **Laboratório Secreto**
Revisão **Helena Mayrink e Luiza Miceli**
Design de capa original **Gigi Lau**
Ilustração de capa **Michelle Kwon**
Adaptação de capa **Gisele Baptista de Oliveira**

Texto fixado conforme as regras do Acordo Ortográfico da Língua Portuguesa (Decreto Legislativo nº 54, de 1995).

CIP-BRASIL. CATALOGAÇÃO NA PUBLICAÇÃO
SINDICATO NACIONAL DOS EDITORES DE LIVROS, RJ

L519d

Lee, Susan
  Um drama de verão / Susan Lee ; tradução Raquel Nakasone. - 1. ed. - Rio de Janeiro : Globo Alt, 2022.

  Tradução de: Seoulmates
  ISBN 978-65-88131-68-8

  1. Romance americano. I. Nakasone, Raquel. II. Título.

22-79842
CDD: 813
CDU: 82-31(73)

Meri Gleice Rodrigues de Souza - Bibliotecária - CRB-7/6439

1ª edição, 2022

Direitos de edição em língua portuguesa para o Brasil adquiridos por Editora Globo S.A.
R. Marquês de Pombal, 25
20.230-240 – Rio de Janeiro – RJ – Brasil
www.globolivros.com.br

Para meu pai... que sempre dizia que eu podia ser o que eu quisesse — de Miss Coreia a presidenta dos Estados Unidos. ☺
Bem, escolhi ser contadora de histórias...
e espero que esteja orgulhoso. Saudades.

capítulo um
Hannah

Não há declaração de amor mais eficaz que dar batidinhas nas costas do seu namorado enquanto ele está com a cabeça enfiada no vaso sanitário, vomitando cerveja quente.

Ele solta um grunhido péssimo.

Troco as batidinhas por pequenos círculos e mando um "Calma, calma".

Não é exatamente meu encontro dos sonhos, mas um bom lugar para se estar, considerando tudo. Comecei o ensino médio sem vínculos muito próximos, e agora estou iniciando o verão e o último ano com um namorado perfeito e um grupo de amigos decente. É engraçado como a vida pode mudar tão de repente.

Eu e Nate passamos por muita coisa juntos. Nos conhecemos no jardim de infância — ele, um pirralho grandalhão e desastrado, e eu, uma criança pequenininha e tagarela. A gente se odiava. Mas o destino dá um jeito de se manifestar quando você menos espera.

Encontrei Nate na praia no verão do ano passado, no dia seguinte à mudança da minha irmã para Boston. Eu estava particularmente sensível, e Nate foi surpreendentemente charmoso.

— Por que alguém sairia de San Diego? — ele me perguntou. — É a pior decisão de todas. O melhor jeito de se vingar de alguém que foi embora é aproveitar tudo o que a cidade tem a oferecer.

Então fomos a Carlsbad e caminhamos entre os campos de flores, algo que eu nunca tinha feito antes. Não foi cafona como eu pensei que seria. Foi legal.

E foi daí que eu soube que ele estava do meu lado. Porque, sério: *por que* alguém iria querer sair de San Diego? Nate entende. Nate *me* entende.

Uma batida na porta do banheiro faz com que ele solte outro grunhido, e um cheiro forte me atinge. Engulo em seco, contendo a ânsia e tentando evitar meu próprio fiasco.

— Estamos ocupados — grito.

Ouço bufadas e risadinhas do outro lado da porta.

— Hum, não do jeito que vocês estão pensando — me apresso a explicar.

A última coisa de que preciso é que a fábrica de boatos invente uma história escandalosa sobre Nate e eu no banheiro da festa de fim de ano de Jason Collins. E pode acreditar que esse cheiro não me dá vontade nenhuma de transar.

Alguém bate na porta de novo. Qual é, só tem esse banheiro na casa?

— Hannah? Está tudo bem aí?

Ah, graças a Deus, uma voz familiar. Talvez Shelly possa chamar um Uber e me ajudar a tirar Nate daqui. O problema é que ela meio que é a maior fofoqueira do nosso grupo de amigos. Procuro não comentar com ela nada que eu não queira que a escola inteira fique sabendo no dia seguinte, e tenho certeza de que Nate não quer todo mundo comentando que ele deu PT. Não precisamos de Shelly postando isso e as pessoas escrevendo merdas como "Nate não sabe beber". As pessoas podem ser bastante impiedosas na internet.

Tudo bem. Posso lidar com isso. Posso cuidar de Nate sozinha. Apesar da situação atual, não consigo evitar um sorriso. Gosto de ser a namorada confiável. Gosto de ser necessária.

— Estamos bem, Shelly. Está tudo certo. Não tem nada de interessante acontecendo aqui, obrigada — respondo. Espero que ela encontre algum outro drama por aí.

— Belezinha! Estou lá embaixo, se precisar de mim — ela diz.

Ouço um gemido vindo de dentro do vaso. Olho para a nuca de Nate.

— Ah, amor, você vai ficar bem? Quer que eu pegue alguma coisa? — pergunto.

— Hannah? — Ele vira a cabeça de leve e apoia a bochecha no assento.

Me esforço para não pensar em todos os germes se transferindo do trono de porcelana para sua linda face. A voz dele está fraca e seu hálito fede. Prendo o ar e evito respirar pelo nariz. Pego o pano molhado na bancada e coloco no pescoço dele, encantada com seus pelinhos loiros. O suor fez seu cabelo virar um loiro acinzentado, mas os pelinhos do pescoço são quase brancos.

Por algum motivo, meu coração amolece com esses pelinhos. Mesmo sendo um cara grande e forte, ele tem esses cabelinhos. É fofo.

— Hannah — ele me chama de novo, me trazendo de volta para o presente.

— Sim, Nate? — eu me inclino para mais perto, relutante.

— Eu... — Ele respira fundo, sem saber direito se vai vomitar mais uma vez.

— Shhh. Está tudo bem, Nate. Eu sei, amor, eu sei.

— Hannah, a gente...

A *gente*. Óunnn.

— Isso, somos eu e você aqui — digo.

— Eu... eu acho que a gente devia terminar — Nate declara, virando o rosto para dentro do vaso.

— Não, obrigada — respondo.

O tempo para. Meu corpo inteiro fica dormente, exceto minha barriga, que está gelada. O tapete felpudo do banheiro de repente fica áspero e pinica meus joelhos, e o espaço parece pequeno demais. É uma noite quente típica em San Diego, e a casa cheia de adolescentes majoritariamente bêbados não ajuda nada na circulação do ar. Mesmo assim, acho que não é normal suar desse jeito.

Não entre em pânico, digo a mim mesma. Fecho os olhos para fazer o mundo parar de girar.

Repito as palavras na cabeça. Não namoramos por tanto tempo assim para que ele decida terminar. Devo ter ouvido errado.

A gente devia acordar. Sim, o tempo está passando e temos que levar a vida a sério.

A gente devia brincar. Rá rá! Saquei! Boa, Nate.

A gente devia cozinhar? Opa, adoro comer. Estou dentro.

Sinto a mão grande dele envolver meu punho, me arrancando do meu pânico. Mas, quando olho nos olhos vermelhos de Nate e noto seu nariz escorrendo — tendo que me esforçar muito para não ficar encarando um pedaço de algo suspeito preso na sua bochecha —, sinto minha garganta apertar.

Não é amor que vejo ali. Muito menos raiva. É... pena.

— Nate, amor, você não está pensando direito. Você está bêbado e enjoado — explico com a voz trêmula.

— Desculpa, Hannah. Passei a noite toda tentando te falar, mas não queria te machucar — Nate diz, pontuando aquele clichê com mais um grunhido, que ressoa pelo vaso.

— Mas... você é a minha pessoa — respondo. A última palavra é quase um sussurro. Minha voz sai baixinha e patética.

— A gente pode ser amigos. Só não está dando certo — fala. Ele parece arrasado. Espero que seja porque se sente mal por partir meu coração, e não porque está com a cabeça enfiada no vaso sanitário.

— O que não está dando certo? Pensei que a gente estivesse se divertindo. Estamos aqui, nesta festa, hum... nos divertindo, não?

Olho para ele, que definitivamente não parece estar se divertindo.

— Hannah, a gente... não tem nada em comum.

— Como assim a gente não tem nada em comum? A gente tem muita coisa em comum. Somos basicamente a mesma pessoa. — Tento elaborar uma lista de todas as coisas que nós dois curtimos. Meu cérebro é um buraco negro, não funciono bem sob pressão.

— A gente não tem nada em comum mesmo. Você nem gosta das coisas que eu...

— Nós dois gostamos de *Riverdale* — interrompo-o, finalmente me lembrando de algo. Está vendo? Sabia que havia alguma coisa.

— Você odeia *Riverdale*. Você fica zoando o Archie todo episódio.

Deixo meus ombros se curvarem diante de suas palavras. Ele tem razão. Pega no flagra.

— Você odeia tomate...

E isso lá é fundamental no amor?

— ... e gatos...

É verdade. Mas não podemos concordar em discordar?

— ... e você não sabe nada de K-pop nem de dramas coreanos. Não posso nem conversar com você sobre as coisas que eu amo.

K-pop? Dramas coreanos?

Agora é minha vez de soltar um lamento. Não... Não você também, Nate. Mais um que caiu no súbito fascínio mundial por tudo o que é coreano. Parece que eu sou a única pessoa do universo que não se encantou, apesar de... *ser* coreana.

— Nate, a gente pode dar um jeito no que quer que você ache que não está dando certo.

— Hannah? — ele vira a cabeça para me olhar de novo.

Sim, que bom, ele já está se arrependendo. Assinto para mim mesma e sorrio. Vamos ficar bem.

— Nate — devolvo, confiante.

Ele arregala os olhos em pânico enquanto abre a boca para vomitar nas minhas sandálias.

Prendo o celular entre o pescoço e o queixo para poder lamber o chocolate do indicador e do dedão. Comi um Toblerone inteiro, começando pelo topo e dando mordidas do tamanho exato de cada pedaço, segurando o mesmo lugar na base para que a quantidade certa de chocolate derretesse nos meus dedos e eu pudesse lamber tudo no final. Consumo estratégico para curar um coração partido.

— Eu podia levar um pé na bunda na frente dos armários da escola ou no estacionamento de uma lanchonete, como todo mundo. Mas não, eu tinha que receber um banho de pedaços de nuggets nadando em cerveja choca nos pés. Ótimo.

Shelly fica quieta do outro lado da linha. Provavelmente está vomitando só de pensar.

— Desde quando não gostar do mesmo tipo de música é motivo pra terminar com alguém? — pergunto.

— Nate falou pro Martin Shepherd, que falou pra Mandy Hawkins, que falou pro Jason Chen, que falou pra mim que, quando ele te perguntou quem era sua *bias*, você disse que tinha *fobia* de "injustiça, desigualdade e de quem preferia a Malia em vez da Sasha Obama".

— Não sabia que Nate gostava tanto assim da Malia.

— É um termo do K-pop. — Posso até ouvir seus olhos se revirando pelo telefone. — *Bias* é seu membro favorito do grupo.

— Beleza, e como é que todo mundo sabe disso menos eu?

Pego um pacote de M&M's com amendoim na mesinha de cabeceira. Já comi todas as outras cores e só sobraram as verdes. Um banquete de M&M's verdes é minha receita para a cura.

— Mas é sério — ela continua, ignorando minha pergunta —, não acredito que Nate te deu um pé na bunda logo antes do verão. O que você vai fazer agora com todos os planos que vocês fizeram? Não pode fazer essas coisas sozinha.

Pé na bunda.

Sozinha.

As palavras são um tapa na cara tão forte que ainda consigo sentir o golpe. Ela está certa. Fora meu estágio, pensei que passaria todas as horas livres do dia com ele.

— Tipo o acampamento de salva-vidas. Eles não vão te reembolsar. — O comentário de Shelly fura a névoa do meu sofrimento.

Aff, acampamento de salva-vidas. Odeio o cheiro de cloro e a ideia de germes e doenças se proliferando em lugares úmidos. Mas Nate tinha um monte de planos para a gente aproveitar o "grande verão antes do nosso último ano", nosso primeiro como casal. E ele meio que me deixou empolgada com tudo. Bem, eu deveria agradecer por não ter mais que ir pra piscina. Agora que eu...

Levei um pé na bunda.

Estou sozinha.

Sem namorado. Sem planos para o verão. Sem vida. Sou um anúncio da Times Square em que se lê "patética" em luzes brilhantes e piscantes ao som de "All by Myself", da Celine Dion.

— Talvez eu devesse falar com Nate...

— Bom, tipo, espera um ou dois dias. Deixa ele sentir saudade. Além disso, se você vai tentar reconquistar o garoto, é melhor ser estratégica — Shelly sugere.

— Reconquistar o Nate? Isso é possível? Você acha que pode dar certo?

— Claro. Posso te ajudar. Olha, tenho certeza de que Nate é Blink, MooMoo e ARMY. Ah, e ele é obcecado com Son Ye-Jin. Ele tentou convencer o clube de teatro a encenar *Pousando no Amor* no ano que vem. Então você poderia começar por aí. Se informe sobre as coisas que ele gosta, Hannah. Se ele não quer namorar você porque vocês não têm nada em comum, faça com que ele mude de ideia, sabe, tendo coisas em comum com ele.

É como se ela tivesse falado grego. E por que é que fico na defensiva por receber conselhos de Shelly Sanders? Mas talvez ela tenha razão. Talvez eu possa reconquistá-lo.

— Hum, obrigada — consigo dizer. — Tenho muito no que pensar. — E muita coisa pra pesquisar.

— Enfim, uma galera vai experimentar aquele lugar novo de sorvete na chapa, então tenho que ir.

Antes que eu feche a boca ou pergunte se posso ir junto, ela já desligou. Espera aí, será que eu também perdi meus amigos com o término?

— Tchau — falo para ninguém.

Limpo a mancha de chocolate da tela do celular com a manga do moletom e fico olhando para o tecido, pensando em lambê-lo. Quem sabe mais tarde.

Me jogo na cama.

Minha mãe entra no quarto e abre as cortinas, me cegando com a luz. Meus olhos, meus olhos!

— Certo, Hannah. Hora de levantar. Por que as cortinas estão fechadas? Está fedendo aqui dentro. Você tomou banho hoje?

— Mãe, por favor, não está vendo que quero ficar sozinha? Preciso de tempo pra me recuperar — resmungo.

— Bem, chafurdar na escuridão, se entupir de chocolate e ficar sem banho não é o melhor jeito de seguir em frente, Hannah.

— Mãe, este é o meu processo.

— Processo pra quê? Desperdiçar sua vida? Hannah, você e Nate não namoraram por tanto tempo assim. O *kimchi* que fiz ainda nem virou *igeosseo*. — É típico da minha mãe comparar a validação de um relacionamento com o tempo de fermentação do *kimchi*. — Agora, levante da cama e limpe seu quarto. Precisamos ir à igreja pra você se inscrever pra dar aula na ECF este verão.

Não é possível que minha mãe ache que, só porque Nate e eu terminamos, de repente estou livre o verão todo para dar aula para um bando de crianças escandalosas do fundamental na Escola Cristã de Férias. Eu detestava o ensino fundamental.

— Hum, não, obrigada. Não estou interessada, tenho outros planos — minto.

Tipo, eu *poderia* ir ao acampamento de salva-vidas. Se bem que ver Nate exibindo seus músculos bronzeados em calções de banho, sabendo que ele não me quer, pode ser meu fim.

Só que ensinar na ECF pode ser um caminho muito mais doloroso para o meu túmulo.

— Hannah, ou você vai pra ECF, ou pro *hagwan* para se preparar para a universidade.

— Mas eu tenho estágio — digo.

Tenho usado esse estágio como desculpa para me livrar de algumas coisas. E apesar de só precisar ir uma vez por semana por apenas duas horas, como vou trabalhar diretamente com um imunologista, minha mãe acha que é basicamente uma garantia de que vou entrar na faculdade de medicina. E talvez não esteja errada.

— Você pode fazer os dois. A ECF é de manhã, e seu estágio não é só nas segundas à tarde?

Pega no flagra mais uma vez.

Enfio a cara no travesseiro.

— Vai embora, por favor — imploro.

O colchão afunda quando ela se senta ao meu lado. Sinto o leve toque de seu tapinha nas minhas costas.

— Hannah, você é muito melhor que esse garoto não cristão e americano. — Sua voz soa estranhamente gentil.

— Você não entende, mãe.

Ele gostava de mim, quero lhe dizer. De *mim*. E agora talvez não goste mais. Eu sabia que devia ter pegado carona no trem do BTS quando todo mundo estava fazendo isso. É só que pensei que K-pop e K-dramas fossem coisas que "eles" gostavam — "eles" sendo os coreanos-coreanos, não os coreanos-americanos, muito menos os americanos-americanos. Onde é que eu estava quando a maré mudou tão de repente? Agora estou de fora. E Nate definitivamente está lá dentro.

— Sabe o que eu não entendo? Hannah, você devia estar com um garoto que goste do fato de você ser inteligente, talentosa e ter panturrilhas fortes. Você precisa de um bom garoto coreano.

Aí vamos nós.

Me sento e me preparo para mais uma tentativa dela de me arranjar um "bom garoto cristão" da nossa igreja coreana. Vai ser Timothy Chung, porque ele é perfeito e toca violino? Ou vai ser Joshua Lee, porque ele é perfeito e dirige uma BMW? Não, não, vai ser Elliot Park, porque ele é perfeito e conseguiu admissão antecipada na Universidade da Califórnia.

— Mas não vamos nos preocupar com namorados agora. Tenho ótimas notícias, e depois disso vamos pra igreja.

Espera, só isso? Sem me apresentar o currículo de nenhum novo garoto coreano? Será que é uma armadilha? Tem alguma coisa errada aqui. Me preparo para a próxima parte.

— Hum, que ótimas notícias são essas, mãe?

Viro a cabeça devagar para encará-la, franzindo as sobrancelhas para inspecionar sua expressão. Sua maquiagem está perfeita, as sobrancelhas preenchidas pelo *microblading*, sua tez apropriadamente viçosa por conta da mais recente base cushion coreana, e seus lábios de uma cor dois tons mais escura que o rosa millennial. Ela poderia ser minha irmã.

— Bem, com seu pai e sua irmã fora de casa, temos tanto espaço sobrando...

Depois que meu pai foi transferido a trabalho para Cingapura e minha irmã para Boston, a casa está cada vez mais vazia. Sem falar que parece que minha mãe passa mais tempo na igreja que aqui.

Mas sempre passamos os verões juntos. Nossos verões são em família.

— Pelo menos, eles vêm no Dia da Independência — digo, me esforçando para não terminar a frase com um ponto de interrogação.

— Claro — ela fala de um jeito pouco convincente. — Mas ainda temos espaço para convidados.

— Que convidados?

— Bem, estava falando com minha amiga outro dia...

Isso não está parecendo nada bom.

— Mãe? — digo devagar. — O que você fez?

— Adivinha quem vai vir da Coreia pra passar o verão com a gente? — ela responde, juntando as mãos.

Ah, não.

— Minha melhor amiga, a sra. Kim. E a família dela!

Não, não, não.

Solto um suspiro.

Jacob Kim.

Depois de todos esses anos.

Abro a boca para gritar de horror, mas minha mãe me agarra, me arranca da cama e me dá um abraço empolgado.

— Minha melhor amiga está vindo, trazendo seu filho maravilhoso, Jacob, e sua linda filha, Jin-Hee. Nossa casa vai se encher de risadas e alegria!

Não é como se isso aqui fosse um hospital, poxa. Eu dou risada. Eu fico alegre.

— Vou poder cozinhar comida coreana e vamos comer todos juntos — ela continua.

Assim parece que eu nunca como a comida dela. É só que não gosto de comer comida coreana em todas as refeições do dia, e ela não faz outra coisa.

Ela me solta, mas segura meus braços e me sacode. Estou mole de perplexidade e sou jogada de um lado para o outro feito uma boneca.

— Você se lembra do Jacob! Vocês dois eram inseparáveis. Melhores amigos no ensino fundamental.

Ah, eu me lembro muito bem do Jacob.

Nossas mães nunca nos deixaram esquecer que éramos amigos "desde antes de nascermos", só porque elas eram melhores amigas e ficaram grávidas ao mesmo tempo.

Sinto um calor subindo pelo meu pescoço e um aperto no peito, mas ignoro. Parei de sentir qualquer emoção por Jacob Kim. Não vou recomeçar agora.

— É o momento perfeito para reatar a amizade que vocês tinham quando pequenos — ela fala, saudosa.

— Foi há muito tempo — comento. A gente *tinha* uma amizade. Éramos melhores amigos. Mas ele jogou tudo fora. Ele me trocou por uma vida de fama na Coreia. — Não estou interessada — garanto, me desvencilhando dela.

Suas sobrancelhas se levantam de surpresa.

— Mas é o Jacob, Jacob Kim — ela reforça. Como se repetir o nome dele de repente apagasse tudo o que ele fez.

— Legal. Mas, se ele vier aqui, é melhor que fique fora do meu caminho. Já tenho planos pro verão.

— Mas você e o Nate terminaram, você não tem mais planos. — Nossa, mãe, direto na jugular. — Você pode dar aula na Escola Cristã de Férias durante o dia, e depois pode se divertir com Jacob o resto do tempo. Vai ser um verão perfeito.

— Mãe. — Deixo meus ombros caírem e me contenho para não bater o pé. Isso não pode estar acontecendo.

— Hannah — ela fala em um tom de alerta.

Ficamos nos encarando. Não vou desviar o olhar. Isso se transformou em uma batalha. Ela não vai ganhar. Não vou desistir.

Mas eu acabo piscando.

— Enfim — ela cantarola, vitoriosa —, tenho que preparar tudo.

Ela sai assobiando uma música da igreja.

Espera aí, entrou poeira nos meus olhos! Quero uma revanche.

Posso jurar que ela desceu as escadas saltitando. Que ótimo, minha mãe tem planos para o verão muito mais empolgantes que eu.

Então tomo uma decisão. Todo mundo vai curtir o verão, fazer o que quiser. Por que eu não poderia curtir também? Dane-se a Escola Cristã de Férias. Danem-se os convidados da Coreia. E, definitivamente, dane-se Jacob Kim.

Só tenho uma coisa na cabeça agora: Operação Reconquistar Nate.

Primeiro passo: pesquisar sobre Blink, MooMoo e Son Ye-Jin.

capítulo dois
Jacob

— **Não vá embora, por favor** — ela choraminga, com a voz tremendo de desespero. Agarra meu braço com uma força inesperada, me impedindo de sair pela porta.

Abaixo a cabeça, sem me virar direito para olhá-la.

— Eu preciso. Preciso fazer isso por mim mesmo, pela minha família. Não quero te machucar, mas temos que terminar. — Minha voz falha, e fico surpreso com a lágrima que escorre pela minha bochecha.

— O que eu vou fazer? — ela se lamenta, em agonia, com o coração despedaçado.

Pausa dramática.

— E... corta! — o diretor diz.

O choro da mulher ainda ressoa em meu ouvido.

Sou arrancado da cena, do meu personagem, de volta ao set montado em um elegante apartamento de elite, com holofotes e janelas do chão ao teto com vista para o rio Han. Enxugo a lágrima.

— Muito bom, pessoal — o diretor fala. — Terminamos por hoje.

Uma onda de movimentação começa ao meu redor enquanto todos organizam o set. Não demoro mais tanto para voltar depois de uma cena emotiva, mas ainda fico impressionado com a habilidade das pessoas de seguirem em frente tão rápido.

— Aqui. — Dois lencinhos são colocados nas minhas mãos para que eu tire a maquiagem, seguidos de uma pilha de papel. — O carro chega em dez minutos — minha empresária, Hae-Jin, me avisa, saindo apressada atrás da coprotagonista. Se tem uma coisa que ela não sabe ser, é alegre e acolhedora.

Dou uma olhada nas páginas com o roteiro do último episódio, um breve resumo de como vai ser a segunda temporada e alguns documentos bastante sérios. Tipo a renovação do meu contrato. Ainda não consigo acreditar que teremos uma segunda temporada, o que não é muito comum na televisão coreana.

Eu gosto de atuar. Poder fazer papéis tão diferentes de mim é catártico. E gosto mais ainda do salário. Mas só de pensar em fazer uma segunda temporada com esse personagem e elenco, já fico exausto.

Vou até a janela para espiar o tamanho da multidão de hoje. Mesmo do alto do trigésimo segundo andar, posso ver — ou apenas sentir — a animação das pessoas. Tem mais gente que ontem, e o número só aumenta a cada dia que filmamos aqui.

Eu não moro neste prédio. Posso ser Kim Jin-Suk, a estrela em ascensão do K-drama e a grande aposta da SKY Entertainment, mas estou longe de ser rico o suficiente para morar na Hyundai Tower West de Gangnam. Ainda. Meu eu verdadeiro, Jacob Kim, o jovem ator que está só começando, vive com a mãe e a irmã em um apartamento de tamanho razoável, com dois quartos, em um bairro popular.

Não muito tempo atrás, a gente não sabia nem se teria um lugar para morar. Então não estou reclamando, de jeito nenhum. Fico grato por não estarmos passando fome na rua. O conhecido pânico começa a borbulhar em minhas entranhas, ameaçando crescer e me consumir, me arrastando para as sombras. Quando se vive sempre preocupado com dinheiro, é difícil se livrar dessa ansiedade. Mesmo agora.

— Hora de ir — Eddie, o funcionário da SKY designado para cuidar de mim, diz com sua voz grossa.

Ele me conduz pelo corredor e para o elevador. Descemos dois andares e, quando as portas se abrem, sou imediatamente atingido pelo aroma avassalador de jasmim. É o inconfundível perfume da coprotagonista, Shin Min-Kyung. Os pelos no meu nariz chegam a chamuscar.

Ela trocou de roupa e mudou o penteado que usava durante a filmagem. Sua maquiagem está impecável, e é como se ela tivesse saído diretamente de uma revista. A grossa camada de corretivo cobrindo a espinha que surgiu no meu queixo esta manhã começa a rachar sob a pressão de sua perfeição. Ela é deslumbrante.

E também a pessoa mais cruel que já conheci.

Ela entra no elevador com sua própria comitiva, nos empurrando para o canto. Vejo que se dignou a me lançar um mínimo olhar enquanto seus lábios se curvam de leve.

— *Annyeonghaseyo* — cumprimento-a com o honorífico, abaixando um pouco a cabeça às suas costas.

— Te falei pra parar de comer chocolate. Sua pele está um horror — ela comenta.

Descobri que é mais seguro apenas assentir e não responder quando ela está de mau humor. Conheço meu lugar. Mas, mesmo assim...

— A cena foi muito boa hoje, não achou? — pergunto.

O ar se esvai do elevador e todos desabamos no chão, sufocando até a morte. Ou pelo menos é a impressão que tenho quando ela solta um suspiro insuportável. Droga. Devia ter mantido a estratégia de sempre e ficado de boca fechada.

Ela nem me responde.

Quando as portas do elevador se abrem, somos arrastados pelo saguão e saímos pela porta da frente do prédio. A gritaria é alta, e fico momentaneamente cego com os flashes.

— MinJin! MinJin! — os fãs berram o nome do nosso *ship*.

Min-Kyung se aproxima de mim enquanto caminhamos. Ela coloca o cabelo atrás da orelha em uma atuação digna de Oscar, demonstrando timidez e modéstia. Pouso a mão em suas costas.

Quero parar para agradecer a cada um que tirou um tempo para vir me ver. É realmente muito legal que eles estejam aqui. Mas não posso. Todas as interações com os fãs têm que ser cuidadosamente preparadas. Então, em vez disso, Min-Kyung e eu sorrimos e meneamos a cabeça educadamente, cumprimentando todo o grupo, e seguimos em frente.

Enquanto esperamos o carro, Hae-Jin faz um sinal, indicando minha deixa para oferecer uma última migalha de interação aos fãs. Olho para trás, aceno para a multidão e passo os dedos pela minha franja longa, arrancando mais gritos. Observo as pessoas, dou uma piscadinha e cruzo o dedão e o indicador, fazendo um minicoração. Elas vão à loucura.

Em meio aos gritos entusiasmados, um lamento doloroso corta o ar.

— *Oppa*! Te amo! — uma garota solta, esticando a mão em uma tentativa desesperada de me tocar.

A multidão avança, ao notar que a fã chorosa chamou minha atenção. A garota da frente está sendo esmagada nas grades de proteção, e seu rosto é tomado pelo pânico. Corro até ela para tentar ajudar, afastando as pessoas. Mas meu pé fica preso entre as grades e acabo torcendo o tornozelo desajeitadamente. Faço uma careta e grito de dor.

Sinto mãos me agarrando e me levantando do chão.

— Saiam da frente! — ouço Eddie berrando, me arrancando do meio da multidão e me enfiando depressa no carro.

Ele mal fecha a porta e já estamos acelerando. Os fãs transformam-se em um borrão na janela de trás.

— O que você estava pensando? — Hae-Jin sibila para mim.

Hae-Jin está meticulosamente arrumada em seu terninho preto Armani de sempre e uma blusa de seda branca. Não há um fio de cabelo fora do lugar em seu elegante coque. No entanto, é evidente que ela está exausta.

— Estavam esmagando a garota — digo. — Desculpe.
— Sou viciado em pedir desculpas. Não importa se fiz algo errado ou não.

— Você colocou todos, incluindo essa garota, em perigo — Hae-Jin diz. — E se tirassem uma foto de você com aquela careta estranha? Você conhece as regras.

Fecho os olhos e engulo o nó de irritação entalado na minha garganta. Não sei se estou mais irritado com ela ou comigo mesmo. Porque ela está certa. Conheço as regras e sei que fiz besteira. Solto um suspiro silencioso e me esforço para abafar a confusão na minha mente. E ignorar a dor no meu tornozelo.

Respiro fundo. O carro é novo, e o cheiro de couro invade meu nariz. O da minha família tinha estofados sujos, manchados e rasgados, e um leve odor azedo que nunca saía, apesar do esmero da minha mãe.

Quando cheguei à Coreia, eu era um garoto pobre e doentinho. Passei três extenuantes anos no Programa de Formação da empresa, que é basicamente um sistema para encontrar novos talentos e treinar as próximas grandes estrelas do K-pop ou do K-drama, aperfeiçoando o que os coreanos chamam de meu "encanto". E agora sou o protagonista de *De corpo e alma*, a tão aguardada série sobre adolescentes desafortunados e apaixonados. Agora que está na Netflix, nossa audiência disparou. Somos mundialmente famosos.

Mas não posso achar que a vida está ganha. Não posso estragar tudo.

— Temos uma entrevista com uma revista alemã, e depois com a *Entertainment Weekly Canada*. Minky vai de vestido floral Gucci e depois vai trocar para o Celine lavanda. Jin-Suk vai usar o suéter vermelho da Supreme e depois a camisa branca de botões da Balenciaga. Parece que seus índices de popularidade aumentam com os norte-americanos quando você usa branco.

— Como é que vocês sabem disso? — pergunto.

É uma loucura imaginar os dados que a empresa acompanha. Acho muito doido que os fãs se importem com o que eu visto, ainda mais que me achem bonito.

Fãs. Eu tenho fãs. Eu não recebia nem um olhar antes de me mudar para a Coreia. Em San Diego, era sempre o garoto asiático nervoso, pequeno e extremamente alérgico. Quem diria que um corte tigela em um cara alto e esquelético um dia faria as garotas enlouquecerem?

— Pare de fazer perguntas idiotas. Estou cansada de trabalhar com um amador. E o que foi aquela cena que você aprontou? Por que não consegue seguir as regras? Nunca mais quero trabalhar com um ator *americano* indisciplinado de novo. — Os comentários afiados de Min-Kyung são que nem faca, acertando umas das minhas maiores inseguranças: talvez eu não seja coreano o suficiente para essa carreira.

— Minky. — O tom de Hae-Jin é de advertência. *Pare de dar showzinho e coopere.*

A verdade é que Min-Kyung não pode se dar ao luxo de ter mais um coprotagonista descontente com ela. Se nenhum ator quiser trabalhar ao seu lado, Min-Kyung não vai mais conseguir ser escalada para fazer par romântico com ninguém.

— Amanhã vamos a Busan para uma sessão de fotos com a *Vogue Korea* — Hae-Jin continua.

— Ah, legal. Acha que vamos ter tempo de dar uma volta na praia? — Sinto muita falta da praia desde que nos mudamos. — Ou na Gamcheon Culture Village? Vi umas fotos...

— Não temos tempo — Hae-Jin me interrompe.

— Não estamos de férias, estamos trabalhando — Min-Kyung fala, sem nem tentar disfarçar seu desprezo por mim.

— Desculpe — digo pela centésima vez hoje. E ainda está cedo.

Solto um suspiro, me esforçando para esconder a decepção. Nunca tenho a oportunidade de ver nem fazer nada, mesmo quando o trabalho me leva para lugares divertidos. Não fui a nenhum brinquedo do Lotte World, não vi a troca de guarda no Palácio Gyeongbokgung. Nada. Não quero soar como se estivesse em uma crise de meia-idade ou algo assim, mas sinto que minha juventude está sendo desperdiçada.

— E Jin-Suk... — A voz severa de Hae-Jin me arranca dos pensamentos, ganhando minha total atenção. — Durante as entrevistas e a sessão de fotos, se esforce mais para demonstrar sentimentos por Minky. Nada de piadinhas nem sarcasmo. Seu afeto por ela deve ser convincente.

Preciso fazer o mundo acreditar que estou apaixonado por Min-Kyung na vida real para aumentar o engajamento emocional dos fãs com o nosso relacionamento nas telas. Quando Hae-Jin me disse que isso era esperado, tive certeza de que ela estava brincando. Mas logo me lembrei de que ela não tem senso de humor. E a ameaça em seu tom não me passou despercebida. Seja convincente ou pode perder esse trabalho, o papel na segunda temporada. Devo ser um ator incrível, se as pessoas acreditam mesmo que gosto dessa garota.

Olho para Min-Kyung, que fechou os olhos e está de fones de ouvido. Sou só um novato, e ela já está nessa há muito tempo. Será por isso que ela é tão infeliz? Quando o brilho do estrelato enfraquecer, será que vou ficar esgotado e cruel feito ela?

Não, não vou deixar isso acontecer. Este trabalho exige muito da gente, sim, mas as pessoas me reconhecem. Elas gritam meu nome. Além disso, estou pagando minhas contas. E, à essa altura da vida, é tudo o que importa.

— Bem, isso foi um desastre.

Minha irmã mais nova, Jin-Hee, leva jeito com as palavras.

— Shhhh — minha mãe tenta calá-la, como se isso já tivesse funcionado alguma vez.

Estamos todos sentados no consultório médico, esperando que ele volte com notícias.

Desde o momento em que tentei ajudar aquela fã, o dia só foi ladeira abaixo. A estilista me fez calçar botas inacreditavelmente duras, e toda vez que eu me encolhia de dor, ela dizia: "Tudo bem, são Dior". Ao que meu tornozelo gritava de volta: "Foda-se a Dior!"

Eu mal consegui andar até o set onde daríamos as entrevistas e fiquei fazendo careta o tempo todo. Hae-Jin estava atrás da câmera 1, também fazendo cara feia — só que a dela era de fúria.

E para piorar as coisas, durante a *live* de perguntas e respostas, alguém perguntou sobre a minha vida antes do *debut*. Não faço ideia do porquê alguém ia querer saber disso, e fiquei sem palavras. Até agora.

Mas lógico que a sempre profissional Min-Kyung respondeu por mim. Ela viu uma oportunidade e a agarrou.

As pessoas caíram que nem patinhos. A audiência soltou vários "óunnn" quando ela falou que adorava trabalhar comigo e diversos "ohhh" quando ela disse que amava como ficamos próximos. Depois, Min-Kyung levou todos às lágrimas quando contou que fui uma criança adoentada. Que meu pai morreu repentinamente e nos deixou em dificuldades financeiras. Que viemos para a Coreia implorando ajuda para a família dele, e que eles nos viraram as costas. E que eu superei tudo isso para me tornar quem sou hoje. Ela expôs toda a história da minha vida, incluindo detalhes constrangedores, sem o meu consentimento.

Min-Kyung teve uma infância saudável e abastada. Só que essa história não é popular entre os fãs. Então sua nova estratégia é se vincular a mim e usar a minha história para conquistar os corações. Se mostrar como uma garota solidária apaixonada pelo seu coprotagonista é o jeito que ela encontrou de solidificar seu lugar nessa parceria, em nome do nosso futuro. Eu deveria me sentir grato. Deveria estar fascinado com a maestria como ela nos vende e vende a série. Deveria estar anotando tudo, porque é isso o que o estúdio quer de nós.

Em vez disso, fico enjoado. Ela expôs coisas pessoais que não tinha o direito de divulgar, que as pessoas não tinham o direito de saber, e eu só fiquei ali sentado, deixando que cuspisse tudo aquilo.

O médico entra no consultório com minha empresária. Suas expressões sombrias me dizem tudo o que preciso. Não é nada bom. Merda. Meu coração acelera, como sempre faz toda vez que acho que estou com problemas.

— Jin-Suk — o médico fala com uma voz que me deixa instantaneamente nervoso. — Seu tornozelo não está quebrado, o que é uma boa notícia. Trata-se apenas de uma entorse. Você não vai precisar de cirurgia, mas vai ter que usar bota ortopédica, e recomendo no mínimo quatro a seis semanas de repouso para que possa sarar.

Solto um suspiro profundo. Não é tão ruim quanto poderia ter sido, mas não vou mentir: está doendo para caramba.

— Bem, pelo menos você não vai precisar de cirurgia — minha mãe diz.

— Doutor, pode nos deixar a sós por alguns minutos? — Hae-Jin pergunta.

Ele faz que sim e sai, fechando a porta.

Hae-Jin bufa e suas narinas se dilatam feito um touro bravo. Engulo em seco.

— Este é só um dos muitos eventos lamentáveis de hoje — ela diz, com a mandíbula cerrada.

— Por quê? O que mais aconteceu? — pergunto.

— Recebemos uma ligação de um senhor chamado Kim Byung-Woo.

Alguém arqueja atrás de mim. Olho para lá e vejo minha mãe cobrindo a boca com a mão, os olhos arregalados de choque.

— Mãe? — falo.

— Quem é Kim Byung-Woo? — minha irmã pergunta.

— É seu *keun ahbuhji*, o irmão mais velho de seu pai — minha mãe explica.

Não tenho muito carinho pela família do meu pai. Quando ele morreu, eles insistiram que ele deveria ser enterrado na Coreia. Então toda a nossa família teve que vir até aqui, sendo que mal tínhamos dinheiro suficiente para pagar o aluguel. A gente teve que pedir ajuda, algum tipo de apoio, e não recebemos nada deles.

— Por que ele ligou pra empresa? — questiono, com uma voz um pouco desesperada.

— Parece que ele viu a entrevista de hoje. Ele quer explicar o que aconteceu quando seu pai morreu. Está disposto a dar uma entrevista exclusiva... por um valor. A emissora nos procurou primeiro para confirmar sua identidade — Hae-Jin fala.

— E como é que ele vai dar uma entrevista tão reveladora se não sabe nada sobre nós? E ele ainda quer ser pago por isso? — Estou tremendo, e minha voz sai alta demais no consultório pequeno.

Hae-Jin me observa atentamente e depois se vira para a minha mãe.

— Se concordar, a empresa pode cuidar disso.

Cuidar disso. Soa tão sinistro que fico me perguntando como vim parar aqui. Minha vida se tornou um K-drama.

— Isso não é culpa minha. Foi Min-Kyung quem expôs informações pessoais da minha família na entrevista. Eu não pedi pra ela fazer isso. Não sei nem como é que ela sabia dessas coisas.

Estou ferrado. Muito ferrado.

Minha mãe coloca a mão no meu ombro e dá uma apertadinha.

— Ninguém está te culpando, Jacob — ela diz calmamente. — Vamos deixar a empresa cuidar disso.

— Já discutimos e achamos que o melhor que podemos fazer agora é mantê-lo longe dos holofotes por um tempinho. Seu tornozelo machucado é uma boa desculpa. Vamos cancelar a sessão de fotos em Busan de amanhã e dar um jeito de filmar o último episódio. Depois, vamos soltar um comunicado, e você e sua família vão passar uns meses fora no verão, talvez em Jeju-do. Você não estava reclamando de não poder ir à praia? Vamos dar um jeito no seu parente problemático.

Hae-Jin não está para brincadeira. Ela parece uma mafiosa. *Vamos dar um jeito no seu parente problemático.* Imagino-a sussurrando com uma voz rouca quase sem mover os lábios. Dobro os dedos até o polegar e acerto o ar algumas vezes. *Vamos ser discretos, chefe*, digo na minha cabeça.

Ergo o olhar e vejo que está todo mundo me encarando. Talvez eu tenha falado em voz alta. Obviamente assisti a filmes de máfia demais.

Minha mãe e Jin-Hee dão risadinhas.

Hae-Jin revira os olhos e balança a cabeça.

— Te ligo depois, quando tiver mais informações — ela diz, saindo da sala.

— Bem, algumas semanas de folga não vão fazer mal — minha mãe fala.

— Pra ser sincero, acho que é exatamente do que eu preciso — comento.

— E pra onde nós vamos? Jeju vai estar cheia agora. Uma muvuca — Jin-Hee replica.

— Não, não acho que Jeju seria legal. Nem Busan. Tenho outra ideia — minha mãe declara.

Ela pega o celular, leva-o ao ouvido e sai do consultório. Jin-Hee e eu ficamos nos encarando, confusos.

Posso ouvir a voz alta da minha mãe do lado de fora, mas não consigo entender o que ela está dizendo nem com quem está falando.

— Não ligo pra onde vamos. Mas vai ser divertido não ter fãs gritando por você o tempo todo. Eca. — Jin-Hee franze o nariz.

— Ei, não posso fazer nada se as pessoas me amam.

— Você é péssimo.

— Bem, depois de hoje, as pessoas provavelmente vão me odiar. Fiquei horrível na tela e, nossa, as coisas que Min-Kyung falou na entrevista... — Coloco a mão no rosto e balanço a cabeça, constrangido só de lembrar.

Jin-Hee vira o celular para mim.

— Olha, os comentários até que não são ruins. A maioria das pessoas percebeu que você não parecia bem pela sua expressão. Elas estão mais preocupadas do que irritadas. Quanto ao *ship* MinJin, até agora as opiniões são conflitantes. Nem todos acham que você e Minky deviam ficar juntos fora das telas. Ela tem... uma reputação.

Levanto uma sobrancelha, pegando o celular. O que é que ela sabe sobre a reputação de Min-Kyung?

— Já não te falei pra nunca ler os comentários?

No entanto, olho para a página que minha irmã abriu e verifico as centenas de comentários que deixaram sobre a entrevista. Algumas pessoas estão empolgadas, pensando que a gente namora na vida real. Tem um monte de *hashtags* com o nome do nosso *ship*. Outras estão falando que sou bom demais para ela, por conta de seus relacionamentos passados. Outras ainda dizem que eu estava com cara de quem tinha chupado um limão azedo.

— Sabe, você poderia resolver tudo isso namorando outra pessoa. O estúdio não teria como te obrigar a namorar Minky se você já tivesse namorada.

— Chega de K-dramas e YouTube pra você, entendido? De onde você tira essas ideias? Não é assim tão simples. O estúdio nunca permitiria isso. Além do mais, como é que vou conhecer alguém, construir uma conexão, fazer brincadeiras espirituosas e desenvolver uma ligação emocional, pra então começar um relacionamento? Não é como se eu interagisse com muitas garotas hoje em dia.

— Nossa, você é mesmo um *bobão*, né? Um verdadeiro romântico — ela diz, balançando a cabeça e revirando os olhos. — A vida real não é um K-drama, *oppa*. Só chame uma garota que você gosta pra sair.

— É, simples assim. — Como se fosse fácil.

— Bem, você podia pelo menos deixar as pessoas pensarem que está interessado em outras garotas, pra que não te obrigassem a namorar Minky. Sério, *oppa*, você deixa eles mandarem demais na sua vida, e isso te faz infeliz. Eles controlam até os seus *logins*. O que é basicamente um convite pra que contem a história que quiserem na internet.

Esfrego o rosto com as mãos, tentando apagar essa conversa. Meu tornozelo lateja e estou morrendo de vontade de comer *hotteok*. Não ligo se o estúdio controla minhas redes sociais. Não é como se eu tivesse algo para postar. Não tenho nem amigos. A verdade ecoa no vazio do meu coração, me lembrando de quão solitário eu sou.

Minha mãe volta com um sorriso imenso no rosto, encerrando a conversa no telefone.

— Também estou muito animada. Faz tanto tempo. Mal podemos esperar pra te ver.

Fico olhando para ela, me perguntando o que é que está tramando. Espero-a se despedir de quem quer que esteja do outro lado da linha.

— Bem, tenho ótimas notícias — ela anuncia, abraçando o celular. Seus olhos brilham, e as eternas rugas do seu rosto parecem se desmanchar. — Façam as malas, crianças. Nós vamos pra terra do sol, do surfe, dos tacos de peixe e das nossas velhas amigas.

Não.

— Ai, meu Deus! A gente vai pra San Diego? — Jin-Hee solta um gritinho de animação.

— Sim! Vamos sair amanhã, logo depois da filmagem — responde minha mãe. — Já organizei tudo.

— Mas como? — pergunto. O estúdio nunca permitiria que a gente viajasse para os Estados Unidos. Ou será que sim?

— Não se preocupe. Eles estavam preocupados de você voar com o tornozelo machucado, mas vamos de classe executiva.

Temos um pouco de dinheiro guardado. Mas não fico confortável torrando tudo irresponsavelmente desse jeito.

— Mãe, não acho que seja uma boa ideia.

— Bem, nós vamos economizar no resto, porque... — Ela junta as mãos. — Vamos ficar com os Cho. — Sua voz sai estridente de alegria.

Congelo.

Era exatamente o que eu temia.

Um drama de verão

Hannah.

Sinto um aperto na garganta, uma mistura de tristeza, preocupação, arrependimento... e raiva.

Já se passaram três anos. Sempre me perguntei se a gente se veria de novo, e como seria esse reencontro.

Brutal. Um banho de sangue, com certeza.

Por um breve segundo, imagino o que seria pior: ficar na Coreia, sendo obrigado a fingir ter sentimentos por alguém que não suporto, ou voltar para os Estados Unidos para encarar a pessoa que eu mais gostava no mundo, mas que abandonei.

Vão ser umas férias e tanto.

As câmeras e o estúdio podem não estar me seguindo, mas meu passado sem dúvida estará.

capítulo três
Hannah

Minha mãe passou a semana toda agitada, preparando a casa para as visitas. E eu também, lógico... escondendo papéis de bala, lixo e meias sujas pelo quarto de hóspedes. Jacob e eu éramos maníacos por limpeza, o que torna muito satisfatório o ato de bagunçar o quarto dele.

Quando minha mãe desligou o telefone ontem, depois de falar com a sra. Kim, estava com um ar de pura empolgação. O que significa que minha desgraça é ainda maior. Jacob teve algum acidente no trabalho, provavelmente alguma espinha no nariz ou algo assim. Torci para que ele não viesse mais. Mas, ao que parece, isso significa que a viagem vai acontecer mais cedo do que pensávamos. Eles chegam hoje.

Meu coração ameaça dar uma de Usain Bolt, querendo disparar para fora do peito. Mas eu o repreendo por fingir que se importa.

Porque eu não me importo. Nem um pouco. Dane-se Jacob.

Vou estar ocupada. Tenho o estágio e o acampamento de salva-vidas e outras coisas importantes para fazer. Tenho que reconquistar Nate, o que requer foco total. Não vou nem estar aqui para ver Jacob.

O que não significa que não posso fazer alguma coisinha para tornar sua estadia um pouco menos agradável.

Nossa casa tem dois quartos vagos nesse momento: o antigo quarto da minha irmã e meu antigo quarto de brinquedos, agora quarto de hóspedes. O quarto de hóspedes fica ao lado do meu, e há muito o que sabotar ali. Eu o designei a Jacob e tenho preparado o espaço para o visitante indesejado. A ideia daquele garoto na cama de criança com lençóis curtos demais faz o gênio do mal dentro de mim gargalhar.

Olho para o relógio. Uma e meia, quase na hora de eles chegarem. Retoque final: enfio uma banana na boca e escondo a casca debaixo da cama. As formigas são brutais no verão, quero deixar um pequeno tapete de boas-vindas para ele.

Dou uma última olhada ao redor. Perfeito.

Vou para o meu quarto e me tranco lá dentro. Ponho a trilha sonora de *Hamilton* no máximo para abafar qualquer som do lado de fora. Pego o controle remoto da TV e ligo o aparelho no Food Network. Deixo o programa *The Pioneer Woman* rolando, o que contribui para minha meta de abafar o ruído do lado de fora. Então me sento na cama e espero.

O som da porta da frente se abrindo e fechando é abafado. O som da minha mãe anunciando que eles chegaram é abafado. O som dela pedindo desculpas para os nossos convidados pelo meu comportamento é abafado. O som dela me chamando lá embaixo mais uma vez é abafado. O som dos seus passos subindo a escada e se aproximando do meu quarto é abafado. E o som das batidas na minha porta é abafado.

Só que não consigo abafar sua cara dentro dos meus aposentos e a expressão bastante irritada que ela está ostentando.

— Hannah, você não me ouviu te chamando? — ela pergunta.

— Hã?

Na tela, Lin-Manuel Miranda se recusa a desperdiçar sua chance, e Ree Drummond pronuncia errado todos os ingredientes, ambos no volume máximo, mas minha mãe não se abala. Ela não aumenta a voz nem desliga a barulheira, apenas fala com a autoridade de alguém que espera ser escutada e, de alguma forma, ouço cada uma de suas palavras.

— Temos convidados lá embaixo. Não me faça te pedir para descer mais uma vez. — Ela levanta sua sobrancelha esquerda perfeitamente moldada para se fazer entender, então vai embora.

Minha mãe não brinca em serviço quando se trata de receber visitas.

Solto um suspiro profundo e sofrido, deixo os ombros caírem e, arrastando os pés, saio do quarto, desço a escada e entro na cozinha.

Ali estão três rostos meio familiares, que se viram lentamente para mim quando apareço. Como um míssil guiado por calor, meus olhos me traem e focam em apenas uma pessoa. Por um segundo, meu coração se prepara e esquece de bater enquanto observo o jovem na minha cozinha. Arregalo os olhos, encarando Jacob, meu melhor amigo de infância, parado na minha frente. Não vejo nenhum sinal daquele menininho esquelético e adoentado. Ele está muito mais alto, mais forte, seu rosto mais marcado. Ele até que é bonito, acho. Quer dizer, para quem gosta desse tipo da cara.

Ele está diferente. Mas também igual, de algum jeito.

Nossos olhares se encontram. Seus olhos castanho-claros tão gentis que são capazes de te fazer sentir que o sol está brilhando sobre você sempre que Jacob olha na sua direção. Uma enxurrada de lembranças surge na minha mente... um menininho e uma menininha, risadas, joelhos ralados, sussurros e promessas. E também traição, o melhor amigo que nunca voltou, medo e uma solidão devastadora.

Ele abaixa a cabeça, suas bochechas vermelhas, como se estivesse vendo o mesmo filme de lembranças do nosso passado.

Talvez ele também não queira estar aqui. Para falar a verdade, sei que não quer. Ele disse isso três anos atrás. Ele não quer me ver, assim como eu não quero vê-lo. Meus pés estão se coçando para virar e sair correndo.

— Hannah *unnie*! — Braços esguios envolvem minha cintura enquanto uma menina recosta a cabeça no meu ombro.

— Como é que você pode ter crescido tanto? — falo para Jin-Hee, e minha voz não sai tão trêmula quanto eu temia. Me afasto para olhá-la melhor. — Nossa senhora, você está linda!

Seu sorriso doce se alarga. O rosto de Jin-Hee aos doze anos me lembra tanto o de Jacob nessa idade que sinto uma pontada no coração. O sorriso dela é enorme, e seus olhos cintilam.

— Hannah-*ya*, como você está bonita! — a sra. Kim diz, me cumprimentando.

— *Annyeonghaseyo* — respondo, abaixando a cabeça de leve. — Sra. Kim, que bom vê-la de novo.

Me aproximo para abraçar a melhor amiga da minha mãe, que é basicamente uma tia para mim. Tento não corar com seu elogio. Todas as tias coreanas sempre falam para jovens que elas são bonitas. Elas te bajulam antes de perguntar se você engordou e comentar que seu cabelo está comprido demais e criticar outros detalhes da sua aparência.

— Você ainda não fala coreano? Ah, Hannah. É importante ter o coreano no seu coração. — Sua voz é gentil, mas suas palavras trazem também um julgamento bastante familiar, e fico um pouco irritada.

— *Umma*, deixe-a em paz — Jacob diz baixinho para a mãe, em coreano.

Aposto que ele acha que eu não entendo, mas está enganado. Não sou tão ignorante no idioma quanto pensam, só porque moro nos Estados Unidos. Meu sotaque pode ser estranho, mas conheço as palavras.

Dou um sorrisinho forçado e vou até a geladeira para pegar uma água de coco.

— Jacob, por favor, sente-se. Você precisa descansar o tornozelo — minha mãe diz.

Olho para trás para ver do que ela está falando: Jacob está usando uma daquelas botas ortopédicas no pé esquerdo. Ele caminha até a mesa, mancando, e se senta. Um leve estremecimento trai sua tentativa de convencer todos de que está bem. Então ele realmente se machucou...

— Hannah, ofereça às visitas alguma bebida, por favor — minha mãe me repreende.

A sra. Kim já está bebendo uma xícara de chá, então pego mais duas águas de coco, enfiando a minha debaixo do braço. Deposito uma caixinha na mesa, diante de Jacob, sem muita delicadeza. Mal olho para ele, mas vejo com o canto do olho que ele endireitou a postura discretamente. Me esforço para ignorar o calor que sinto vindo da sua direção. Ele sempre foi uma fornalha humana.

De repente, surge na minha cabeça a lembrança de Jacob e eu sentados lado a lado em uma noite fresca de verão, observando os fogos de artifício do Dia da Independência.

A brisa de Mission Bay parece tão real... Só de pensar, meus braços se arrepiam, mesmo agora. O calor natural de seu corpo bloqueando os calafrios quando ele se inclina contra mim, sem dizer nada, percebendo meu desconforto e tentando me aquecer, com os olhos fixos no céu colorido e iluminado.

Me obrigo a voltar para o presente, me recusando a me entregar às recordações. Isso não vai me fazer bem. Não sou mais a mesma garota, e ele não é mais o mesmo garoto. Ele não é meu amigo. E eu não curto coisas coreanas. Nem coreanos.

Mas talvez eu finja curtir só para reconquistar Nate. Veremos.

Coloco a outra água de coco na frente de Jin-Hee e bagunço seu cabelo com a mão livre. Balanço a cabeça, ainda sem acreditar no quanto ela cresceu.

Ela dá uma risadinha.

Engulo o nó se formando na minha garganta. No passado, não me permiti sentir saudade dele. E agora que ele está na minha frente, meu coração está apertado, lamentando tudo o que deixamos ser esquecido quando nos afastamos, e sofrendo pela traição que tomou seu lugar. A traição de Jacob.

— Jin-Hee, você e sua mãe vão ficar no quarto da Helen. Jacob, você vai ficar no quarto de brinquedos — anuncio, mas não sinto a satisfação que pensei que sentiria. Quem sabe eu dê risada depois, ao imaginá-lo deitado naquela caminha.

— Ah, legal, obrigada — ela diz. — Pensei que Jacob dormiria na sua bicama, como antes.

Eu me livrei da minha bicama no verão em que os Kim se mudaram para a Coreia e nos deixaram aqui. Não planejava receber mais ninguém para dormir comigo, e assim foi.

— Me livrei daquela coisa velha anos atrás — explico.

— Vou levar nossas malas lá pra cima — ouço uma voz grave dizer.

A voz de Jacob está completamente diferente, e não há sinal algum de sotaque coreano em seu inglês. Não faço ideia de por que presto atenção nisso.

Dou de ombros e finjo indiferença.

— Você sabe o caminho.

— Passei mais anos nesta casa do que fora dela — ele responde baixinho.

— O que quer dizer com isso?

— Você está nos tratando como se fôssemos estranhos que alugaram quartos pra passar o verão.

— Bem, você *é* um estranho — devolvo, sem me incomodar em baixar a voz.

— Vocês dois, sempre competindo para ver quem tem razão. Estou muito feliz por estarmos todos aqui. É como nos velhos tempos, minha época favorita com minhas pessoas favoritas — minha mãe diz.

Fazia muito tempo que eu não a via tão alegre. Ela está falando a verdade. Consigo ver a felicidade estampada em seu rosto. Ela fica mais feliz quando está cuidando dos outros, não apenas de si mesma. E como agora somos só nós duas, acho que não é o suficiente. É por isso que está sempre na igreja. Só que, para ela, sua família está aqui de novo.

— Não é como nos velhos tempos, mãe. Não somos mais crianças. E eu nem conheço mais essas pessoas — digo.

— Bem, temos o verão todo pra compensar o tempo perdido — a sra. Kim replica, cutucando Jacob para que ele traduza para mim.

— Ela disse... — ele começa.

— Eu entendi — corto Jacob, brusca. — Não é como se não entendesse nada de coreano — falo baixinho.

— Desculpe. Você odiava falar coreano antes.

— Você também — eu o lembro. — Mas, pelo visto, muita coisa mudou. Agora você é pago pra atuar em uma série coreana. Essa eu nunca adivinharia — retruco, em um tom cortante e amargo.

Então, bufo e passo por ele, indo para o meu quarto. De repente, quero o conforto da minha cama. Ficar brava é exaustivo. Lidar com o fato de conhecer completamente alguém no passado e não saber nada da pessoa no presente está tirando meu equilíbrio.

— Jacob, você não pode carregar as malas com esse tornozelo — Jin-Hee diz.

— Estou bem.

Mas sei que ele não está. Estou vendo. Todas estamos.

— Não — insiste Jin-Hee. — Eu vou levar a minha e mamãe vai levar a dela. E...

— Eu levo a sua — digo.

Não olho para ele. Ele vai retrucar, se eu lhe der chance. Então apenas pego a alça de sua mala pesada. O que diabos ele trouxe? Jacob costumava ter apenas três camisetas. Agora parece que tem uma roupa nova para cada dia. Por algum motivo, até seu guarda-roupa faz eu me sentir traída.

Relutantemente, começo a arrastar a mala pelas escadas.

Ouço-o mancando atrás de mim.

Olho para baixo bem quando ele olha para cima, e nossos olhares se encontram mais uma vez. Jacob estreita os olhos e inclina um pouco a cabeça, tentando me entender. Ele não sorri. Tenho vontade de ficar observando-o por horas, inspecionando cada coisinha que mudou. Quero descobrir tudo o que aconteceu nesses três anos.

Não. Não quero, não.

Sacudo a cabeça para me desvencilhar do domínio que ele exerce sobre mim. Lembro a mim mesma que Jacob Jim, meu melhor amigo de berço, me abandonou. Ele pode dizer que foi porque havia um futuro melhor para ele e a família na Coreia. Mas não pode negar que ele queria muito partir.

Nós fizemos planos para as nossas vidas aqui. Deveríamos ser companheiros inseparáveis, o suporte um do outro para quando entrássemos no ensino médio. Ninguém ia mexer com a gente e nunca estaríamos sozinhos.

Mas aconteceu exatamente isso: fiquei sozinha, sem meu melhor amigo, durante três anos. Provavelmente até mais.

Porque, esse tempo todo, ele estava procurando um jeito de ir embora.

A Coreia era uma competição forte demais, um motivo para partir. Uma viagem curta de verão logo se transformou em anos. Eles nem voltaram para buscar o resto das coisas. Fui abandonada pelo meu melhor amigo aos catorze anos de idade. E nunca mais tive notícias dele.

Nunca nem tive a chance de me despedir.

Como posso perdoar alguém que me deixou no vácuo, sendo esse alguém meu melhor amigo? Não dá. Não perdoei. E não vou perdoar. Pode anotar.

Deixo a mala na porta do quarto dele sem falar nada e me viro para o meu quarto. Preciso estabelecer limites entre nós. É coisa demais de uma vez.

Assim que fecho a porta, ouço uma risada baixa no quarto de hóspedes.

— Claro que ela fez isso — Jacob fala consigo mesmo.

Tentei irritá-lo e castigá-lo sabotando o quarto, deixando-o todo bagunçado, escondendo surpresinhas desagradáveis por toda parte. Mas, em vez de ficar bravo, ele se incluiu na minha piada interna. Ele sacou.

— Claro que ele fez isso — digo baixinho.

Fecho os olhos e me recosto na porta. Não, não quero jogar esse jogo. As piadas internas são minhas.

Posso até aceitar dividir o teto com Jacob Kim durante o verão, mas não vou compartilhar mais nada com ele.

capítulo quatro
Jacob

Claro que ela fez isso.
    Fico olhando para a caminha com colchão de criança e roupa de cama de Pokémon e não consigo evitar um sorriso. A exaustão faz com que eu mal consiga ficar de pé. Queria muito tomar um banho agora; a cena tensa que rolou lá embaixo só aumentou o meu cansaço. Mas ver essa cama e ter certeza de que Hannah fez de propósito me faz rir.
    Isso é uma espécie de punição, mas não posso deixar de achar graça do esforço que ela fez. O que provavelmente vai deixá-la mais irritada. Dou risada sozinho.
    Ela é doidinha.
    Quero bater à porta dela e conversar por horas. Quero esmiuçar e analisar as interações que tivemos na cozinha e comemorar quando um de nós adivinhar corretamente as intenções tácitas do outro. Quero zoar nossas mães e rir até não conseguir respirar. Quero ficar em silêncio e me sentir completamente à vontade.

Mas, em vez disso, me lembro do buraco que ficou no lugar da nossa amizade, me lembro de quando a procurei e as mensagens não foram entregues, e de todas as vezes que eu precisei muito de uma amiga.

Medo. Mágoa. Raiva. Ela é provavelmente a única pessoa capaz de incitar sentimentos tão fortes em mim. Mas não vou mais deixar que faça isso. Não tenho energia.

Tiro a bota ortopédica e libero meu tornozelo. Meus remédios para dor estão na bolsa da minha mãe, e de jeito nenhum vou descer as escadas mancando.

Me jogo na cama e me esparramo, com os pés pendendo para fora da estrutura pequena demais. O alívio inunda meus músculos, e, apesar de ouvir minha mãe e a sra. Cho dando risada e fofocando lá embaixo, está silencioso e tranquilo aqui.

Nada de garotas gritando do lado de fora.

Nada de coprotagonista cruel me cortando.

Nada de empresária exigente observando cada movimento meu.

Não consigo nem reconhecer essa vida e essa pessoa, aqui da cama.

Tenho várias semanas só para mim. Posso fazer o que quiser. Posso... Minha mente faz aquele negócio de sempre quando acidentalmente começo a pensar em todas as coisas bobas que quero fazer, experimentar, comer, explorar. Ela se bloqueia. Nunca tenho tempo, muito menos liberdade para isso, então quase nunca me permito sonhar com essas coisas. Coisas normais.

Mas estou aqui. E, pela primeira vez em muito tempo, posso fazer o que quiser. Eu devia ter uma lista.

Pego um caderno na mochila. Em branco. Todas as ideias do que quero desenhar estão na minha cabeça, mas nunca tenho tempo para passá-las para o papel. Vou encher essas páginas de rascunhos este verão, decido. Minhas mãos coçam para criar algo lindo.

— Você parece feliz.

Viro a cabeça e vejo minha irmãzinha (embora nem mais tão "inha" assim) parada na porta. Hannah estava certa. Como é que Jin-Hee cresceu *tanto*?

— Só estou contente por dar uma pausa, sabe? — digo.

Fico me perguntando se ela sabe. Ela é esperta e, embora minhas habilidades de atuação incluam instigar um irresistível interesse amoroso nas adolescentes, não sei se sou bom o suficiente para disfarçar todo o estresse que ando sentindo.

— Eu também. Quer dizer, San Diego parece muito mais nossa casa que Seul — comenta minha irmã. — E Hannah é tão legal e tão linda. Ah, meu Deus, ela faz garotas como Min-Kyung parecerem clones. Ela é incrível.

Também percebi que Hannah está maravilhosa. Ela tem um quê de confiança que sempre a fez se destacar, um ar de fodona. Ela realmente amadureceu. Meu coração se enche, meio que orgulhoso. Que bom que um de nós se sente confortável na própria pele.

Eu sobrevivo à base de peito de frango e vegetais cozidos no vapor. Me dou ao luxo de tomar sorvete ou comer *patbingsu* de vez em quando se minha mãe me convencer. É tudo resultado do terror psicológico dos tempos de *trainee*, quando meu peso era rigorosamente monitorado e qualquer problema de pele ou inchaço podiam ameaçar o meu *debut*. Me olho no espelho e tudo o que vejo são motivos para eu perder meu trabalho ou não conseguir ser escalado para o próximo.

— Já acabou a rasgação de seda? — provoco minha irmã.

— Tá bom — Jin-Hee diz. — Vou desfazer a mala. Quer dar uma volta depois?

— Não tenho habilitação. E San Diego não é que nem Seul. Não dá pra sair andando pra qualquer lugar ou pegar o metrô.

— Podemos falar com a Hannah — ela sugere.

— Boa sorte.

Jin-Hee dá de ombros, como se pedir para Hannah nos levar para passear fosse a coisa mais fácil do mundo. Ela sai e vai para o quarto que está dividindo com mamãe.

Pego o travesseiro murcho debaixo da cabeça e o abraço. Sinto algo grudento na mão e descubro uma embalagem de chocolate escondida ali. Nossa, Hannah caprichou mesmo. Jogo o papel para o lado e levo o travesseiro ao rosto, respirando fundo. Sim, é o mesmo sabão de sempre. Sorrio diante da familiaridade. Esse cheiro — de oceano límpido e céu claro — me envolve feito um cobertor. De repente, tenho cinco anos de novo, sete anos, doze anos... e agora, aos dezoito anos, o cheiro é exatamente o mesmo.

De lar.

Estou seguro aqui. Não tenho que fingir nada.

— Está cheirando o travesseiro?

Viro para a porta, onde Hannah está parada, me olhando como se eu fosse a pessoa mais bizarra que ela já viu.

— O sabão é da Kirkland, comprado na Costco — digo. Ela estreita os olhos. Ainda me acha um esquisitão. — Estou com saudade do cachorro-quente de lá. E da pizza.

Fico com água na boca só de lembrar.

— Agora eles têm churrasco e açaí — ela diz com naturalidade.

— O quê? Por que complicar um negócio que funciona tão bem?

Fico genuinamente decepcionado com o rumo que o cardápio da Costco tomou. Ela dá de ombros.

— Não é? Os amantes de comida gourmet e os doidos por comida saudável estragam tudo.

Tento impedir um sorriso, mas não consigo evitar a tempo. Sinto o canto esquerdo da minha boca levantar enquanto um tantinho do prazer que estou sentindo com a conversa escapa. Essa intimidade é reconfortante de um jeito que eu não tinha percebido que sentia falta. Observo a atenção de Hannah se voltar para a minha boca. Os olhos dela a traem. Ela está usando uma máscara de raiva, mas seus olhos dançam, satisfeitos, sabendo que me fez rir.

Conheço esse jogo como a palma da minha mão. É um duelo só nosso, o velho confronto que definiu nosso relacionamento ao longo dos anos: lutar para esconder as emoções, sabendo exatamente o que o outro está sentindo e se esforçando para não ser o primeiro a ceder. Como senti falta disso...

— É bom ter voltado — digo. É um momento de fraqueza, e me arrependo imediatamente.

— Hum, que engraçado. Da última vez que nos falamos, você disse que odiava aqui. Então por que veio?

Eu devia estar preparado para isso. Para as acusações. O rancor. A cutucada. Eu devia esperar tudo isso, mas as palavras dela encontram um buraco na minha armadura e reabrem as feridas de três anos atrás.

Como é que ela ousa jogar isso na minha cara, como se tivesse mais motivos do que eu para estar brava?

— Minha mãe me obrigou — falo sem pensar. — Acredite em mim, foi muito difícil ir embora. Tudo é maravilhoso na Coreia. Você não acreditaria no apartamento em que eu moro. Os fãs ficam esperando do lado de fora só para me ver passar. É uma loucura. Acabei de receber um monte de roupas de um estilista coreano famoso, só porque ele quer que eu use seus modelos.

Digo tudo isso usando todas as habilidades de atuação que desenvolvi ao longo dos anos. Por algum motivo, preciso que ela acredite em mim. Não quero que pense que já me arrependi da minha escolha. E quero que veja que minha vida é melhor que a dela. Porque daí talvez eu também acredite.

Ela estreita os olhos e morde o canto do lábio. Provavelmente pensando no próximo golpe que vai desferir. Mas, em vez disso, ela só revira os olhos e vai embora.

— Hannah — eu a chamo.

Quero lhe dizer tantas coisas. Ela é minha melhor amiga de infância, e agora mal conseguimos conversar. É difícil não sermos mais próximos. Os três anos e os 9.600 quilômetros foram difíceis, mas é quase impossível estar assim tão perto fisicamente, cara a cara de novo. Um de nós dois tem que estender a bandeira branca. Um de nós tem que ceder para que possamos pedir desculpas, certo?

Ela para, mas não se vira para me olhar. A tensão irradia dela e me acerta bem na cara. Será que nos distanciamos tanto que não somos mais capazes de nos aproximarmos?

— O que preciso fazer pra conseguir uma casquinha do McDonald's por aqui? — pergunto.

É arriscado mencionar piadas internas do passado. Nossas tardes de domingo eram sempre marcadas por nós dois contando moedas e comendo sorvete do McDonald's em frente à igreja. Ela tem que se lembrar. Mas talvez seja cedo demais para tanta nostalgia.

Prendo a respiração.

Ela gira a cabeça de leve na minha direção. Mesmo com luzes no cabelo e batom vermelho nos lábios grossos, ainda vejo a garotinha com quem cresci. Ela está mais alta e perdeu um pouco das bochechas, mas olhei para esse rosto tantas vezes que poderia pintá-lo sem nem precisar olhar para a modelo, se tivesse talento para isso.

Ela pensa um pouco e então desiste do que quer que fosse dizer.

— Sei lá. Não como mais essas merdas — diz, indo embora.

Ai.

Parece que nem tudo mudou. Mesmo quando éramos crianças, a garota sabia guardar rancor.

Beleza. Ela não vai estragar as coisas para mim. Não vou deixar.

Me deito na cama, cruzando os braços atrás da cabeça. Estou livre para fazer o que quiser, e não preciso de Hannah para nada. É só ela ficar fora do meu caminho, que vou ficar fora do dela.

Meu celular faz barulho, e qualquer coisa parecida com alegria se esvai.

— Oi, Hae-Jin — digo.

— Está cuidando do tornozelo? — Ela nem me cumprimenta. Só quer saber de trabalho.

— Sim. Estou deitado agora. E aí, você falou com meu tio? Ele está, hum... cooperando?

— Estamos cuidando disso — ela responde, sem abrir brecha para discussão.

— Pode manter minha mãe informada, pelo menos?

— Claro. Escute, Jin, eu não concordei com a decisão da empresa de deixar você viajar de férias para os Estados

Um drama de verão 53

Unidos. Isso dificultou o trabalho de muitas pessoas, só pra você saber. — Sua voz sai meio tensa, e sinto meus pulmões tomados de culpa. — Estamos procurando oportunidades de publicidade enquanto você estiver na Califórnia. Vou ver se conseguimos arrumar de você e Minky falarem com a imprensa no Teen Choice Awards em Los Angeles, em agosto. A Netflix pode nos ajudar com isso.

Sinto um golpe no coração. Acabou a folga. Não vim para a Califórnia para trabalhar, para ser reconhecido, para falar com a imprensa. Vim descansar. Não quero que venham aqui atrapalhar tudo. Mas Hae-Jin não liga para nada disso. Meus desejos não são da conta dela.

Ela continua o monólogo, e eu mal presto atenção. Fecho os olhos e respiro fundo, me perguntando o que eu escolheria fazer se não tivesse tantas demandas a considerar. Como seria minha vida se não fosse uma estrela do K-drama?

— E tenho novidades surpreendentes.

As palavras de Hae-Jin me arrancam do devaneio.

— Parece que você foi indicado a Ator Revelação no Baeksang Awards.

— O quê? Está falando sério? Nossa, isso é maravilhoso! Sério mesmo? Fui indicado?

Me permito ficar feliz. Trabalhei duro, e é bom ser reconhecido.

— Bem, é uma pena que não possa ir à cerimônia de premiação. — É por isso que sempre sinto que estou encrencado. Não foi *ela* quem sugeriu que eu saísse da cidade para ficar longe dos holofotes? — De qualquer forma, considerando os outros indicados, você provavelmente não é o favorito.

Ui. Direto no ego.

Hae-Jin nem se dá conta do massacre.

— Abra seu e-mail em uma hora para verificar a possível programação do departamento de publicidade. Você vai ter que postar o conteúdo aprovado em suas redes sociais por conta própria, nos horários designados. Eles vão arranjar um jeito de manter você e Minky conectados durante o verão. Você tornou as coisas muito difíceis, e, como não vai estar em Seul, vamos ter que descobrir uma maneira de manter os fãs engajados com sua história de amor.

— História de amor? Isso é um pouco demais, não acha? — questiono.

Ela me ignora.

— E, Jin, você e eu precisamos nos falar todos os dias para discutir seu progresso.

— Todos os dias me parece exagero.

— Olhe seu e-mail e nos falamos amanhã — ela diz, e desliga.

Por que é que me dei ao trabalho de viajar para o outro lado do mundo? Não tenho como fugir das demandas da minha vida. Todas as expectativas que eu tinha para o verão se tornam uma memória distante.

Ouço a música do quarto de Hannah e imagino o que ela acharia de tudo isso, da minha vida. Três anos atrás, eu contaria tudo para ela, e ela me ajudaria a elaborar um plano para me libertar. Mas agora estou começando a me sentir como um prisioneiro de uma jaula que eu mesmo escolhi. E fugir não é uma opção.

capítulo cinco
Hannah

O acampamento de salva-vidas é péssimo.

Passamos tempo demais… nadando. E praticando carregar os outros alunos até a borda da piscina. E fingindo me afogar com a água a um metro de altura para que alguém pratique me carregar até a borda da piscina. Meu corpo dói em lugares que eu nem sabia que existiam. Por que foi que pensei que isso seria uma boa ideia mesmo? Ah, é, porque Nate está aqui.

Preciso fazê-lo entender que podemos ter assuntos em comum. Nós dois somos salva-vidas iniciantes agora. Ponto! E posso aprender a amar K-pop. Algumas músicas são bem animadas! Ponto! Preciso que ele veja que funcionamos como casal. Não passamos por tudo aquilo para não termos um futuro juntos.

Além disso, a gente tinha um plano: ser o suporte um do outro durante todo o último ano, e, já que ambos planejamos fazer faculdade em San Diego, a ideia é verificar se é possível manter uma relação entre a Universidade da

Califórnia e a San Diego State. "Ninguém ama essa cidade como nós", ele disse. "Estamos destinados a ficar juntos", declarou, todo poético.

Eu só preciso lembrá-lo disso tudo.

Sinto uma pontada esquisita de culpa. Jacob era a minha pessoa quando éramos crianças. Pensar em Nate agora como a minha pessoa parece uma traição. Mas por que é que isso de repente está me incomodando? Não pensei nisso durante três anos. A presença dos Kim na minha casa está bagunçando minha cabeça e atrapalhando meus planos. Tento afastar Jacob da minha mente e seguir em frente.

Estou usando meu biquíni novo, com listras vermelhas e brancas. E embora tecnicamente isso não seja exigido para ser uma salva-vidas, essa é minha maneira não tão sutil de ser notada. Tenho que me esforçar para reconquistar Nate. Não vou desistir de nós assim tão fácil. Posso ajudá-lo a se lembrar do que ele gosta em mim. E se o resto falhar, posso assistir a *Riverdale* de novo e tentar não dar risada durante o episódio musical.

Jacob também daria risada diante do absurdo que é *Riverdale*.

Pare com isso, digo a mim mesma. Chega.

— Ei, sei que você não liga muito pra isso, mas...

Merda. Quando Shelly começa uma frase assim, é porque sabe *muito* bem que ligo, sim, para o que quer que tenha para me dizer. Provavelmente é alguma bomba. Ela não se aguenta.

Mas, antes que ela diga qualquer coisa, eu ouço. Uma risadinha feminina maravilhosamente melódica e aguda, parecida com sinos tilintantes. Totalmente diferente da minha risada de hiena. Viro a cabeça devagar na direção do som hipnótico e sou atingida pela realidade mais gélida que eu poderia imaginar.

Ela é bem baixinha, duvido que passe de um metro e meio de altura. Sua pele de marfim é pálida e lisa, sem nenhuma mancha, nem sequer uma única sarda. E se ela tivesse, provavelmente seriam simétricas, sem dúvida perfeitamente posicionadas. Ela veste um maiô simples com saia de babado, e consegue parecer bonita nele, pelo amor de Deus. Bunda empinada. Cabelo comprido, preto e sedoso, tão escuro que é quase azul.

Ela cobre a boca com a mão quando ri, e seus olhos dançam de prazer.

Ela parece uma daquelas garotas sem defeitos que vejo na TV da minha mãe quando passo pelo quarto dela. Cantando e dançando em programas de auditório ou chorando e se lamentando em algum K-drama. Ela é o protótipo de todas as Graces, Esthers e Jeannies de qualquer igreja coreana de bairro a leste do Oceano Pacífico.

O sol escaldante de San Diego brilha atrás dela, criando um efeito de halo perfeito. Lógico.

E Nate a observa como se ela fosse uma joia preciosa.

— Quem é ela? — pergunto.

Eu nunca a vi antes. Quer dizer, óbvio que não sou a única garota coreana da escola. Mas sou a única do nosso grupo de amigos. E me esforcei muito para me encaixar, apesar de ser tão diferente. Se ela está aqui, falando com Nate, é porque está tentando se infiltrar no meu território. Aff, Hannah, vê se não começa a cantar e dançar sobre ser uma Jet. Controle-se.

Minha garganta se fecha e meu nariz coça com o cheiro residual da tinta cara que meu cabeleireiro usou para me deixar com luzes caramelo perfeitas. Para que fiz tudo isso se não para me encaixar, para impressionar Nate, para mostrar a ele que sou a namorada ideal?

— Era isso que eu ia te contar. Fiquei sabendo que Nate está saindo com outra pessoa. — A voz de Shelly me puxa de volta para a realidade.

— O quê? — Viro a cabeça para encará-la, procurando sinais de que está mentindo ou repassando alguma fofoca exagerada. Não encontro nada. — Não faz nem uma semana que a gente terminou.

— Tecnicamente, a festa foi oito dias atrás, mas entendi seu ponto. O corpo ainda nem esfriou.

Neste momento, tenho duas escolhas. Posso empurrar Shelly na piscina e me recusar a ouvir suas próximas palavras borbulhadas na água. Tipo, seria muito fácil. Ela está *bem aqui*. Ou posso respirar fundo e descolar mais informações sobre essa nova complicação.

Meu coração está acelerado. Ela não é daqui, tenho certeza. Pelo jeito como se veste e se comporta, chuto que tenha acabado de chegar da Coreia. Não existe fator de proteção solar capaz de manter alguém tão perfeitamente pálida. Meus pés se arrastam para perto dela sem que eu consiga evitar. Por favor, que ela tenha bafo de *kimchi*. Por favor, que o cabelo dela cheire a naftalina. Por favor, que ela tenha cílios curtos e atarracados.

— Ela acabou de se mudar. Os pais dela são donos daquela loja nova do shopping, de roupas maneiras estilo urbano — Shelly diz.

Droga. Adoro aquela loja. Pena que agora vou ter que convencer todo mundo que conheço a boicotá-la.

Shelly e eu vamos até a parte rasa da piscina, onde Aquela Garota está sentada balançando os pezinhos delicadamente na água. Nate está babando, parecendo enorme ao lado dela.

— Você gosta mais de BTS ou de EXO? Todo mundo ama BTS, mas EXO é meu favorito. Baekhyun é meu *bias* — ela fala para Nate. — Eu também adoro BLACKPINK. Muitas pessoas dizem que eu pareço a Jisoo. — Sua voz tem uma leve cadência que me lembra minha prima que cresceu em Busan e se mudou para os Estados Unidos há alguns anos.

— Total! BLACKPINK é demais, elas são muito gatas. Soo-Yun, você parece mesmo uma estrela do K-pop — Nate comenta.

Que ótimo. Eles têm o K-pop como interesse em comum. Ainda assim, é a única coisa…

— Você curte K-drama? Meu novo favorito é *De corpo e alma*…

Que seja, duas coisas em comum.

— Kim Jin-Suk é tão lindo e talentoso. Ele tem covinhas que nem o Jungkook!

Eu congelo. Kim Jin-Suk. Já ouvi isso antes. É o nome coreano de Jacob Kim. Será que ela está falando dele? Do meu melhor amigo de infância que me abandonou? O cara que está na minha casa passando calor no quarto porque eu só lhe deixei um ventiladorzinho que funciona só mais ou menos? Ela fala de Jacob como se ele fosse grandes coisas. Ela é definitivamente coreana. Não é como se alguém daqui soubesse quem é ele.

— Eu adoro *De corpo e alma* — uma das minhas colegas diz. — Kim Jin-Suk é muito gato.

— AimeuDeus, né? Essa série acaba comigo — outra colega comenta. — Estou tão feliz que vai ter segunda temporada.

Todos se reúnem em volta dela, querendo participar da conversa aparentemente fascinante sobre o meu melhor amigo de infância e a série patética de que ele participa. Fico pensando nos bons e velhos tempos em que essas séries eram populares só na Coreia e eu não precisava me preocupar com a bagunça que está rolando na minha cabeça agora.

Será que todo mundo ficou maluco? Jacob não é "muito gato". Quer dizer, acho que até posso entender por que alguém o acharia gato, mas acrescentar "muito" é meio que demais.

Não. Não. Não. Isso não pode estar acontecendo. Meus mundos estão colidindo em uma estranha realidade alternativa. Sempre me esforcei para separar minha vida coreana familiar da minha vida escolar americana, me esforçando para mantê-las bem, bem distantes. Nenhum dos meus colegas conhece minha família. Essa história toda é muito esquisita, e tudo por causa de Jacob Kim. Aff!

Prendo a respiração por um momento, esperando que Nate me veja, que seus olhos encontrem os meus. Ele deve saber que isso é muito confuso para mim. Ele me entende. Acho.

Só que ele só tem olhos para a garota nova — a versão mais reluzente e autenticamente coreana de mim —, entretido com o papo sobre o meu ex-melhor amigo. Sinto minhas bochechas esquentarem conforme a raiva vai crescendo dentro de mim. Jacob foi embora de San Diego sem nem olhar para trás. Não é justo que ele de repente seja reconhecido desse jeito. Não é justo que de repente seja "legal" ser coreana. Meu mundo está virando de ponta-cabeça. Não é justo que essa garota nova de repente receba toda a atenção de Nate quando eu estive aqui esse tempo todo.

— Você é muito mais bonita — Shelly fala do nada. — Quer dizer, eu nem sabia que ele curtia tanto asiáticas.

Paro para encará-la.

Ela balança a cabeça.

— Tipo, asiáticas *de verdade*. Você é americana de ascendência asiática, entende?

— Hum, valeu, Shelly. Mas eu sou coreana... coreana-americana. Tipo, acho que sou diferente de alguém que, sei lá, nasceu mesmo na Coreia e tal. Mas...

— É, foi isso que eu quis dizer. Enfim, vou dar um oi pra Lizzie. Até mais.

Que ótimo. Não queria mesmo ter que explicar isso para Shelly. Não sei nem se eu entendo direito. Mas passei a vida toda tentando ser uma coreana "americanizada", buscando o equilíbrio perfeito na minha identidade para me adequar aos outros sem parecer estar me esforçando demais. E daí vem uma garota "coreanizada" que é tudo o que eu desprezei na minha ascendência e conquista todos os corações. É isso que Nate quer? Parece que o mundo todo quer isso agora. De uma hora para outra, é descolado ser coreana. E obviamente não sou coreana o bastante. Na verdade, me sinto a pessoa menos coreana daqui.

— Hannah, vem aqui. Quero te apresentar pra uma pessoa.

Por que nosso professor de natação está me chamando? Vou até o grupo arrastando os pés em protesto.

— Hannah, esta é Soo-Yun. Ela acabou de chegar da Coreia. Soo-Yun, esta é Hannah Cho.

O motivo de ele achar importante que justo eu conheça a garota nova é óbvio. Mas eu não tenho a menor vontade de chamar a atenção dele.

— *Annyeonghaseyo*, Hannah-*ssi* — Soo-Yun diz, se levantando depressa e fazendo uma reverência.

Que diabos? Por que a garota está agindo como se eu fosse sua mãe ou coisa do tipo?
— *Daebak* — um dos meus colegas diz.
Viro a cabeça e lanço a ele um olhar mortal. Ele pode curtir coisas coreanas o tanto que quiser. Mas não me venha com gírias coreanas como se fôssemos amigos.
Nunca vou conseguir entender isso.
Me volto para Soo-Yun.
— Oi — falo, levantando a mão meio mole. — Prazer.
Não aguento mais. Procuro uma rota de fuga. Talvez eu deva só sair correndo sem olhar para trás. Me libertar de toda essa loucura.
— Certo, pessoal. Vamos aquecer com dez voltas livres! — o professor grita. — Grupo um, na água.
Fim dos meus planos. Excelente. Isso era exatamente o que eu estava querendo... nadar mais. Bem, posso escolher nadar, nesse meu presente confuso, ou voltar para casa para enfrentar meu passado torturante.
Inspiro fundo, prendo a respiração e pulo na piscina.

Vou embora assim que o treino acaba. Não me despeço de ninguém. Eles nem percebem. Não com todos os olhos em Soo-Yun.
Todas as emoções dos últimos dias vêm à tona, e de repente me sinto encurralada. Preciso fugir.
Eu não imaginei que seria tão difícil ver Jacob e sua família de novo. Não devia ser assim. Por que me importo tanto? Ele é passado. Tive todos esses anos para transformar meu amigo de infância em uma memória distante.

Mas, no momento em que o vi, as lembranças me consumiram, invadindo todos os meus sentidos. Os olhos gentis, o som dos grilos nas noites quentes de verão e o cheiro de morango e *bubble tea* de lichia eram tão familiares que pareciam ao mesmo tempo um abraço quentinho e um tapa na cara. Já os ângulos pronunciados de seu rosto e o timbre profundo de sua voz não são nada familiares, e sim evidências dos anos perdidos entre nós.

O problema é que, no instante em que abri essa caixa até então trancada dos bons tempos da nossa infância, também permiti que toda a dor de ser abandonada, de ser largada sozinha e sem amigos, saísse. E devo dizer que não estou gostando nada da experiência.

E agora tenho que aguentar tudo isso ser jogado na minha cara durante o acampamento de salva-vidas? Eu não tenho uma folga.

Pego minhas chaves e aperto-as tão forte na mão que as ranhuras irregulares começam a machucar. Preciso sair daqui. Corro até o carro e entro. O assento de couro do banco está pelando e queima a parte inferior das minhas pernas, mas não me importo. Se eu conseguir fugir daqui agora, estou disposta a usar vestidos longos e calça jeans pelo resto do verão só para cobrir minhas queimaduras de primeiro grau.

— Ai, merda!

O volante, porém, tem outros planos. Sacudo as mãos queimadas. É impossível tocar nessa coisa.

Mentalmente, caio de joelhos e golpeio o chão. Esse clima é tão injusto! Malditos verões de San Diego.

Por fim, dou a partida, ligo o ar-condicionado e dou ré no estacionamento. Não preciso nem pensar. Meu carro segue para oeste, na direção da água.

Quando paro na Torrey Pines Road lotada, sinto toda a tensão ser liberada do meu corpo. É muito difícil ficar chateada diante das águas azuis do Oceano Pacífico. Apesar da multidão caminhando na orla e dos carros parados no meio da rua, torcendo por uma vaga perto do mar, abro um sorriso. Desligo o ar-condicionado e abro todas as janelas, sentindo o sol e a brisa.

Meu pai adorava morar em San Diego por causa do mar. Na cabeça dele, isso era um símbolo de sucesso, de uma conquista na vida. Talvez seja por isso que ele tenha se mudado pra Cingapura — afinal, em se tratando de símbolos de sucesso, trabalhar fora do país seria o passo seguinte na direção do topo da pirâmide corporativa.

Uma dor profunda toma meu peito. Sinto muita saudade do meu pai. Não o vejo há seis meses. Ele não atendeu as duas últimas ligações que tínhamos marcado. Por um segundo, fico me perguntando como vai ser da próxima vez que ele vier a San Diego, de visita na própria casa. Será que vai ficar feliz de me ver? Ou será que o jet lag e a exaustão vão fazê-lo apagar durante quase toda a sua estadia, até que seja hora de ele fazer as malas e ir embora de novo? Este é o problema de longas distâncias e viagens curtas demais. Quase não temos tempo de nos conectar, de nos lembrar de que somos uma família.

Quando meu pai me deixou, ou melhor, nos deixou para ir trabalhar em Cingapura, ele jurou que seria temporário. Ele prometeu que a gente se veria com frequência. Abraçou minha mãe, deu um beijo na bochecha da minha irmã e depois me tirou do chão. Envolvi as pernas nele e me segurei no seu pescoço. Já estava velha e grande demais para fazer isso, mas ele não ligou e eu também não.

— Não vai embora, papai — falei aos prantos, implorando para que ficasse. Eu tinha doze anos.

— Não vai ser por muito tempo, Hannah-*ya* — ele sussurrou na minha orelha.

E então se foi.

Cinco anos depois, ele virou presidente da empresa. E, com sorte, nos vemos três vezes ao ano. Piso no freio bem a tempo de evitar bater em um carro que parou de repente na minha frente com o pisca-pisca ligado. O filho da puta pensou ter encontrado um lugar para estacionar. Balanço a cabeça. Essa vaga é reservada para combate a incêndios... todo novato cai nessa armadilha. Mané.

Pelo menos, acordo do chororô sobre meu pai.

Estou no final da Torrey Pines Road, encerrando minha fuga. Hora de ir para casa.

Assim que volto para a rodovia, o som de uma chamada recebida preenche o carro. Olho para o painel rapidamente e aceito a ligação.

— Oi — atendo com um suspiro resignado.

— Vixe. O que tá pegando? — A familiar voz da minha irmã, por outro lado, é gentil, mas também uma facada no meu coração. Um lembrete de que ela está a quase cinco mil quilômetros de distância.

— Bem, os Kim estão aqui — digo.

— Você preparou tudo o que queria na casa? — Helen me pergunta do outro lado da linha.

— Sim, preparei tudo perfeitamente, até usei os lençóis de Pokémon. O edredom é pra uma criança de dez anos, pequeno demais pra ele. E botei de volta aquele relógio maluco na parede. Sabe, aquele em que o pássaro voa e faz cuco a cada quarenta e dois minutos? — Só de pensar em Jacob enlouquecendo com esse cuco doido, já me animo um pouco.

— Me lembre de nunca ser sua inimiga. Ah, espera, eu me mudei pra Boston e selei meu destino. Foi mal.

Ela pode até brincar com esse assunto, mas ainda dói. Dou risada no telefone, mas sai amarga.

— Nunca vou te perdoar — rebato.

Helen e eu sempre fomos próximas. Ela e Jacob eram as pessoas em quem eu mais confiava. Depois que ela se formou, devia ter arranjando um emprego em San Diego. Mas, após uma "viagenzinha" para Boston, ela conheceu um cara, se apaixonou e acabou ficando por lá, conseguindo um emprego em uma empresa que paga bem e que oferece oportunidades de crescimento na carreira. Como se amor, dinheiro e sucesso fossem coisas importantes. Aff.

— Ah, Hannah — ela diz —, parece que você estendeu mesmo seu tapete de boas-vindas. Escuta, sei que você está meio à flor da pele agora depois do término, mas tente não descontar tudo no coitado do Jacob. Faz três anos que ele não volta pros Estados Unidos, e talvez ele esteja se sentindo um pouco deslocado. Não o largue sozinho, tá bem? Pelo menos tente se lembrar de que ele é basicamente parte da nossa família.

— Foi tão esquisito e constrangedor. É como ter estranhos dentro de casa. Porque na verdade *tem* estranhos dentro de casa.

— Pare de ser tão dramática. E agora me conta. Como ele está? Como foi rever o Jacob? Ele parece uma estrela de TV? Ele é tão gato pessoalmente quanto na tela?

— Sei lá. Não prestei atenção. Estou ocupada cuidado do meu coração partido pelo Nate, lembra? Preciso descobrir como reconquistá-lo. Tenho quase certeza de que ele não estava pensando direito quando terminou comigo, e agora tem uma coreana nova na escola, Soo-Yun. Ele não vai me substituir por ela, né? Nossa, isso seria péssimo. Chutada e substituída. Será que eu devia começar a usar meu nome coreano também? Sabe, pra soar mais autêntica?

— Preciso te lembrar de que seu nome coreano é Ha-Na. Não sei vai fazer muita diferença pras pessoas. Olha, você é insubstituível, não se esqueça disso. Nate é um besta. Agora me conta o que eu quero saber.

— Helen, não tenho tempo nem energia pra pensar em qualquer outra pessoa que não o Nate. Mal olhei pro Jacob por mais de um segundo, e não pensei mais nele depois.

—Aham…

— Ei, se alguém quisesse fazer um curso intensivo sobre K-pop e talvez um curso de nível básico em K-drama, por onde começaria? Preciso ter alguma coisa em comum com o Nate urgentemente.

— Bem, você tem uma estrela do K-drama dormindo debaixo do seu teto. Pode ser um bom começo.

— Estou ignorando a presença dele.

— Fala sério. Me dá alguma coisa. Ele é gato?

— Eca. — Não aguento ouvir minha irmã tietando o Jacob. — Ele é alto.

Ouço-a rir do outro lado da linha.

— Você gosta de caras altos — ela comenta.

O que diabos ela está querendo dizer? Quem é que não gosta de caras altos? Isso não significa nada.

— E… ele é magrelo. Alto e magrelo. E tem um corte tigela ridículo, como todos os garotos modinha do K-pop.

Ela continua rindo, e sinto meu rosto esquentar. Fecho as janelas e ligo o ar-condicionado. A rodovia 56 está estranhamente vazia, e piso no acelerador para ir mais rápido. Talvez eu seja parada e levada para a prisão e consiga evitar Jacob pelo resto do verão. Eles oferecem três refeições balanceadas por dia lá, não é?

— Você acabou de falar que queria ser fã desses garotos modinha do K-pop — ela me lembra. Impiedosa.

— É pelo Nate. Preciso me envolver com as paixões dele.

— Ainda não consigo acreditar que Nate Anderson, de todas as pessoas, é um *Koreaboo* agora. Enfim, Jacob ficou muito bonito com esse corte.

Como ela ousa defender o corte de cabelo tigela de Jacob? É indefensável. E por que é que ela continua desviando o assunto para ele?

— Tipo, se os boatos forem verdade — ela continua —, ele está sendo disputado pelas novas séries em produção. E parece que ele está pegando a atriz coreana mais gata do momento. Só que eu não acredito. Tem algo estranho nela. A última entrevista que eles deram foi bem esquisita, se quer saber minha opinião.

Estaciono na garagem de casa, mas não desligo o carro.

— Como assim? Quem é ela? Que entrevista? — pergunto. — Sabe do que mais? Deixa pra lá. Nem quero saber.

— Ah é, esqueci que você odeia tudo que é coreano. Devia expandir seus horizontes e abraçar sua cultura, maninha. K-pop, K-dramas, salgadinhos coreanos e maquiagens coreanas estão com tudo agora. Mas não faça isso pelo Nate.

— Eu não odeio tudo que é coreano. Mas não quero acompanhar essas coisas só porque estão na moda. Você nunca vai me ver chorando por um K-drama, de máscara facial enquanto como um miojo cru que eles embalam pra vender como se fosse salgadinho. De jeito nenhum.

— Ei, esse era meu plano pro fim de semana! Por que está me atacando desse jeito? — Helen dá risada da própria piada. — Enfim, você devia dar uma olhada na série do Jacob, *De corpo e alma*. Está na Netflix. É maravilhosa. Promete que vai pelo menos dar uma chance?

Solto um grunhido, como se ela tivesse me pedido para fazer a coisa mais horrorosa do mundo. E é quase isso.

— Hannah, me escuta. Sei que está magoada. E sei bem que você consegue guardar rancor. Mas abra seu coração pro Jacob ser seu amigo de novo. Já se passaram três anos. Não acha que está na hora...

— Não, não está na hora. Nunca vai chegar a hora — afirmo, decidida. — Além disso, não tenho tempo pra resgatar amizades perdidas. Tenho que focar em reconquistar o Nate.

— Por que não pode fazer as duas coisas? Por que não passar seu tempo tanto com o Jacob quanto com o Nate este verão?

Paraliso diante da ideia dos dois juntos no mesmo espaço. Isso não daria certo.

— E por que você tem que se esforçar tanto? Se Nate gosta de você e quer estar com você, ele devia estar lutando pra te reconquistar. Se ele não está fazendo isso, não vale o seu tempo. Você não precisa mudar nada em si mesma por causa dele, nem por causa de ninguém.

Deixo escapar um suspiro profundo e sofrido que se transforma em uma bufada. Se fosse assim tão fácil...

— Pode ser assim que funciona nos K-dramas. Mas, na vida real, não é como se eu tivesse um monte de caras me chamando pra sair.

— Você não precisa de um monte. Só precisa do cara certo.

— E é por isso que eu quero lutar pelo Nate. Tem algo especial em conhecer alguém a sua vida toda. Sabe, duas crianças crescendo juntas, começando como inimigos e se transformando em algo mais.

— Entendo o apelo dessa coisa de alma gêmea. Mas tem certeza de que Nate é seu destino?

— Não existe isso de alma gêmea nem destino. Só estou dizendo que Nate é um cara legal, que ficou ao meu lado quando todas as pessoas da minha vida foram embora.

Minha irmã pode até ser time Jacob, em vez de time Nate, mas não há como negar que Nate foi o único que permaneceu comigo. E que ainda está aqui.

Bem, isto antes de ele terminar comigo.

— Olha, cheguei em casa agora, então preciso ir logo pra mamãe não surtar — digo. — Falo com você depois. Tchau.

Encerro a ligação antes que ela continue insistindo. Ela realmente é filha da minha mãe.

Desligo o carro e desço, respirando fundo antes de entrar. Noto um movimento com o canto do olho e dou uma espiada na janela do quarto de hóspedes. As cortinas estão abertas e Jacob está parado ali. Ainda não consigo acreditar como ele ficou alto. Ele era um menino tão pequeno. E talvez ele não seja tão magrelo quanto falei para a minha irmã. Ele preenche toda a janela.

Me obrigo a desviar o olhar.

Vêm à minha mente a lembrança do fatídico dia em que a gente se falou por chamada de vídeo três anos atrás, ele passando o verão na Coreia com a família e eu em casa, entediada e ansiosa para a sua volta. Ele me contou que tinha acontecido uma coisa maluca que eu jamais acreditaria, e que eles ficariam em Seul por mais tempo que o esperado.

Ele ia perder o primeiro dia no ensino médio. Eles não sabiam quando iam voltar. Por favor, não fique brava.
Eu não aguentei e chorei.
Fiquei furiosa. De coração partido. Tive um mal pressentimento.
Ele não aguentou e chorou.
Estava com medo. Estava sozinho. Parecia inseguro.
Suas últimas palavras, gravadas para sempre no meu cérebro, foram a maior traição de todas:
— Odeio minha vida em San Diego.
As outras palavras viraram apenas um borrão confuso. Mas essas retumbaram.
Eu era a maior parte da sua vida em San Diego.
Fiquei esperando.
Fiquei esperando sua próxima ligação. A notícia de que ele voltaria para casa. Esperei semanas, meses, e não tive mais notícias dele.
O aperto que sinto no peito é tão real quanto naquele dia. Estou cansada de me importar com pessoas que sempre me abandonam.
E nunca fui boa em dar segundas chances.

capítulo seis
Jacob

Estou ficando maluco.
    Em uma reviravolta totalmente inesperada, meu tornozelo está melhorando. Agora consigo colocar um pouco de peso nele. Pode ser porque fiquei enfurnado nessa casa por uma semana, sem nada para fazer. Passar algumas semanas longe da Coreia e da minha agenda regrada deveria ser algo libertador, relaxante, divertido. Em vez disso, passei os dias sentado no sofá assistindo a vídeos do SEVENTEEN e TXT com minha irmã, ouvindo minha mãe e sua melhor amiga conversarem sobre receitas coreanas e passarem horas rememorando seus tempos de juventude. Só saímos para a igreja, para o mercado asiático e para uma loja de departamentos.
    O único lado positivo é que tive tempo de trabalhar nos meus rascunhos. Eu não costumava desenhar quando era criança. Mas um outro *trainee* me deu um caderno e umas canetas, e fui fisgado. Para um autodidata que não tem muito tempo para praticar, até que sou melhor do que esperava. Já terminei três desenhos essa semana e... não odiei. Estou

com bastante tempo livre. Só não tenho tantas fontes de inspiração dentro dessa casa.

Preciso sair. Quero fazer coisas, visitar lugares. Quero absorver cada detalhe do mar, das palmeiras, das criancinhas construindo castelos de areia. E quero aprimorar minhas habilidades, colocando no papel tudo o que eu conseguir.

E, principalmente, quero fazer coisas que pessoas normais da minha idade fazem, mas que nunca tive tempo nem liberdade para experimentar desde que era pequeno.

Fora a vez que Hannah fez uma cena quando estava saindo para o estágio, ela tem passado a maioria dos dias trancada dentro do quarto. Pelo menos é isso que ela quer que a gente pense. Pra ser sincero, suspeito que ela tem escapado escondido. Ela deixa a música tocando alto demais e em um *loop* constante por horas a fio. E quando a vejo em casa, ela mal abre a boca. Quero lhe perguntar o que é que fica fazendo o dia todo no quarto. Mas ela nunca me dá uma brecha.

Pelo menos, isso ainda é igual. Hannah sempre te dá um gelo se não quer ouvir o que você tem a dizer. Sei disso mais do que ninguém. Eu a magoei, três anos atrás. E para se vingar, ela cortou qualquer comunicação entre nós e me magoou também.

Ouvi Hannah e a mãe discutindo sobre a Escola Cristã de Férias na igreja, mas ela se recusou categoricamente a dar aulas lá. Sua mãe gritou alguma coisa falando para Hannah me levar para passear. Ela não seria minha primeira escolha, mas já se passou uma semana e nenhuma outra opção se apresentou. Então, à esta altura, eu aguentaria passar um tempo com Hannah e seu mau humor só para sair de casa e fazer alguma coisa.

Neste momento, estou sonhando com carne assada e tacos de peixe. Estou salivando por um hambúrguer com batatas fritas do In-N-Out. E eu mataria alguém por um sanduíche italiano do Jersey Mike's.

Sem querer ofender, porque a sra. Cho é uma ótima cozinheira, mas já estou enjoado de comida coreana. Acho que não saímos para comer fora na maior parte das refeições porque todo mundo ainda tem medo de tudo a que eu sou alérgico, e não estamos tão familiarizados com os lugares por aqui. Mas eu pesquisei bastante. Os restaurantes dos Estados Unidos na verdade são muito mais conscientes e cuidadosos com alergias alimentares que os da Coreia. E as alergias estão ficando menos severas com o passar dos anos e com a medicação que estou recebendo nos estudos clínicos. Pensar que esse remédio funciona e vai estar disponível para outras crianças com alergias graves me faz achar que talvez valha a pena estar na Coreia, mesmo com um trabalho tão exigente e impiedoso.

Olho para o aplicativo de notas no meu celular e acrescento mais duas coisas à lista que venho fazendo. Do jeito como as coisas andam, tudo provavelmente não passa de um sonho impossível. A minha lista de "Coisas para fazer em San Diego" — com os lugares a que quero ir e coisas que quero comer e experimentar enquanto eu estiver aqui — me parece fora de alcance. São coisas de que sinto falta e que eu curtia quando morava aqui ou coisas que perdi desde que me mudei para a Coreia. E preciso que alguém me leve.

Preciso de Hannah.

Está quente no quarto, e começo a ficar desconfortável. Vejo um ventiladorzinho no canto e me aproximo. Ele não está na tomada, então pego o fio e fico de quatro, procurando um lugar para conectá-lo. Estico o braço debaixo da cama, tentando alcançar a tomada e encaixar os pinos nos buracos.

Minhas mãos encostam em algo pegajoso. Me deparo com uma casca de banana podre, quase toda preta. Eca, isso é vil até para Hannah.

Limpo a mão na bermuda e continuo tentando alcançar a tomada.

— Ah, merda — ouço enquanto estou no chão.

Hannah. Ela está aprontando alguma coisa do outro lado da parede. Por algum motivo, consigo ouvir melhor daqui debaixo através da tomada. A música do quarto dela deve estar tocando em uma caixa que leva o som para cima.

Escuto a janela se abrindo e confirmo minhas suspeitas. Ela anda saindo.

Me levanto e avalio o corredor, do lado de fora do quarto. A barra está limpa, então vou depressa até a porta. Meu tornozelo dói um pouco, mas eu o ignoro e sigo em frente. Abro a porta devagar, tomando cuidado para que ela não me veja, e saio, verificando na beira da varanda para que lado ela foi.

Hannah está usando um short jeans bem curto, que faz suas pernas bronzeadas parecerem muito mais longas. É meio estranho ver uma garota coreana tão bronzeada assim. A maioria das garotas na Coreia têm pele bem branquinha. Ela está de regata, e dá para ver as alças de seu maiô vermelho. E o cabelo dela está... loiro. Ela deve ter clareado no tempo em que andou me evitando. Me lembra a Rosé, do BLACKPINK, na fase loira. Mal a reconheço assim de costas. Mas conheço seu jeito de andar de longe.

Não é possível ir andando até a praia daqui, então aonde é que ela está indo?

Sigo-a por algumas quadras, em direção à piscina da escola. Ouvi Hannah discutindo com a mãe sobre um acampamento de salva-vidas. A mãe disse que ela não poderia ir, e

Hannah saiu do quarto batendo os pés dizendo que sua vida social seria arruinada.

Parece que ela está indo às escondidas para reivindicar sua vida social.

Não me aguento e continuo na cola dela. Meu tornozelo me deixa meio lento e mancando um pouco. Mas a curiosidade acende todos os neurônios do meu cérebro, me fazendo esquecer a dor. Fico imaginando como Hannah está agora. Quem são seus amigos? Será que ela ainda é a mesma garota inteligente, hilária, determinada, incrivelmente leal e gentil com quem cresci?

Sinto algo estranho no peito, um aperto. É saudade. A raiva, misturada ao arrependimento, me fez aceitar os anos sem ela na minha vida. Mas o fato de estar aqui, cara a cara com ela, torna difícil não pensar na amizade e na conexão que a gente tinha.

Estou com roupas demais, de jeans skinny e camiseta branca larga, e o suor escorre pelas minhas costas. Enxugo uma gota errante na minha testa. A porcaria do meu cabelo gruda no rosto. Dou uma olhada por cima da cerca e vejo várias pessoas zanzando de roupas de banho. Todos os caras estão de calções folgados até os joelhos e a maioria têm cortes de cabelo bem curtos. Tenho que tentar me lembrar de comprar um calção de banho mais longo para o próximo verão. Na Coreia, os calções são mais curtos e apertados. Tenho a sensação de que vou pedir para ser zoado se usar o que trouxe.

Já não sou mais aquele menininho de antes, mas não quero ser alvo dos caras daqui.

As garotas estão todas de biquínis minúsculos — o que, na minha opinião, parece pouco prático para salva-vidas.

Mas tenho a impressão de que salvar a vida dos outros não é exatamente o motivo pra essa galera estar aqui. Todos são atléticos e bronzeados e falam e riem alto.

Não estou acostumado com grupos grandes assim. Odeio como me sinto de fora, e não só porque estou nos Estados Unidos. É um lembrete irritante de que não tenho amigos, na verdade.

Hannah está com um grupo, mas um pouco de lado. Ela dá risada na hora certa, quando todo mundo ri. Normalmente, era Hannah quem contava piadas e me fazia gargalhar. Fico um pouco confuso vendo-a com eles. Ela está se esforçando demais para se encaixar.

Uma frustração misturada com tristeza se debate dentro de mim.

Por que é que ela está se diminuindo tanto? Ela nunca foi maria vai com as outras.

Um instrutor apita e todos fazem duplas para começar o treino. Hannah sai correndo para se colocar ao lado de um cara alto, musculoso e bronzeado que deve se chamar Chad. Ele olha para ela, dá um sorrisinho e então volta o olhar para o seu peito.

Fico surpreso pela vontade que sinto de enfiar um soco na fuça dele.

Cerro os punhos e tensiono a mandíbula. Observo bem seu rosto e me imagino acertando em cheio seus dentes perfeitamente brancos.

Meu sangue gela quando uma lembrança me atinge primeiro.

De repente, tenho dez anos de novo. Nate Anderson está segurando minha caneta de adrenalina acima de sua cabeça, e estou pulando para tentar pegá-la. Estamos cercados pelos seus amigos, que gargalham, só que sou baixo demais, por uns dez centímetros, e me desespero pensando que não vou conseguir pegá-la de volta.

Tenho onze anos de novo. Nate Anderson me prensou contra uma parede na escola e está ameaçando quebrar o meu braço se eu não o deixar colar de mim na prova de matemática. Meu ombro está pegando fogo, e me encontro à beira das lágrimas. Preciso de todas as minhas forças para não chorar.

Tenho doze anos de novo. Nate Anderson pega minha sacola da GameStop contendo o jogo que comprei depois de ter economizado durante todo o verão. Finjo bravura e grito para que ele me devolva, e ele ri da minha cara. Todos estão rindo da minha cara. Não assusto ninguém.

Então Hannah se enfia na frente dele, o encara e diz para ele devolver a porra da sacola, senão vai contar para a mãe de Nate que viu ele fumando escondido atrás dos armários. Nunca a tinha visto falando daquele jeito antes. Em seguida, ela ainda se inclina e sussurra que vai contar para todos os seus amigos que ele passou mal depois.

Nate faz uma cara presunçosa e forçada. Vejo medo em seus olhos. Está com medo dela. Mas ele dá risada e atira a sacola no chão. Hannah a pega e finge que nada aconteceu. Ela vai para casa e eu corro atrás. Hannah começa a falar sobre a fanfic no universo de *Star Wars* que gostaria de escrever. E me pergunta qual universo eu escolheria.

Tenho dezoito anos e estou dobrado sobre o corpo, com vontade de vomitar. É o calor, só isso. Não sou mais uma criancinha esquelética e fraca. E Nate Anderson não significa nada para mim.

Mas ele obviamente significa algo para Hannah.

Não aguento mais. Dou meia-volta e manco de volta para casa.

* * *

Descobri duas coisas durante a ascensão à fama dos últimos anos. Número um: as pessoas sempre vão me usar para conseguirem o que querem. Número dois: para conseguir o que quero, tenho que começar a usar as pessoas também. O que é que ganhei sendo o cara bonzinho? Eu definitivamente trabalho demais e ganho de menos, considerando o que faço pelo estúdio. Eu me viro do avesso por eles e estou basicamente sempre disponível para assumir o papel de Kim Jin-Suk, 24 horas por dia, sete dias por semana. E, em troca, não tenho amigos nem vida fora do trabalho. Tenho aulas particulares da escola no set. E sou tratado feito lixo pela coprotagonista e pela minha empresária.

Mas, este verão, tenho Hannah. E se quero realizar todas as coisas que planejei fazer aqui em San Diego, é hora de tirar a bunda do sofá e fazer acontecer. Se, além disso, eu conseguir mais tempo longe das demandas do estúdio, que bom. Não vou me permitir me sentir culpado pelo meu plano.

— Filho da puta! Você me assustou, porra — ela meio sussurra, meio grita quando entra pela janela e me vê sentado na sua cama. Hannah esfrega o topo da cabeça, que bateu enquanto entrava.

— Que boca, hein — digo com uma voz calma, casual e controlada. Vou conseguir. É minha vez de obter o que quero.

Suas bochechas bronzeadas ficam levemente rosadas, e tenho vontade de sorrir, sabendo que a peguei no flagra. Mas não faço isso. Mantenho a expressão neutra. Afinal, sou um bom ator, caramba. Pelo menos é o que dizem. É por isso que sou pago. Hora de fazer essa grana valer.

Ela ajeita a postura e coloca a mão no quadril.

— O que está fazendo no meu quarto? — pergunta, com o mau humor que previ.

— Esperando você. Teve um bom dia no acampamento de salva-vidas?

Ela arregala os olhos.

— Você... você... me seguiu? — ela sibila.

— Pode apostar que sim — devolvo com tranquilidade.

Suas narinas se abrem, e a irritação emana de sua pele feito ondas bem na minha direção.

— Como se atreve? Que coisa de *stalker* é essa? Esses anos na Coreia te transformaram em um verdadeiro esquisitão. Não sei o que é que os garotos costumam fazer por lá, mas isso não é aceitável nos Estados Unidos.

— Ah, eu lembro bem o que se faz aqui nos Estados Unidos — digo, me levantando. Coloco a maior parte do peso no tornozelo bom, para não demonstrar fraqueza. Hannah inclina a cabeça para trás para olhar para mim. — Caras como Nate Anderson zoam, roubam e fazem *bullying* com meninos menores. E aparentemente as garotas ficam caidinhas por esse tipo de babaca. Não é, Hannah?

Ela abre a boca. Não sei se ela vai tentar negar, pedir desculpas ou mandar eu me foder. Mas continuo, antes que ela diga qualquer coisa.

— Olha, não me importo com quem você anda ou quem está te fazendo de trouxa. Mas aposto que sua mãe vai ligar bastante pro fato de você estar saindo escondida quando ela não te deixou ir ao acampamento de salva-vidas. Não sei o que tá rolando entre vocês duas, mas suspeito que ela seja tão fã de Nate Anderson quanto eu. Eu sempre amei e respeitei sua mãe.

Ela cerra os punhos ao lado do corpo. Eu sigo em frente, cutucando a onça. Não me aguento.

— O que me importa de verdade é me divertir um pouco este verão. Tenho uma lista enorme de coisas que quero fazer, lugares que quero ir, delícias que quero comer. Não tenho muito tempo, então preciso aproveitar bem. É tipo uma lista de desejos de adolescentes normais, coisas que eu faria se não fosse um ator famoso na Coreia. — Quase reviro os olhos com minhas próprias palavras, mas me contenho. Falta pouco. — Mas preciso de carona pra fazer tudo isso. Então, Hannah... — Vou me aproximando dela, até que estamos a apenas alguns centímetros um do outro. Ela cheira a cloro, coco e sol. Fixo meus olhos nos dela, desafiando-a a quebrar o contato visual. — Você vai ser minha motorista este verão.

— Sem chance. Também tenho coisas pra fazer. E suas necessidades não significam nada pra mim. Assim como já ficou provado que as minhas necessidades não significam nada pra você.

Recuo um pouquinho e fecho os olhos por um segundo, tentando me defender de seu ataque deliberado. Sua voz, carregada de crueldade, destrói um pouco a minha determinação. Olho pra ela, procurando algum sinal daquela que já foi minha melhor amiga. Não posso desistir agora. Estou perto de fazê-la concordar a me ajudar, e preciso dela para que isso dê certo. Endireito a postura, ficando mais alto, e continuo.

— Olha, é a desculpa perfeita. Você pode ir pro acampamento durante o dia e dizer que está me levando pra sair. A gente faz algumas coisas da minha lista depois que você sair e volta pra casa. Nossas mães não são tão espertas assim. Nós dois vamos sair ganhando.

Ela estreita os olhos, comprimindo os lábios como se fosse rosnar. Hannah parece prestes a dar uma mordida. Quase consigo ver os pensamentos passando pela sua cabeça. Até que ela bate o pé, em uma rendição frustrada.

Ela abre a boca para dizer algo, mas eu a interrompo:

— Não vai ser tão difícil, Hannah. É só me levar pra passear em San Diego. E sua mãe não precisa saber dos seus outros planos, digamos, não tão interessantes pra esse verão.

Seus lábios se projetam para frente em um beicinho típico dela.

— Como ousa voltar pra San Diego sem ter dado um sinal de vida em três anos e me chantagear pra ser sua serva? Quem você pensa que é?

Engulo a raiva, mas não consigo evitar o calor que sobe pelo meu pescoço. Então ela quer brigar *comigo* por não termos nos falado durante três anos?

— Não fui eu que nunca respondeu as mensagens — digo.

— Você desapareceu.

— Eu estava em treinamento...

Ela abre a mão na minha cara.

— Não ligo. Não vou fazer isso. Não quero escutar suas desculpas. A resposta é não.

Estou tão perto de conseguir o que preciso, o que quero. Não posso deixá-la dizer não. Sinto desprezo por mim mesmo por ser uma pessoa horrível, pressionando Hannah desse jeito. Mas ignoro-o e continuo.

Dou de ombros e me viro para sair.

— Será que nossas mães já voltaram da igreja? Acho que está na hora de batermos um papinho. Ficar de castigo durante o verão deve ser uma merda. Comece a praticar aquelas musiquinhas divertidas de acampamento infantil, Hannah. Sempre achei que você daria uma ótima professora da ECF.

Ouço um grunhido de desgosto atrás de mim.

— Uma hora por dia, duas vezes por semana — Hannah diz.

Que graça. Ela acha que pode negociar.

— Três horas por dia, cinco dias por semana — retruco.

Ela abre a boca e depois a fecha, com seu rosto se contorcendo de raiva.

— Vou pagar a gasolina — ofereço.

— Duas horas por dia, três vezes por semana — ela devolve, relutante. Dá para ver que ela está detestando ceder tanto.

— Três horas, cinco dias. E eu te libero da ECF.

Ela arregala os olhos e solta um suspiro profundo. Acho que consegui.

— Eu controlo o rádio — ela exige. — E não vou participar de nenhuma das coisas que você quer fazer. Só vou dirigir. E esperar no carro. E... — Ela pensa no que mais reivindicar. — Não precisamos conversar.

— Ótimo. Parece que arranjei a companhia perfeita pro verão — respondo, irônico, esticando o braço.

Ela olha para a minha mão e então volta o olhar para o meu rosto. Seus lábios grossos estão torcidos em um nó de frustração.

— Aperta minha mão, Hannah — digo.

Ela solta mais um suspiro de desgosto ainda mais alto que o último. Espero-a bater o pé de novo, mas ela se contém.

— Tudo bem — ela murmura, apertando minha mão. Sua mãozinha é pequena; eu a envolvo e sacudo por nós dois.

— Mas só pra deixar claro, estou fazendo isso como forma de protesto. *Não* somos amigos. Sou refém do seu plano perverso, e não vou curtir um minuto sequer.

Solto a mão dela e me viro para sair, me esforçando para pagar de indiferente. Dói andar, mas não falo nada, finjo um ar de vitória e fecho a porta.

Vou conseguir o que quero. Não me arrependo de ter chantageado Hannah. Tipo, ela mesma disse: Hannah não é mais minha melhor amiga. Droga, ela é praticamente uma estranha. Eu ganhei.

Fecho os olhos, respiro fundo e tento afastar a sensação ruim. Por que é que tenho a impressão de que, no fim das contas, eu é que vou sair perdendo?

capítulo sete
Hannah

Tenho duas escolhas hoje. Posso comer o peru vencido da geladeira, torcendo para passar tão mal que ninguém vai negar que preciso visitar o pronto-socorro ou pelo menos ficar de cama; ou posso engolir o choro e fazer o primeiro passeio com Jacob.

Peru estragado. Babaca chantagista traidor. Escolha difícil.

Fecho a porta da geladeira e abaixo a cabeça, derrotada.

— Está pronta?

— Mas que...! — grito, dando um salto para trás. — Não faz isso. Porra, você me assustou aparecendo assim de fininho.

— Foi mal. Só quero saber se você está pronta.

Tem alguma coisa errada. Jacob está estranho, falando sem nenhuma emoção. As olheiras debaixo de seus olhos são novidade. Para alguém disposto a chantagear uma velha amiga só para conseguir sair de casa e se divertir, ele parece péssimo. Será que mudou de ideia? Ou sou eu? Será que ele mudou de ideia sobre mim?

Tento não pensar no quanto isso me incomoda. Talvez eu não valha tanto gasto de energia nem para uma chantagem. Ou quem sabe a ideia de passar um tempo comigo, mesmo que apenas como motorista, seja terrível demais.

— Hum... sim, estou pronta. Precisamos levar alguma coisa? Água? Protetor solar? Lanche?

Jacob não consegue segurar um sorrisinho, fazendo-o voltar a seu eu habitual na hora. Pelo visto, ele me acha engraçadinha. Aff. Que seja. Minha mãe me ensinou a sempre levar um lanchinho na bolsa, beleza?

— Não precisamos de nada, podemos ir — diz.

Ele pega a chave no aparador e me entrega, então abre a porta e a segura para mim, esticando o braço para eu ir na frente. E daí? Vários caras da nossa idade são educados. Só porque ainda não conheci um, não significa que Jacob seja especial. Passo por ele sem fazer contato visual, me preparando para o que quer que ele tenha planejado para hoje.

— Pronta pro nosso primeiro encontro? — Jacob pergunta, colocando o cinto de segurança, que não encaixa direito. Seguro a risada enquanto o observo tentar algumas vezes. Eu me alegro com as pequenas coisas.

— Não é um encontro. Pra onde vamos?

Ele olha para a frente e sorri. De perfil, vejo seu rosto inteiro se transformar — ele foi feito para sorrir. Em seguida, ele se volta para mim, e viro a cabeça depressa.

Onde é que está o pacote de chicletes que deixei aqui da última vez?

— Beleza. Então, eu fiz uma lista, certo? — diz Jacob.

Dá para notar a energia correndo por ele enquanto ele balança os joelhos. Sério, o que poderia ser tão empolgante assim? Estou começando a pensar que talvez eu não possa ajudar com as coisas incríveis que ele quer fazer.

Resquícios da alegria e do encantamento que ele demonstrava quando criança aquecem um pouco meu coração frio e morto. Sinto uma pontada de culpa. Ele ficou trancado em casa por uma semana porque eu não quis levá-lo para passear. Podemos não ser mais amigos, mas posso fazer isso por ele. Não sou uma monstra completa.

Além disso, ele está me chantageando.

— Pensei em começar devagar. Então hoje vai ser tranquilo — ele afirma, me passando o celular.

Olho para as anotações na tela.

Dia 1: encontrar o melhor burrito californiano.

Encaro Jacob. Tento manter a expressão neutra, mas este é literalmente um sonho meu se tornando realidade. Pensei que a tal lista de desejos seria uma merda.

— Certo, isso não vai ser tão ruim — digo, disfarçando a empolgação. — Quantos você quer experimentar antes de escolher o vencedor? Tipo, eu obviamente tenho algumas ideias. Mas é a sua lista.

— Acho que quatro é o suficiente — ele diz, totalmente focado. Entendo, o assunto é sério. Encontrar o melhor burrito californiano em San Diego não é brincadeira. Ainda assim…

Mordo o lábio, me esforçando para não dar risada.

— O que foi? Isso não é uma piada.

Ergo as mãos.

— Não, não, concordo. Por essas bandas, não fazemos piada com burritos — digo.

Ele olha para o celular, abrindo um sorrisinho, e responde:
— É só uma daquelas coisas que sempre tive curiosidade. Tipo, batata frita... em um burrito...
Não posso culpá-lo pelo deslumbramento.
— Pois é. É genial. E aí, quais são as características que você vai avaliar? — pergunto.
Jacob se vira para mim com uma expressão de completa determinação.
— Andei pesquisando um pouco, lendo críticas e assistindo a uns vídeos no YouTube. E decidi que o burrito perfeito tem uma distribuição de dois para um de carne assada e batatas fritas. Tem que ser grosso, mas não pode estar cheio demais. Também não pode ter creme azedo demais, e a batata tem que estar crocante por fora e macia por dentro, e não encharcada. Pontos extras se a guacamole estiver fresca e for apimentada.
Concordo, impressionada. Não me permito pensar que ele passou muito tempo pesquisando tudo isso de longe, sem nunca ter comido um burrito quando criança.
— Nada mal. Já sei por onde começar.
Virgem de burrito californiano. Fico imaginando sua primeira mordida e a expressão de maravilhamento que ele vai fazer quando experimentar o que o aguarda. De repente, percebo que Jacob nunca provou burrito porque não podia comer fora. O risco de contaminação cruzada era alto demais. Mas... como é que ele pode arriscar agora? Devolvo o celular para ele e pego o meu no console central.
— Só deixe eu ver uma coisa antes — comento.
Faço uma pesquisa rápida e ergo o punho no ar ao encontrar o que estou procurando.
— Hum... será que quero saber o que você está pesquisando? Descobriu como me envenenar secretamente?

É uma provocação, mas me surpreendo com como me magoa. A caneta de adrenalina de Jacob era uma constante em todos os nossos programas e em todos os lugares para onde a gente ia. Eu estava sempre preocupada com ele. Odiava que tivesse que passar por aquilo.

Castanhas são basicamente um veneno para Jacob. Não gosto nem de fazer piada com o estrago que elas poderiam fazer.

Tomo um susto com seu toque gentil no meu braço.

— Ei, eu estava brincando. Não se preocupe comigo. Tenho lidado com essa merda a vida toda. E — ele dá de ombros — a alergia está meio que melhorando.

Como assim melhorando? Existem alguns estudos clínicos avaliando como combater reações alérgicas mais sensíveis, e pesquisas fascinantes de cientistas abordando-as quase como se fossem um vírus. Estou aprendendo muito sobre o assunto no estágio com o imunologista.

Levanto uma das sobrancelhas, com um ar questionador.

— Ah, bem, a empresa mexeu uns pauzinhos e me arranjou um programa experimental para quem sofre de alergia. Depois de um ano, não estou curado, mas sou muito menos suscetível a ter algum ataque. Acho que desenvolvi uma espécie de tolerância a castanhas ou algo assim. Está vendo? — ele pergunta, apalpando os bolsos. — Nem trouxe a caneta de adrenalina hoje. Achei que não ia precisar.

Viro a cabeça de repente, surpresa.

— Sério?

Estico o braço para apalpar seu peito, procurando a caneta escondida em algum lugar na camiseta. Ele se contorce, tentando me evitar. Jacob é a pessoa mais cocegenta que conheço. Quando ele me implora para parar, soltando um berro agudo, eu me recosto no assento com a mão na barriga, tentando recuperar o fôlego de tanto rir.

— Isso é maravilhoso — digo. Ambos ainda estamos sorrindo, nos restabelecendo após o ataque de riso. — Você deve estar tão aliviado. É um divisor de águas pra você.

Estou sendo sincera. Nunca quis que Jacob ficasse debilitado por conta das alergias. E não lhe conto que meu objetivo é fazer medicina e me tornar imunologista. Seria meloso demais.

— Mas é meio que natural pra mim querer saber os riscos, não importa onde eu esteja comendo. E tenho cerca de — ele faz uma pausa — 89% de certeza de que você não está tentando me envenenar. — Jacob abre um sorriso gentil, e meu coração, que eu nem tinha notado que estava acelerado, começa a se acalmar.

— Sinceramente, essa porcentagem está bastante alta — digo, com uma cara séria. — Não me dê tanto crédito. Mas, nesse caso, eu estava verificando se o restaurante mexicano é seguro pra você. O site diz que sim. — Dou um sorrisinho torto. — Hoje não é seu dia de morrer. Pelo menos, não pelas minhas mãos.

— Que mórbido. Falando em mortes mórbidas, como vai o acampamento? Tem alguma chance de você não conseguir salvar Nate Anderson de um afogamento trágico?

— Nossa, que cruel.

— Ele não merece? — questiona Jacob. Estou começando a me perguntar se ele está falando sério.

— Fico surpresa que você ainda se lembre de Nate Anderson.

— Como é que vou esquecer o cara que transformou minha infância num inferno? Algumas pessoas podem até perdoar esse tipo de tortura, mas pra mim não é tão fácil assim.

Ele me lança um olhar, e eu me encolho no assento. Ainda não estou pronta para essa conversa.

— Vi que tem um parque de skate na sua lista — digo, mudando de assunto.

— Existem vários parques legais por perto. Mas com o seu tornozelo desse jeito, sem chance de você conseguir andar de skate.

— Eu sei. Pensei em só ficar assistindo. Na verdade, eu nunca andei de skate.

Ele se vira para a janela, e não consigo ver sua expressão.

— Não é comum na Coreia? — pergunto.

— É, sim. Mas nunca tenho tempo livre pra fazer esse tipo de coisa.

Fico olhando sua nuca, me perguntando, e não pela primeira vez, como deve ser sua vida na Coreia. Só não tenho coragem de externalizar essa pergunta.

— Por algum motivo, não consigo te imaginar andando de skate — comento, dando a partida e engatando a ré para sair da garagem.

Jacob era uma criança pequena e não das mais coordenadas. Claro que ele cresceu, mas fico surpresa ao ver a graça com a qual ele se porta. Ele anda, fala, move-se e respira como se estivesse muito mais confortável na própria pele, mesmo com a bota ortopédica enorme. Muita coisa mudou, e não só fisicamente.

O que é um soco no estômago. O choque de não sermos mais melhores amigos deve desaparecer em algum momento, certo? A vontade de saber mais sobre o trabalho, a vida e todas as outras coisas que o tornaram quem ele é hoje me corrói por dentro.

Olho para trás para ver se não tem nenhum carro vindo e percebo Jacob me observando. Ele rapidamente desvia o olhar para a frente.

— Bem, eu era meio fracote — ele fala, rindo, mas não parece achar graça nenhuma.

Abro a boca para comentar algo, mas, antes que eu diga qualquer coisa, ele estica um dedo e cobre minha boca.

— Não.

— O quê? — murmuro, com a boca fechada.

Ele retira o dedo e damos risada.

Tento afastar a sensação de familiaridade e nostalgia. Não quero curtir esse tempo com Jacob. É confuso demais. Decidi há muito tempo que essa amizade tinha acabado. Então é melhor meu coração entrar na linha. Não estou disposta a deixar a raiva para lá. Este é o Jacob, o cara que me abandonou.

Jacob, meu antigo melhor amigo.

— Então, você tentou mudar de assunto quando falei do acampamento de um jeito nada sutil. Olha, prometo não me deleitar com a ideia de Nate Anderson se afogando, está bem? Só estou curioso pra saber como as coisas estão indo.

Sua voz grossa me surpreende toda vez que corta o silêncio e eu não estou preparada. Ele soa como um adulto. Acho interessante que ele não tenha nada de sotaque, depois desses anos todos na Coreia. Na verdade, ele fala de um jeito perfeito. Sei que ele só fala coreano na série, então quando é que ele pratica inglês lá na Coreia?

Coreia. Coreanos. Aquela Garota. Aff.

Resmungo.

— Nosso combinado era nada de conversinha.

Ele dá risada. Passa a mão no cabelo longo e o segura na nuca. Se me pedir um elástico para fazer um coque, vai ser oficialmente expulso deste carro.

— Não precisa me contar. Mas se quiser, pode. Ou se precisar.

Sua oferta é como uma chave mágica destravando uma fechadura velha e enferrujada. Um clique e as comportas se abrem.

— Tem uma garota nova na escola, Soo-Yun. Ela cobre a boca pra rir. E não chega nem perto de feder a naftalina. E não quero que me comparem com ela.

Com o canto do olho, vejo Jacob inclinar a cabeça e morder o lábio, mas ele não fala nada. Desacelero para parar no sinal vermelho e me viro para verificar se ele me ouviu.

Ele assente algumas vezes.

— Então quer dizer que você quer odiar essa coreana, mas ela não é horrível? E o que mais, Nate está dando em cima dela? Está preocupada que ele só tenha namorado você porque tem, tipo, fetiche com coreanas?

Minha mandíbula desce até o tapete do carro. Como é que ele consegue?

Jacob olha pra mim e começa a gargalhar ao ver a minha expressão.

— Olha, já faz um tempo. Mas acabei me tornando fluente em traduzir hannês ao longo da vida. Ainda lembro de algumas coisas.

— Mas eu mal abri a boca e você sacou tudo só com isso? — Ainda estou surpresa.

— É um dom. Além disso, você não é tão misteriosa quanto acha que é, Hannah. — Ele para e olha para baixo. Seus olhos ficam se movendo de um lado para o outro, como se ele estivesse tentando encontrar algo. Depois, levanta a cabeça, ergue uma das sobrancelhas e diz em voz baixa: — Pra mim, você é um livro aberto. Meu tipo favorito de leitura.

As palavras pairam no ar desconfortavelmente, e o sinal fica verde. Piso no acelerador com força demais e somos lançados para a frente, mas logo o carro estabiliza.

— Muito boa essa, Jacob. Pegou de um dos seus roteiros?

— Não pretendia que aquilo saísse de forma tão cortante. Quase vejo as palavras dilacerando as sensações boas que conseguimos construir.

Jacob esfrega a nuca, constrangido. Ele fica em silêncio por um instante e então pigarreia.

— Ei, então, fato curioso, eu... hum, não sou muito habilidoso socialmente. Acho que entrei no modo ator. Foi mal.

— Hum. — Não sei por que, mas fico surpresa. — Será que tenho que me preocupar com isso? Como vou saber se é você ou se é atuação?

— Bem, você pode me chamar a atenção, como acabou de fazer. Você me conhece bem...

— Será? Faz tanto tempo. Não te conheço mais.

Viro para ele, mas Jacob está olhando pela janela.

Quero começar uma briga, mas ele não está entrando na onda.

— Posso te perguntar uma coisa? — ele fala, ainda sem olhar para mim. — Por que Nate Anderson?

Não esperava por essa. Especialmente dele. Uma nuvem de vergonha paira sobre mim. Posso justificar os motivos de ter escolhido Nate para mim mesma. Eu vi as partes boas dele. Mas para Jacob é mais difícil, considerando nosso passado. Nunca imaginei ter que me explicar para a única pessoa que jamais entenderia.

— Eu não tinha amigos no primeiro ano, por razões óbvias, e planejava continuar assim até o fim do ensino médio. Mas daí Nate e eu tivemos algumas aulas juntos nos primeiros anos, e ele começou a demonstrar interesse. Acabou que Nate não era quem a gente achava. Ele na verdade é bem legal. — Não faço nenhuma acusação. Mantenho a voz calma para que Jacob entenda que não estou tentando culpá-lo, essa não é a questão. A vida segue.

— Desculpe — ele diz mesmo assim, abaixando a cabeça e fixando o olhar nas mãos entrelaçadas em seu colo.

— Olha, o que passou, passou. Você e eu somos pessoas diferentes agora, e é assim que as coisas são. — Estou tentando parecer indiferente, mas não me sinto nem um pouco desse jeito. Um tornado de emoções se agita dentro de mim e, no centro de tudo, há a dor de uma jovem abandonada.

— Bem, se está querendo reconquistá-lo, nosso esquema — ele fala, apontando para nós dois — pode deixá-lo com ciúmes. Caras tipo Nate querem sempre sair por cima. Se ele pensar que você está vendo outra pessoa, especialmente alguém que ele considere uma ameaça potencial, e achar que você está em outra, ele provavelmente vai te querer de volta. A gente pode postar umas fotos no Instagram e tal, deixando umas pistas.

Não tinha pensado nisso, mas faz sentido. Acho que eu poderia usar esses passeios para ganhar alguma vantagem com Nate. Tipo, se é para ficar presa com Jacob, bem que eu poderia ver se Nate morde a isca. É uma ideia a se pensar. O problema é que não sei se Nate ficaria com ciúmes do Jacob por estar comigo, ou de mim com o Jacob. Excelente.

— Então, agora que você já sabe que sou patética, vamos mudar de assunto. Minha vida obviamente não é tão interessante quanto a sua. Me conte mais sobre a sua vida maravilhosa na Coreia.

Será que quero mesmo saber? Será que quero correr o risco de descobrir como é a vida dele hoje? Uma vida que eu odeio, porque substituiu a que a gente tinha.

— Você não é patética. Tenho inveja da sua vida normal. E não estou tentando ser condescendente — ele acrescenta depressa. — É só que, bem, eu não me importaria de ter que lidar com essas coisas que as pessoas da nossa idade lidam: namoros, relacionamentos, situações da vida real. Tudo o que eu tenho são as mentirinhas que leio nos roteiros.

— Então você está dizendo que *quer* um pouco de drama na sua vida?

— Quero algo real. Sei que falei que as coisas eram ótimas na Coreia. Mas, na verdade, é muito difícil. A vida está longe de ser perfeita, longe mesmo. Tenho uma agenda super rígida. Estão sempre me analisando como se estivesse sob uma lupa, e nenhum erro passa despercebido. — Ele olha para a bota ortopédica, e fico me perguntando por que alguém o repreenderia por causa de um acidente. — E eu, bem... não tenho muitos amigos. Na verdade, não tenho nenhum amigo. Não existem muitas pessoas em quem eu possa confiar que gostem de mim sem querer nada em troca. Isso mexe demais com a minha cabeça.

— Nossa, que merda. Sinto muito.

Posso estar ressentida com a forma como nossa amizade terminou, mas nunca desejaria que ele estivesse passando por isso.

Ele dá de ombros.

— Faz parte, acho. A série está ficando famosa. A vida está acontecendo rápido e não tenho tempo de desenvolver conexões reais. É difícil saber se alguém quer ser meu amigo por minha causa ou por causa da minha fama. E as pessoas com quem eu trabalho não são muito legais.

Quero culpá-lo pela vida que ele tem agora — e pela minha vida também. Tenho pessoas à minha volta, sim, mas não amigos verdadeiros. Não tenho ninguém que chegue perto do que Jacob foi para mim. Quero jogar na cara dele que ele escolheu essa vida na Coreia, em vez de ficar aqui, pensando que seria melhor, que ele seria mais feliz. E olhe o que aconteceu. A gente só se fodeu.

Mas não falo nada.

Tudo dentro de mim parece pesado: o peso do rancor alimentado durante anos me puxa para baixo. Estou cansada de ficar agarrada a isso com tanta força. Só não sei se sou capaz de soltar.

Entro no estacionamento do Roberto's Taco Shop. Antes que eu desligue o motor, Jacob vira de frente para mim.

— Me desculpe, Hannah. A vida ficou uma loucura, e quando finalmente consegui respirar, você nunca me deu chance de me explicar. Eu disse coisas duras e horríveis. Se eu soubesse que aquelas seriam as últimas palavras que eu diria pra você, eu nunca teria… — Ele hesita e balança a cabeça, então respira fundo e continua: — E daí a distância entre nós ficou imensa tão rápido…

Ouço suas palavras, mas não entendo como é que fomos de melhores amigos a completo estranhos em uma conversa. E não acho que podemos voltar para onde paramos apenas com essa conversa de agora. Só sei que não consigo dar resposta nenhuma nesse momento.

Eu assinto. É tudo o que posso fazer.

Ficamos nos encarando. Como sempre, ao olhar nos olhos de Jacob, vejo tudo o que ele não disse em voz alta, e é coisa demais. Desligo o carro, tiro o cinto, abro a porta e desço.

O calor do verão me acerta no rosto, me lembrando de onde estou. San Diego. Meu lar.

O cheiro de tortilhas sendo fritas e carne sendo grelhada flutua no ar, e fico com água na boca. Vou passar um tempo com Jacob hoje, mas não posso me deixar esquecer de que ele só está aqui por algumas semanas. E vai embora de novo, assim como todo mundo.

Pelo menos, sempre vou ter burritos californianos.

capítulo oito
Jacob

Vinte e quatro horas depois, ainda estou empanturrado.

Escolhi o vencedor após ter provado quatro burritos. Todos estavam tão deliciosos que a disputa não foi nada fácil. A foto do burrito californiano vencedor, do Cotija's — dividido ao meio, uma metade em cima da outra, o vapor subindo das batatas fritas feitas na hora — ficou digna de um influenciador de comida. Hannah arrumou toda a cena para que a foto ficasse perfeita.

Publico a imagem no meu Instagram com a legenda: "O vencedor: o melhor burrito californiano de San Diego." Coloco um emoji de troféu e marco o Cotija's Taquería. Feito. Não foi tão difícil. É um pequeno ato de rebeldia. Se quero ter um verão "normal", publicar coisas nas minhas redes sociais é um bom começo, certo?

Percorro meu feed e vejo uma foto minha com Min-Kyung tirada algumas semanas atrás, mas publicada apenas ontem. "Vou sentir saudades dela este verão. Torcendo pra não ficarmos muito tempo longe." As palavras nem parecem minhas. Quem quer que esteja cuidando das redes sociais no estúdio provavelmente tem quarenta anos e odeia o trabalho. Abro a galeria e dou uma olhada nas outras fotos que tiramos ontem. Clico em uma que tirei de Hannah, segurando seu burrito com as duas mãos e enfiando-o na boca, alheia à câmera. Ela está dando uma bela mordida de olhos fechados, magia pura.

Dou risada e balanço a cabeça. A Hannah de antes ficaria orgulhosa de conseguir enfiar a coisa toda na boca sem derrubar nem um pedacinho de carne. Será que a Hannah de dezessete anos ficaria brava por eu não ter pegado seu melhor ângulo? Min-Kyung brigou comigo uma vez quando tirei uma foto da gente para um fã. Ela ficou furiosa por eu não ter capturado a melhor luz.

Meu sorriso se desfaz. Ontem consegui não pensar no estresse do trabalho durante metade do dia. Acho que é um recorde. A pasta com o roteiro e a renovação do contrato fica me provocando, dentro da mochila fechada no canto. *Você não está me vendo, mas sabe que estou aqui.* Eu geralmente gosto de ler um roteiro novo e mergulhar na cena. Mas este é o roteiro do primeiro episódio da segunda temporada. Tenho mais dezesseis episódios pela frente. Não sei por que estou evitando o inevitável, mas isto é a última coisa que quero fazer agora.

Volto a atenção para a foto da Hannah. Seria divertido publicar esta também, mas talvez não seja uma boa ideia colocá-la na mira do estúdio desse jeito — ou, pior ainda, na mira dos fãs.

— Jacob, a sra. Cho e eu vamos à igreja ajudar a organizar a coleta de roupas. Quer ir com a gente? — minha mãe grita do andar de baixo. A voz dessa pequena mulher poderia quebrar taças de cristal. Fico surpreso de ver como ela ficou à vontade nessa casa tão depressa. É como se nunca tivéssemos ido embora.

— Não, obrigado, *umma*. Vou sair com a Hannah hoje — respondo.

Ouço uma risadinha e uns cochichos alegres entre ela e a sra. Cho.

— Sim, sim, isso é muito bom — a sra. Cho diz.

— Sim, sim, uma sorte — minha mãe comenta.

Reviro os olhos e balanço a cabeça. Mães são tão estranhas. Elas acham que Hannah e eu somos almas gêmeas. Não sei nem se ainda somos amigos. Mas espero que possamos ser.

Então percebo um zumbido atormentado vindo da parede, que vai ganhando velocidade e volume. Logo depois, um passarinho de plástico se projeta para fora de uma janela quebrada em um relógio torto pendurado na parede.

Cuco. Cucoooooo. Cuuuuuc... Então ele para.

E se aquieta tão rápido quanto começou.

Pelo menos descobri como fazê-lo parar de berrar a cada quarenta e dois minutos. Agora, ele só me assusta em momentos completamente aleatórios, três vezes ao dia.

Eu destruiria esse treco idiota se não soubesse que é o relógio que o pai de Hannah comprou para ela no brechó de sábado que a gente costumava frequentar na primeira semana do mês. Ele sempre a deixava comprar um "tesouro". Quando ela viu essa coisa, seu rosto todo se iluminou. Como se estivesse esperando por ela, o passarinho de plástico infeliz saiu da toca bem quando Hannah o pegou, e fez cuco direto no seu coração. Estava quebrado, mas ela o adorou mesmo assim.

O que é meio que o que aconteceu com a gente.
Merda.
O relógio está tirando com a minha cara. São 12h13. Preciso encontrar Hannah no estacionamento da escola às 12h30 para o nosso próximo passeio.

Pego um boné e a carteira. Olho para a caneta de adrenalina, mas decido deixá-la em casa. Não vou precisar dela. Acabo decidindo deixar a bota ortopédica também. Enfio os pés nas chinelas e saio na direção da escola.

Quando eu era pequeno, minhas perninhas curtas e meu coração fraco faziam essa caminhada parecer quilométrica.

Agora, com pernas muito mais longas, chego em menos de dez minutos. Vou até a cerca que contorna a piscina bem a tempo de ver Hannah, quero dizer, er... ver os salva-vidas em campo, treinando para salvar vidas e tal.

Percorro os rostos procurando por Hannah, como sempre faço, como sempre fiz desde que me conheço por gente. Ela era minha melhor amiga, meu porto seguro desde o início da minha vida e basicamente minha companhia favorita. Fazia sentido sempre procurar por ela. Faz sentido procurar por ela agora. Por nostalgia e tal. E ela é minha carona. E... pois é.

Sinto um calor pinicante subindo pelo meu pescoço. Então, uma raiva profunda começa a se agitar lentamente no meu estômago. Mas, quando a fúria chega na minha garganta, ameaçando me sufocar, reconheço a fonte dessa ferocidade: Hannah está ao lado de Nate Anderson e outra garota, e ele olha para as duas, dando risada. A garota cobre a boca para rir. Hannah também está rindo, mas o sorriso não alcança seus olhos.

De repente, sua atenção muda e ela olha na minha direção. Levanto uma sobrancelha, para que ela saiba que a estou vendo. Ela me responde com uma elevação quase imperceptível do canto do lábio. Pode até ser um gesto minúsculo, mas esse *sim* chegou até seus olhos. Nate percebe e se volta para mim também, tampando o sol com a mão para me ver melhor. Congelo. Meu coração acelera. Meus dedos começam a formigar e eu paro de respirar. Sou aquele menininho de novo. Não estou mais com raiva. Estou com medo.

Hannah olha para mim novamente e, como um míssil guiado por calor, fixa a atenção em mim. Não sei direito o que ela vê, mas seus olhos se arregalam e depois se estreitam com uma determinação intensa.

Subitamente, Hannah dá um show, agitando braços e pernas e soltando um grito tão teatral que deixaria Min-Kyung no chinelo em uma competição de atuação, e aí pula na piscina. Bem, na verdade, ela meio que cai na piscina, respirando fundo dramaticamente ao emergir e então mergulhando de novo. As pessoas levam um tempo para entender o que está acontecendo. Cacete, eu mesmo não entendo o que está acontecendo. Ou Hannah está fingindo se afogar, ou está fazendo uma rotina solo de nado sincronizado epicamente ruim. E agora dez adolescentes e dois professores se veem desesperados tentando tirá-la da piscina.

Fico paralisado por um segundo e então saio correndo até o portão. Sigo na direção de Hannah, deitada no concreto feito um cachorro molhado na marcação de um metro e vinte de profundidade. Ela tem mais de um metro e meio de altura. Verdade seja dita, a coisa toda pareceu tão falsa que estou mais preocupado com seu estado emocional do que com o físico.

— Estou bem, juro — ela fala para a multidão reunida à sua volta. — Só me desequilibrei.

— Foi tão do nada — alguém comenta.

— Né? Em um segundo, ela estava de pé, e no outro, caindo na piscina. Nem vi quando ela se mexeu — outra pessoa diz.

— Sou só desastrada, hum... muito desastrada — Hannah diz, hesitante, como se isso explicasse tudo.

A verdade é que Hannah não é nem um pouco desastrada. Eu é que sou o desastrado que sempre tropeça nos próprios pés. Ela tem tanto controle sobre o corpo e o espaço que ocupa, que sua agilidade chega a ser impressionante.

Empurro um cara de bermuda vermelha para o lado para ver se ela está bem. Olho para ela, que me encara de volta, com os olhos apertados. Me movo um pouquinho para a direita para bloquear o sol de bater no seu rosto. Então todas as vozes confusas silenciam e não existe mais ninguém no mundo, não até que eu tenha certeza de que ela não está machucada. Com o olhar, percorro seu corpo dos pés à cabeça. Não vejo sangue nem fraturas expostas nem nada torcido de um jeito estranho.

A prova verdadeira está em seus olhos.

Nossa, me deparo com um romance inteiro explicando a situação naqueles olhos, e começo a ler tudo.

— Caí — ela fala com naturalidade.

— Percebi — devolvo.

Continuo lendo.

Ela me viu congelar quando Nate olhou para mim. Ela me viu voltando para o meu eu dos primeiros anos do ensino fundamental, que vivia apavorado. E fez o que sempre faz: ela me resgatou.

Tenho cem por cento de certeza de que sua queda falsa na piscina foi um jeito de chamar a atenção de todos, incluindo a de Nate. Ela está deitada aqui, ensopada, porque queria me oferecer o tempo que eu precisava para voltar a mim.

— Você veio andando até aqui nessas chinelas coreanas? — ela pergunta.

Olho para os meus pés.

— Não são só de ficar em casa — explico.

— Deveriam ser.

Sorrio e balanço a cabeça, como costumo fazer quando estou com Hannah. Ela é divertida.

Estico a mão e ela aceita a oferta. Ajudo-a a se levantar. Vejo uma toalha pendurada no ombro de um dos garotos.

— Ei, posso pegar emprestado? — pergunto.

Ele assente e a estende para mim. Envolvo Hannah na toalha. Seu cabelo está encharcado, caindo no rosto. Pego o boné e o coloco na cabeça dela, com a aba para trás. E, só para tirar uma onda, toco seu nariz com a ponta do dedo. Sei que talvez esteja forçando a barra. Ela pode me morder. Mas ela só comprime os lábios e tenta lançar um olhar irritado para mim. Hannah só não consegue esconder o brilho em seus olhos.

— Como conseguiu isso? — pergunto, notando uma pequena cicatriz de pouco mais de dois centímetros no seu ombro.

Não sei por que fico surpreso. Quando éramos crianças, eu conhecia todas as cicatrizes de Hannah. Caramba, eu estava *presente* sempre que ela se machucava.

Devagar, percorro a marca com o dedo, de alto a baixo, como se estivesse tentando memorizar sua aparência e sensação ao toque. A pele de Hannah é macia mesmo arrepiada.

— Um porquinho-da-índia me arranhou — ela diz, me observando tocar sua cicatriz e depois me encarando.

Nossa, como é bom ver que ela confia em mim de novo.

— Como assim?
— A professora de inglês do primeiro ano levou o porquinho-da-índia dela pra aula. Ele não gostou de mim.

Dou um sorrisinho e balanço a cabeça. Os roteiristas com quem eu trabalho nunca conseguiriam inventar uma coisa dessas.

Um arquejo alto atrás de mim perfura a nossa bolha.
— Ah, meu Deus, esse é... — alguém fala.
— Não acredito, você é... — outra voz começa.

Olho por cima de um ombro e depois do outro, tentando entender o que está acontecendo.

Antes que eu perceba, três garotas estão à minha volta. Uma agarra meu braço, outra aparece na minha frente, me encarando de boca aberta. Outras se aproximam.

— Kim Jin-Suk! É o Kim Jin-Suk!

O nome soa estranho na boca delas, aqui neste lugar, que era para ser seguro. Levo um segundo para processar. Nunca tinha me ocorrido que os jovens da minha antiga cidade natal assistissem à minha série. Eu deveria ficar mais surpreso com o fato de ninguém me reconhecer da infância.

Mas, tal qual o Soldado Invernal, cuja ativação acontecia ao ouvir um código, logo assumo minha postura casual de "cara bacana". Sacudo a cabeça para que meu cabelo caia no rosto. E então lhes lanço o sorriso característico de Jin-Suk. Não precisei usá-lo nas últimas semanas. É tipo quando estou no dentista e ele mantém minha boca aberta por tanto tempo que ela passa a não parecer mais minha boca, como se a boca mal ajustada de outra pessoa tivesse tomado seu lugar no meu rosto.

Hannah me olha e franze o nariz, como se sentisse um cheiro ruim.

— Ah, meu Deus, é você *mesmo*!

— *Oppa!* — Hum, até essas garotas americanas me chamam assim?

Os olhos de Hannah se movem de uma a uma, todas aos gritinhos. Aparentemente, como sempre rejeitou coisas coreanas, ela se alienou tanto delas que não faz ideia do quão grande Kim Jin-Suk se tornou. E, sinceramente, até agora, eu também não tinha percebido. Fãs na Coreia até posso entender. Alguns fãs na Europa e no Canadá também. Mas aqui, em San Diego, onde eu cresci como um zé-ninguém, de repente ter todos me olhando como se eu fosse Kim Taehyung ou Park Bo-Gum… é confuso demais.

— Oi — digo, meneando um pouco a cabeça. — Prazer em conhecer vocês.

As garotas desatam a falar ao mesmo tempo. Não consigo entender nada. É uma bagunça de palavras e histeria. Levanto a mão e aceno.

— Desculpem, queria poder ficar pra conversar com vocês, mas preciso levar Hannah pra casa pra se recuperar do trauma dessa experiência de quase morte.

Todos os olhos se voltam para ela. Frases como "Sim, por favor, se cuida, Hannah", "Que bom que você está bem, Hannah" e "Você deve ter ficado tão assustada, Hannah" preenchem o ar, seguidas de sussurros questionando: "Como você conhece Kim Jin-Suk, Hannah?"

— Jin-Suk *oppa, annyeonghaseyo.* — Uma coreana baixinha se coloca na minha frente com as mãos no coração, mal contendo a vontade de pular em mim para me abraçar. — Meu nome é Lee Soo-Yun. Sou sua maior fã. Ah, onde foi parar meu celular quando eu mais preciso dele? Minha família não vai acreditar. Você também está aqui nos Estados Unidos. — Ela dá um tapinha no meu braço de brincadeira, levando o rosto ao ombro, como se tomada pela timidez.

As narinas de Hannah dilatam e ela fuzila Soo-Yun com o olhar. Hannah não está nada feliz.

— Esperem, o que está acontecendo aí? — alguém vocifera da multidão, silenciando todos com sua voz profunda, forte e nitidamente irritada.

Nate Anderson abre caminho entre as pessoas e me separa de Hannah. Então seu corpo enorme bloqueia todo o sol e o céu escurece até a sombra do fim dos dias. Nossa, como eu odeio esse cara. Ele não consegue suportar não ser o centro das atenções.

— Nate. — Hannah se coloca entre nós e o encara, colocando a mão em seu peito.

Ele olha para ela.

— Você está bem? Se machucou quando caiu? — pergunta.

Ei, Rei do Acampamento de Salva-Vidas, onde você estava enquanto Hannah se afogava de mentirinha?

— Estou bem, não se preocupe — ela diz.

— Quem é esse cara? Ele está te incomodando? — Nate olha para mim todo troglodita, com a cabeça inclinada, tentando descobrir de onde me conhece. Seus olhos se arregalam quando ele se lembra.

Merda. Ele vai partir para cima de mim.

— Espera aí. Puta merda, você é Kim Jin-Suk do… do… do… *De corpo e alma*. E aí, cara? É uma honra te conhecer. — Ele estica a mão para mim.

Ai meu Deus. Nate é… meu fã.

Hannah abaixa a cabeça e a balança, sem acreditar. Sei bem como você se sente, Hannah, sei bem.

— É, hum... cara, prazer — falo, vacilante. Estico a mão para ele, que a aperta tão vigorosamente que deve ter danificado meus nervos. Me viro para Hannah depressa. — Hum, Hannah, a gente devia ir. Vamos tirar essas suas roupas molhadas.

As sobrancelhas dela sobem até o couro cabeludo.

Minhas bochechas esquentam no mesmo instante.

— Em algum lugar reservado, quero dizer, er... pra tirar e colocar... roupas secas pra você não, hum... pegar um resfriado desagradável e...

— Não acredito, cara, você conhece a Hannah? — Nate diz, se aproximando dela e colocando o braço sobre seus ombros. — Hannah, pensei que você não curtisse K-dramas. E agora você está aqui, toda amiguinha de um grande astro. Que legal.

Várias palavras se agitam dentro da minha cabeça, mas não consigo falar nada. Passei por três anos de treinamento e não sou capaz de expressar minhas emoções em um momento importante. *Eu também te conheço, Nate Anderson. E não gosto do fato de você estar usando Hannah para chegar até mim.*

O olhar que Hannah lança para Nate deixa claro que ela também não está gostando disso. Ela o observa por um instante, provavelmente se perguntando o mesmo que eu: *Você também não reconhece Jacob Kim?*

Mas, de repente, é como se ela tivesse saído de seu transe. Ela balança a cabeça e abre um sorriso.

— Sim, nossas famílias são velhas amigas. *Jin-Suk* vai passar o verão lá em casa — ela fala com uma voz tão doce que poderia até causar cáries, e quase engasga ao pronunciar meu nome coreano.

Hum, talvez ela não se importe de ser usada. Acho que se lhe valer pontos com Nate Anderson, tudo bem.

Vou vomitar.

Pego a mão de Hannah e a conduzo para a saída. Precisamos ir embora.

— Não — ela diz, se desvencilhando de mim e disparando na minha frente.

— O que foi que eu fiz? — pergunto, atrás dela. Estamos indo na mesma direção. E por que ela está tão brava? Sou eu que estou bravo!

— Kim Jin-Suk está namorando aquela americana? — a coreana pergunta para Nate.

— Meu Deus, eu sou COREANA-AMERICANA! — Hannah grita por cima do ombro, sem desacelerar nem parar de andar.

Me apresso para alcançá-la. A multidão me segue.

— Ei, Hannah, espere. — Nate passa por mim, batendo no meu ombro de leve.

Cuzão. Certeza de que não foi acidental. Ele pode até ser meu fã, mas claramente não é fã da ideia de perder Hannah para mim.

Não pare, Hannah. Não se vire.

Hannah para e se vira. Essa garota nunca curtiu seguir ordens.

— Você está mesmo bem? Te ligo mais tarde, beleza? — Nate olha para mim por cima do ombro e depois se volta para ela.

Quero quebrar aquele nariz perfeito e pontudo dele.

Engulo em seco. Mal consigo ouvir o falatório dos fãs me fazendo perguntas, questionando se Minky está na cidade comigo ou se estou sozinho, querendo saber de onde conheço Hannah. A única coisa que importa neste momento é como Hannah vai responder Nate.

Nossos olhares se atraem feito ímãs, como sempre foi com a gente.

Ela está detestando toda essa atenção. Está detestando a posição em que Nate a colocou. Está detestando que eu tenha me inserido na sua vida assim de repente.

Abro a boca para falar, mas não posso dizer o que quero aqui, não no meio de toda essa galera. Não podemos arriscar que essa conversa seja publicada na internet depois. O estúdio me ensinou a importância de controlar todas as minhas interações públicas. Com um pouco de dificuldade, consigo botar meu sorriso de ator firmemente de volta ao lugar.

Hannah me observa por um instante e balança a cabeça de leve, fechando os olhos e quebrando nossa conexão.

Quando torna a abri-los, olha para Nate. Ela joga a cabeça para o lado casualmente, faz um biquinho e diz:

— Claro, me liga. — Sua voz é alegre demais para ser genuína.

Ela me lança um olhar desafiador, depois se vira na direção do carro sem falar mais nada.

Sigo-a de perto, arrastando as chinelas. Não sei direito o que fiz de errado, mas tenho certeza de que estou me encaminhando para o meu castigo.

capítulo nove
Hannah

Em um minuto, estou vivendo um dia completamente normal no acampamento de salva-vidas, implorando por migalhas de atenção de Nate enquanto ele fica cada vez mais obcecado com Soo-Yun. No minuto seguinte, estou fingindo um afogamento, meus colegas estão histéricos por Jacob, e Nate de repente volta para o modo "tenho que cuidar de Hannah".

Jacob tinha comentado que Nate poderia me querer de volta se pensasse que eu estava saindo com outra pessoa. Mas eu não esperava que isso fosse acontecer logo no dia seguinte. Não estou pronta para esse nível de drama e manipulação emocional.

Sou refém do plano de Jacob — ele usou uma chantagem barata e simples comigo. Não era para ele invadir a minha realidade. Será que esse é um daqueles portais que vão me levar para um universo alternativo? Será que entrei em uma fanfic criada por mim mesma? É a única explicação. Preciso encontrar uma saída.

Uma batida na janela do carro me arranca do meu surto.

Jacob se inclina para me olhar ali dentro. Penso naquele sorriso falso que ele distribuiu para todos. Fiquei assustada. Era perfeito demais, ensaiado demais. Lembro das coisas que me disse ontem. A verdade é que não faço ideia do que Jacob andou fazendo nos últimos três anos e de quem se tornou. Ele é um ator de série coreana e me disse que sua vida é difícil. Mas ele tem fãs, pelo amor de Deus. Meus colegas de escola e até Nate são seus fãs. Eles soltaram gritinhos como se ele fosse Timothée Chalamet ou algo assim.

Mas o Jacob que me olha agora é tão familiar quanto minha própria família. Conheço esse rosto. Qual será o real e qual será o falso? Será que a fama o mudou? Será que o Jacob metido a estrela é o verdadeiro, ao passo que este rosto gentil e sério não passa de uma fachada?

A principal pergunta que tenho que me fazer é: por que me importo tanto com isso?

Destravo as portas e respiro fundo. Ligo o ar-condicionado no máximo, porque, se vamos ter algum tipo de discussão, me recuso a deixá-lo me ver suando.

Só que não quero brigar, percebo, relaxando os ombros. É exaustivo demais. Ficar brava *o tempo todo* é um fardo pesado demais para se carregar. Não estou mais a fim de continuar apegada a antigas mágoas, porque isso só prolonga meu sofrimento.

Ele entra no carro e eu dou uma olhada em seu rosto. Ele me encara de volta com um olhar suave e preocupado. Também não quer brigar.

Beleza.

Respiro fundo de novo.

— Vamos começar do começo? — pergunto, apesar de, na verdade, estar fazendo um apelo. — Preciso entender o que aconteceu com você na Coreia. E preciso entender o que aconteceu com a gente.

Ele fica me observando por um instante, processando o que acabei de dizer. Não sei o que ele vê, mas assente uma vez e olha para a frente.

— A gente foi pra Coreia naquele verão pra enterrar meu pai. Depois disso, minha mãe engoliu o orgulho e pediu ajuda financeira pra família dele. Eles não quiseram nem nos ver depois do enterro. E passaram anos nos ignorando o tempo todo. Culpam minha mãe pela morte do meu pai. Ficam dizendo que, se ela o tivesse alimentado melhor, ele não teria morrido de câncer de estômago. Foi uma doideira. — Jacob dá de ombros e toma fôlego. — Eu não conhecia esses parentes e meu pai não falava muito sobre eles enquanto estava vivo, então eu só queria ir embora. Mas pra onde a gente podia ir? Não era como se a nossa vida fosse fácil aqui nos Estados Unidos. Meu pai morreu cedo demais e nada estava em ordem. Minha mãe nem tinha trabalho.

— Nunca percebi que vocês estavam passando por tantas dificuldades — confesso.

— É. Na verdade, foi sua mãe que emprestou o dinheiro pra gente comprar as passagens pro funeral do meu pai. — Ele vira um pouco a cabeça e me olha de soslaio.

Minha mãe. Eu não sabia.

Minha mão automaticamente toca o braço de Jacob. Seus olhos seguem o gesto com um sorrisinho triste. Eu me lembro como foi difícil para ele e para toda a sua família lidar com a morte do pai. Ele coloca a mão sobre a minha e a aperta antes de soltá-la. Recolho a mão e a deixo sobre a perna.

— Daí, um dia, na feira, uma mulher veio e começou a tocar meu cabelo e meu rosto. Quando eu estava prestes a gritar por ajuda, duas outras pessoas se aproximaram. Fiquei mega confuso e bastante assustado. Minha mãe foi conversar com elas, que falavam super-rápido, então ela olhou para mim, e aí fomos levados pra um estúdio com câmeras. Eles tiraram fotos minhas e, quando percebi, estava fazendo parte de uma nova turma de *trainees* da SKY Entertainment.

— Turma de *trainees*? Como é isso, é tipo um estágio?

Jacob cobre a boca com a mão, mas vejo seus olhos enrugando nos cantos. Ele está se esforçando para não rir, e tenho quase certeza de que é por isso que ele não vira o rosto para me olhar. Acho que estou prestes a aprender alguma noção cultural da qual nunca ouvi falar.

— Na Coreia, existem empresas de entretenimento. Elas basicamente descobrem, prepararam, lançam e gerenciam novos talentos no país. Quase todas as bandas de K-pop estão ligadas a elas, assim como alguns atores em ascensão. Jovens talentos são colocados em um Programa de Formação de *idols*, que é tipo uma escola de *idols* do K-pop.

— Espera, estou confusa. Você começou no K-pop?

Eu me lembro de quando éramos crianças. Nunca deixavam Jacob segurar o microfone nos programas de férias da igreja porque ele era desafinado demais. Ele precisaria de um milagre pra que alguém o quisesse como cantor.

Uma gargalhada me arranca do meu devaneio.

— Você já me ouviu cantando. Não. Tipo, comecei como um *idol trainee*, mas só porque queriam que eu aprendesse a me apresentar, projetar minha voz, seguir instruções, ter confiança e dar entrevistas. Vários atores coreanos passam por um ano ou dois de treinamento de *idol*. É cansativo, não dá margem pra erros e é desgastante demais. Mas vale totalmente a pena.

— E aí, o que aconteceu depois?

— Fui escalado pra fazer um personagem secundário na minha primeira série. — Desta vez, o sorriso se espalha por todo o seu rosto. Orgulho.

— É loucura que você tenha sido escolhido a dedo em uma feira pra mais tarde estrear na TV. E você mal falava coreano — digo, impressionada.

— Eu sempre fui fluente em coreano, só nunca te contei.

— Não — replico, balançando a cabeça. — A gente matava as aulas da escola coreana todo sábado juntos. A gente odiava porque não entendia nada.

— Eu odiava porque preferia passar meu tempo com você do que ficar enfiado na escola coreana nos finais de semana. — Ele dá de ombros. — Juro que nunca menti. Só não falava coreano perto de você.

Um súbito silêncio preenche o carro, e me pergunto se uma hora vou me afogar nele. Eu pensava que sabia tudo sobre Jacob, e estou descobrindo que, mesmo quando éramos amigos, talvez não soubesse.

— Daí aceitei o trabalho, que exigia que eu ficasse na Coreia. Depois, fizemos aquela chamada de vídeo... — ele continua.

— Você não tinha me contado nada disso. Tive que saber pela minha mãe que você estava trabalhando como *ator* do nada. Eu nem sabia que você queria fazer isso. — Minha voz me lembra de quando eu tinha catorze anos. Estou acusando-o. Culpando-o. — Eu queria estar presente depois que seu pai morreu. Mas você não voltou. Disse que odiava sua vida aqui — sussurro. Se eu falar muito alto, as palavras vão reviver no meu coração, e vai doer.

— Eu te disse que daria mais detalhes depois. Eu ainda não tinha assinado o contrato e não podia contar nada pra ninguém. Dois dias mais tarde, eu me mudei da casa em que morava com minha mãe e minha irmã pra um dormitório com outros *trainees*. Eu não tinha tempo nenhum e mal conseguia falar com a minha família. Foi por isso que não entrei em contato nos primeiros meses. — Jacob parece ter quinze anos de novo. Ele tenta se explicar. Está me implorando para ouvi-lo. — Hannah, eu odiava, sim, a minha vida aqui. Era difícil. A única coisa boa era a nossa amizade.

— Achei que você estivesse dizendo que também me odiava — admito.

— Eu estava assustado, magoado e lidando com um monte de merda. A gente precisava do dinheiro. Minha mãe conseguiu um emprego num restaurante perto do meu dormitório, e a gente se via talvez um total de trinta minutos por semana. Mas eu achava que se eu trabalhasse pra caramba, quem sabe fosse dar certo. E eu finalmente poderia cuidar da minha família.

Meus olhos não largam o para-brisa. Mas assinto, processando, compreendendo, aceitando. Naquele dia, transformei o negócio todo em algo pessoal e não parei para considerar como Jacob se sentia. Sou um ser humano terrível — e uma amiga pior ainda.

— Foi difícil e eu me senti totalmente deslocado. Todos os outros *trainees* sonhavam com isso. Foram criados pra isso. Eu não tinha ideia do que estava fazendo. Todos os dias, desejei que você estivesse lá pra conversar comigo, pra eu poder desabafar. Mas quando consegui falar com você, meu e-mail não foi entregue. Sua página do Facebook tinha sumido. Então entendi que, bem, você provavelmente tinha me bloqueado ou mudado de e-mail por minha causa. Daí acho que saquei que tinha perdido a minha melhor amiga no mundo sem nem poder resolver as coisas. Por que você não quis falar comigo, me dar uma chance de me explicar? Nossa amizade não era importante o suficiente pra você? Você simplesmente... me cortou da sua vida.

Depois que Jacob me contou que não ia voltar, fiquei muito magoada e decepcionada... E então ele sumiu e nunca mais falou comigo. Minha mãe vivia me dizendo que ele estava ocupado. Mas tão ocupado que não conseguia nem entrar em contato? Checar se eu estava bem? Fiquei arrasada. Deletei meu e-mail porque estava cansada de ficar olhando minha caixa de entrada a cada dez minutos, esperando uma mensagem. Apoio a cabeça no volante.

— Eu esperei — falo baixinho. É tudo o que consigo dizer.

— Eu precisava de você — ele diz.

— Me desculpa, Jacob. — Lágrimas se acumulam nos meus olhos, mas não vou deixá-las caírem.

— Me desculpa também, Hannah.

— Nossa, a gente pegou as emoções e as decisões que tomamos quando crianças e alimentou nossa separação por três anos. — Mesmo enquanto falo, mal consigo acreditar.

— Falando assim, tudo isso soa como uma maluquice, pra ser sincero.

Solto um longo suspiro, que não alivia o aperto no meu peito. Quero continuar falando. Quero saber mais detalhes. Quero entender para onde vamos a partir daqui. Mas parece que nós dois acabamos de correr uma maratona. Estamos emocionalmente exauridos.

— Tem algo aí na sua lista que inclua sol e uma longa viagem de carro? — pergunto, torcendo para a mudança de assunto melhorar um pouco as coisas.

Ele fica pensando por um segundo enquanto um sorriso se espalha lentamente pelo seu rosto.

— Com certeza. — Seus olhos dançam de empolgação.
— Pra onde vamos?
— Coronado.
Dou a partida, abaixo as janelas e seguimos para o oeste.

— Sabe que eu nunca fui a Coronado nem quando era criança?
Dirijo sem pressa sobre a longa ponte que conecta o centro de San Diego à ilha de Coronado. Não há trânsito a essa hora do dia, e quero que Jacob curta a vista no caminho.
— É, isso aqui é um mundo à parte.
Seguimos pelas ruas tranquilas, passando por lojinhas de um lado e pelo famoso Hotel del Coronado do outro. Os olhos de Jacob estão arregalados, e sua boca escancara-se de êxtase enquanto ele absorve a mistura de construções tradicionais com prédios ricos e novíssimos, o que faz desse um polo turístico. As praias daqui são de areia branca e águas azuis e cristalinas, e ouço Jacob soltar "uau", "nossa" e "ah" algumas vezes.
Sorrio. Vou dirigindo com as janelas abertas, sentindo a brisa do mar dentro do carro e curtindo a empolgação de Jacob. Encontro uma vaga na avenida principal e caminhamos até a praia.
— Essa praia é enorme. Nunca tinha visto nem sentido uma areia tão fofinha — ele diz, se abaixando e pegando um punhado da areia superfina, deixando-a escorrer entre os dedos.
Pelo visto, ele realmente não deve sair muito na Coreia. Quero lhe oferecer um dia despreocupado na praia. Por hoje, decido esquecer que ele está me chantageando. Hoje, vou deixar que ele seja um velho amigo que precisa se divertir um pouco.

Porque acho que eu também preciso.

Entrego-lhe duas toalhas de praia que pego no porta-malas e começo a correr na direção da água. Vou desviando de famílias, casais, guarda-sóis e castelos de areia. Quando chego no ponto onde a areia seca encontra a molhada, paro para tirar as sandálias, a regata e o short. Largo tudo ali e disparo para o mar. Ainda estou usando o boné de Jacob, e quando me viro para atirá-lo no chão, eu o vejo.

Ele está correndo bem atrás de mim, mancando um pouco. Jacob chuta as chinelas e segura a ponta da camiseta, arrancando-a por cima da cabeça.

Congelo.

Ah, não. Isto não é nada bom.

— Nãooo — grito.

Mas tudo está em câmera lenta e as ondas engolem meu aviso.

Jacob Kim, o extraordinário astro do K-drama, está à beira da água, tirando a roupa e revelando o pior bronzeado da história dos bronzeados. Quando ele puxa a camiseta, o formato dela continua impresso em sua pele: que, por acaso, é a pele mais pálida que já vi.

Em menos de dois minutos, o coitado vai fritar.

Ele atira a camiseta para o lado com um sorriso enorme e bobo no rosto. Então me vê na água e vem na minha direção.

— Jacob — grito de novo, tentando alertá-lo para se cobrir e prevenir que ele ganhe um doloroso bronzeado à la lagostim.

Tento caminhar até ele, mas uma onda me acerta por trás. O chão não dá mais pé. Vou afundar.

Um braço envolve minha cintura e me ergue, me impedindo de submergir. Os braços de Jacob são fortes e ele me estabiliza. Quer dizer, meu equilíbrio se estabiliza — porque meu coração dispara. Seu abraço provoca coisas estranhas dentro de mim.

Ele me olha, sorrindo e ofegante, agitando a parte superior de seu corpo pálido. Seu peito é mais musculoso do que parece, escondido sob as roupas. Mas seus ombros são tão largos quanto eu esperava, quero dizer, pensava. Ele não tem pelos no peito. Acredite em mim, eu perceberia diante de toda essa brancura.

Os olhos dele dançam de alegria enquanto ambos olhamos para trás, para outra onda, e a pulamos juntos.

— A gente esqueceu o protetor solar. Precisamos cobrir isso aí. — Aponto na direção geral de seu peito.

— Não se preocupe. Não vou me queimar. Estamos na água, e o sol não está tão forte agora.

— Aff, você por acaso é novo por aqui? Você *nasceu* em San Diego. Você devia saber que o sol reflete na água e você se queima mais no mar. E que os raios UV são mais intensos através das nuvens do que pela luz solar direta — explico.

— Nossa, beleza — ele fala, levantando as mãos, frustrado.

Me odeio um pouquinho por isso, mas ele vai me agradecer depois. Olho para sua carinha de filhote tristonho e, bem, uns minutinhos a mais não vão fazer mal, não é?

A próxima onda vai quebrar. Tiro seu boné e o coloco de volta na cabeça dele. Me desvencilho de seus braços e mergulho na onda.

Dou um grito quando ele me puxa para fora da água, me ergue e me atira de volta na próxima onda. Sua risada é engolida pela onda quando afundo. Ao emergir, vejo Jacob saindo da água também, só que agora sem o boné. Ele joga o cabelo para o lado.

— Seu boné!

Olho em volta para ver se o encontro flutuando em algum lugar. Respiro fundo, me preparando para mergulhar na vasta massa de água salgada — inútil, mas preciso tentar.

Jacob joga a cabeça para trás e dá risada, e o som potente e revitalizante me impede de descer. Sua expressão é franca e parece tomada de pura alegria. Acho que é a coisa mais bonita que já vi.

— Isto é maravilhoso — ele diz.

Observar Jacob assim faz eu perceber como é incrível poder vivenciar isto: esta praia, o verão em San Diego. Fico olhando para o sorriso dele por um segundo. Estava com saudade da nossa amizade. Confesso para mim mesma que passar esse tempo com ele me faz querê-la de volta.

Pulamos mais algumas ondas e por fim nadamos de volta para a praia.

Estendo as toalhas uma ao lado da outra e deito de barriga para baixo, apoiando a bochecha nos braços cruzados, e me viro para Jacob. Ele se deitou de costas. Gotas de água escorrem de seu rosto, seu peito e suas pernas. Ele se move devagar para me encarar, e nossos olhos se encontram. Sustento seu olhar.

Meu peito começa a ficar apertado, e engulo a emoção que sinto na garganta. Os olhos dele se arregalam ao perceber.

— Fui sincero antes, Hannah. Me desculpa. Me desculpa por ter ido embora. Me desculpa por não ter cumprido minhas promessas. — Ele está abrindo o coração, a voz séria. A compreensão de meu sofrimento que ouço nas palavras de Jacob me perfura, mas a dor também traz certo reconforto.

Viro a cabeça, colocando a testa no braço para me esconder. Fico olhando para a areia, me preparando para a minha confissão.

— Você acertou. Mudei meu e-mail e bloqueei seu número no meu celular. Não deixei nem minha mãe me passar o telefone quando a sua mãe ligava e eu sabia que você estava na linha. Depois que você disse que não ia voltar, fiquei tão brava... Mas quando você sumiu, fiquei magoada de verdade. E simplesmente arranquei você da minha cabeça, da minha vida. — E do meu coração.

Silêncio.

Jacob solta um longo suspiro.

— É, imaginei que você estava dando uma de Hannah. Sabe como é: guardando rancor, cortando qualquer tipo de comunicação. Só não pensei que você fosse sustentar isso por três anos. — Ele dá risada, mas é um som triste, de lamento pelo tempo e pela amizade perdida.

— Não lembro de ter recebido nenhuma mensagem sua, mesmo depois dos primeiros meses. Você desistiu fácil — digo, sentindo a pontada de amargura de novo.

— A gente era novo. Tipo, eu tinha idade suficiente pra saber que você era minha melhor amiga e a pessoa mais importante do mundo pra mim. Pra me preocupar com você, sabendo que minha decisão te deixaria chateada. Pra detestar que tudo aquilo estivesse acontecendo, mas ainda assim manter minha decisão. Mas não tinha idade suficiente pra lidar com as consequências de perder minha melhor amiga.

Ele tem razão. Nós éramos apenas crianças. Solto um suspiro melancólico.

— É minha vez de pedir desculpas, Jacob. — Me sento de pernas cruzadas, parecendo um pretzel, e olho para ele.

Seus olhos percorrem o intrincado padrão em que minhas pernas se torceram, então se voltam para os meus. Estremeço.

— Nunca chorei tanto quanto naqueles primeiros dias — confesso.

— Você chorou mais do que quando pegou a bicicleta BMX do Jimmy Shen emprestada e só foi descobrir que ela estava sem freio quando já estava descendo uma ladeira? — Jacob pergunta.

— Aquele arbusto tinha espinhos, Jacob! Não foi uma queda nada suave, como você ficou falando. Até hoje, as palavras "queda suave" me dão gatilho. E pode parar de fazer aquilo, aquela coisa que você sempre faz.

— Que coisa?

— Me salvar. Me salvar dos meus sentimentos e de ter que dizer ou fazer algo desconfortável. Você sempre fez isso — comento.

— Não, não, não, eu me lembro bem, você é que estava sempre me salvando de receber uns chutes — ele devolve.

Olho para a areia, tentando esconder meu sorriso. Resgatar a naturalidade de estar com Jacob está começando a curar feridas que deixei infeccionar por anos.

— Enfim — continuo. — Me obriguei a parar de chorar depois de uma semana. E xinguei muito você e nossa amizade. Te bloqueei e nunca mais derramei uma lágrima. Que dramalhão, né? — Olho de soslaio para sua expressão.

Ele parece calmo e pensativo.

Jacob se vira de lado e se apoia no cotovelo. Fico com vontade de olhar para seus ombros e seu peito. A pele pálida sobre seus músculos bem-esculpidos está definitivamente mais rosada. Eu deveria olhar um pouco mais só para ter certeza.

— Espera, você nunca mais chorou em três anos?

Balanço a cabeça, fazendo gotas de água respingarem nas minhas pernas.

— Não.

— Caramba, pesado — ele diz, um pouco surpreso.

— Estou basicamente morta por dentro. — Dou risada, mas ele não. Reviro os olhos, um hábito que meu pai detesta e que eu adquiri com força total depois que ele se mudou para Cingapura. — Enfim, acho que talvez, se quiser, a gente pode concordar que ambos cometemos erros. É uma merda que tenham se passado três anos, mas pelo menos podemos combinar de sermos cordiais um com o outro neste verão e, quem sabe, no futuro sermos amigos de novo.

Ele estica o braço e enxuga uma gota d'água no meu ombro, passando o dedo gentilmente pela minha cicatriz mais uma vez. Meu braço todo se arrepia, e seus olhos vão se movendo para baixo, acompanhando o efeito. Prendo a respiração.

— Sim, era exatamente o que eu estava torcendo pra acontecer — diz Jacob.

Pego o celular depressa para nos distrair do que está ficando um pouco intenso. Mudo de posição para que o sol fique atrás da câmera. Tiro uma foto e olho para a tela. A iluminação está perfeita e Jacob tem os olhos semicerrados, parecendo muito sereno. Meus olhos estão fechados. Eu me corto da foto, deixando só meu ombro e uma ponta do meu maiô e do meu cabelo.

— Fofo — digo.

Viro o celular para Jacob. Ele não olha, ainda me encarando. Volto a atenção para o aparelho e abro o Instagram.

— Espera. — Ele se senta rapidamente e estica seu longo braço para pegar meu celular.

— O que foi? Você saiu bem, não se preocupa.

— É só que… bem, a empresa tem que aprovar tudo o que é publicado a meu respeito.

Franzo as sobrancelhas, questionando essa lógica.
— Pois é, eles controlam praticamente tudo na minha vida — diz Jacob.
— Que saco. Nunca nem ouvi falar de algo assim. Talvez seja por isso que as estrelas mirins sejam tão ferradas da cabeça aqui nos Estados Unidos. Elas precisam de mais supervisão.
— Eu daria tudo pra ter um pouquinho mais de liberdade pra fazer minhas próprias escolhas e aprender com elas.
— Você parece até um velho em um corpinho de dezoito anos, falando desse jeito.
— Eu me sinto um velho.
— Então não é pra postar a foto?
— É só que, bem, fui treinado pra tomar cuidado com o que é publicado sobre mim na internet. Alguns dos meus fãs *sasaeng* podem ser cruéis nos comentários. Se alguém encontrar o seu perfil e ver a foto, as coisas podem ficar feias pra você. E não quero que isso aconteça.
— O que é *sasaeng*?
Jacob se senta, virando-se para olhar o mar. Será que os quilômetros entre ele e a Coreia o ajudam a se sentir distante da vida difícil que leva lá?
— Fãs *sasaeng* são... bem, fãs obsessivos, às vezes quase *stalkers*, que estão sempre tentando descobrir informações pessoais sobre seus *idols*.
Me sento no mesmo instante e seguro sua mão.
— Eles são perigosos?
— Acho que podem ser. É por isso que algumas estrelas têm seguranças particulares. Não sei se tenho fãs tão perigosos assim, mas alguns que vejo por aí são bem entusiasmados, virtual e pessoalmente. Mas está tudo bem, não se preocupa. Só não quero te expor.

— Não se preocupe comigo. Eu é que fico preocupada com você.

— Se minha vida fosse só atuar, acho que seria tranquilo. Mas as coisas às vezes viram uma loucura. Os fãs, o estilo de vida... é coisa demais pra mim. Aqui nos Estados Unidos, os fãs se contentam com alguns vislumbres de seus atores favoritos entrando e saindo de grandes eventos. Mas, na Coreia, é preciso se entregar, dar acesso à sua vida pessoal, oferecer seu tempo, fazer os fãs acharem que te conhecem. É assim que surgem as estrelas. Passamos mais tempo em coletivas de imprensa e programas de auditório do que filmando a série. — Ele encosta o queixo no peito e passa a mão pelo cabelo. — E o estúdio quer que eu aja como se estivesse apaixonado pela coprotagonista, Min-Kyung. Só que, Hannah, ela é horrível. Ela é supercruel e me trata feito lixo.

— Como assim? Por que ela é cruel com você? Qual é o problema dela?

Ele balança a cabeça.

— Acho que ela só é uma pessoa infeliz. Ela está nessa vida há tanto tempo que talvez se sinta derrotada pelo sistema, sei lá. Tenho medo de ficar como ela caso continue precisando lidar com esse tipo de pressão, que só aumenta. Enfim, não quero falar da Min-Kyung. Ela é basicamente a pior parte de tudo.

— Então quer dizer que você não a suporta, mas tem que fingir estar apaixonado por ela? Nossa, você deve ser mesmo um bom ator.

Jacob solta uma risadinha.

— Sou razoável — ele diz, modesto. — Bom o suficiente pra fazer uma grana decente. Temos mais estabilidade financeira agora. Consigo sustentar minha mãe e Jin-Hee.

— Isso é incrível, Jacob.
Ele indica o celular com a cabeça.
— A foto ficou boa *mesmo*.
Dou de ombros.
— Só tenho tipo, trinta seguidores, não se preocupe. Além disso, nunca leio os comentários — digo.
Pego o celular e publico a foto.
Jacob esfrega o braço para limpar a areia. A marca branca de sua mão se destaca contra a pele rosada.
— Parece que é hora de irmos embora — comento.
Jacob veste a camiseta e fica de pé, oferecendo a mão para me ajudar a levantar.
— Obrigado por hoje, Hannah. Obrigado por me ouvir. E obrigado por me trazer aqui pra dar uma respirada e me divertir um pouco. Estou feliz por termos esclarecido as coisas... finalmente.
— Ah, era isso ou a ECF, então acho que eu também deveria te agradecer por ter me chantageado. — Estico o punho para ele, e ele dá um soquinho.
Não morri por ter sido legal com Jacob Kim de novo. Ainda não sei como me sinto sobre retomarmos nossa amizade, mas, à essa altura, acho que posso dar uma chance.

capítulo dez
Jacob

— **Epa, epa, epaaaaa.**

— Fique parado, *oppa* — Jin-Hee fala.

— Você disse que essa coisa pegajosa ia ajudar — reclamo.

— Sim, babosa trata queimaduras de sol. Então fica quieto e me deixa trabalhar.

— Eu ficaria quieto se você fosse um pouco mais gentil.

— Você parece um bebezinho. Sério, por que foi à praia sem protetor solar? E como é que você vai reconquistar Hannah sendo chorão desse jeito?

Meu corpo inteiro enrijece.

— Como assim "reconquistar Hannah"?

— Ah, por favor, você quer que eu soletre pra você? Homens são tão patéticos. — O revirar de olhos é uma marca de ênfase, aparentemente. — Você gosta da Hannah. A Hannah gosta de você. Há uma tensão mal resolvida aí. Puro romance clássico. A mãe dela, nossa mãe e eu só falamos disso. É meio que tipo a trama de *True Beauty – Beleza Verdadeira*, só que vocês são um pouco mais perturbados e lentos pra perceber. Mas ainda assim é fofo.

— Você está assistindo a TV demais. E como é que só tem doze anos? Mamãe realmente não devia deixar você assistir a essas coisas. Primeiro, o conteúdo é adulto demais. Segundo, você fica delirante. Hannah e eu não nos gostamos desse jeito. Somos só amigos.

Tipo, eu gosto da Hannah. Claro que sim. E estou aliviado por termos quebrado o gelo. Parece que vamos conseguir ser amigos de novo. E sim, ela é superlinda, e não há nada de errado em reconhecer isso. Minha mente segue um caminho próprio pensando nos lábios grossos de Hannah e nos sorrisos que você precisa merecer para ver, na covinha minúscula que surge em sua bochecha direita de vez em quando e na sua pele bronzeada e insuportavelmente macia.

Pigarreio. E volto meus pensamentos para as suas rótulas fortes e, hum, cotovelos competentes.

— Quando sugeri que você arranjasse uma namorada pra resolver seus problemas, confesso que estava torcendo pra que fosse alguém como Hannah *unni*. Ela é perfeita.

— Não é uma opção — declaro com firmeza.

— Infelizmente, os possíveis nomes pro *ship* de vocês são horríveis. Tipo, HanJa foi o melhor em que consegui pensar, mas não funciona. Mas, pra mim, vocês não precisam de um nome de *ship* porque, bem, o que vocês têm é real.

— Jin-Hee — digo, tentando inserir uma advertência no meu tom.

— Tá bom, *oppa* — Jin-Hee fala, marcando cada palavra com seu atrevimento. Ela levanta a mão e dá um tapa forte na minha queimadura. — Boa sorte lutando contra isso. — Ela sai do banheiro, e sua despedida fere não só minhas costas, mas meu ego também.

Pego a camiseta, visto-a com cuidado e desço as escadas.

A conversa para e quatro pares de olhos se viram para mim no instante em que entro na cozinha.

— Hum, bom dia?

Quatro sorrisos suspeitos se abrem.

— Sente-se e tome seu café da manhã. Você precisa de energia hoje — a sra. Cho diz, se levantando para me servir uma tigela de arroz.

— Preciso? — pergunto. Me viro para Hannah, mas ela está com a cabeça abaixada, concentrada em algo muito interessante em sua tigela. — E por quê?

O meu talento para atuação claramente não veio do lado materno, a julgar pelo seu dar de ombros exagerado e pelo esforço em fazer cara de inocente. Não sei se deveria ficar animado ou apavorado com as expressões que vejo à mesa. Estou mais inclinado à segunda opção.

— Ei, então, pensei que talvez eu pudesse te levar a um lugar que não deve estar na sua lista. Mas confie em mim, está bem? — Hannah diz.

Mal posso esperar.

— Claro, parece ótimo. Confio em você. — Sempre confiei.

Jin-Hee bate palmas, toda empolgada.

— É uma das minhas coisas favoritas aqui em San Diego, e tenho quase certeza de que você nunca fez isso antes — Hannah continua.

— Ah, definitivamente não — Jin-Hee confirma. — A gente ia lá uma vez, mas...

— *Yah* — minha mãe fala, interrompendo minha irmã. As bochechas de Jin-Hee ficam vermelhas.

— Eu não ia falar o que é — ela murmura.

— Bom, bom — minha mãe diz, sorrindo com um pedacinho de alga entre os dentes.

— Mas é tão *daebak*, *oppa*.

Minha irmã tem a tendência de achar tudo *daebak*, mas a sua empolgação me faz pensar que ela realmente acha que isso vai ser incrível. Estou intrigado.

Me sento na mesa para tomar o café da manhã. Afinal, parece que hoje vou precisar mesmo de energia.

— Legoland? — solto em uma voz aguda enquanto pegamos a saída da rodovia em direção ao parque de diversões localizado entre campos de flores.

— É. Tipo, a gente sempre quis ir quando éramos pequenos. Perguntei pra sua mãe e ela disse que vocês nunca tinham ido. Pensei que seria divertido — Hannah diz baixinho, um pouco insegura, com os olhos focados à frente. — A não ser que você prefira fazer algo da sua lista hoje.

— Jamais — sussurro, olhando o parque, maravilhado. É gigantesco. As cores reluzem sob o sol. — É incrível.

— Jin-Hee queria muito vir com a gente. Sua mãe não deixou, alegando que ela tinha que ajudar as mães a organizarem doações pra igreja. Tadinha. A gente tem que fazer algo divertido com ela. Afinal, ela também está de férias.

Meu coração dá uma cambalhota tripla quando ouço Hannah falando sobre a minha irmã. É a emoção de saber que ela se preocupa com Jin-Hee, só isso.

— Lembra daquele Lego de Star Wars que você ganhou de Natal?

— Eu adorei — digo, me lembrando do presente generoso que Hannah e sua mãe me deram quando eu tinha seis anos. A gente nunca conseguiria ter comprado um daqueles, e tenho certeza de que Hannah teve que economizar durante metade do ano para poder comprar aquilo para mim. — Eu... não levei pra Coreia.

Abaixo a cabeça, me perguntando onde é que o Lego foi parar. Levamos poucas coisas conosco quando partimos, porque o plano original era que a viagem fosse apenas uma visita curta. Começo uma lista mental de todas as coisas que acabei deixando para trás.

Mas essa lista sempre termina com Hannah. Eu deixei Hannah para trás. Nesse momento, decido comprar um Lego para Hannah. Ela vai fingir achar bobo. Mas vai adorar.

Depois que estacionamos, ela tira uma foto da sinalização que indica onde paramos o carro.

Esperta.

— Lembra quando fomos pra Disney e nossas mães levaram *gimbap* e *saewoo* pro almoço? — Sorrio com a lembrança. — Tivemos que andar um milhão de quilômetros de volta pra pegar o cooler, mas não conseguimos achar o carro...

— A vaga era E10 — Hannah diz. — Eu disse o tempo todo.

— Não, a gente foi até a E10 e não estava lá, lembra? Era F14, como eu falei.

Hannah balança a cabeça.

— Era com certeza E10.

— Não, tenho certeza de que era F14.

— Tanto faz — Hannah replica. E então sussurra: — E10.

Dou risada. Ela sempre quer ter a última palavra.

— Mas, nossa, a gente ficou fedendo a peixe pelo resto do dia! Caramba, o sabor de camarão do *saewookkang* não é brincadeira — Hannah comenta.

— Fiquei morrendo de vergonha — confesso.

— Ah, as comidas dos parques de diversões são um roubo. Nossas mães foram sagazes.

— Desde quando você virou uma *ajumma* coreana? — pergunto, dando-lhe um empurrãozinho no braço.

— As baratas e as *ajummas* coreanas vão ser as únicas sobreviventes quando o mundo for destruído — ela diz, me empurrando de volta com mais força.

A bota ortopédica tem zero amortecimento, então perco o equilíbrio e vacilo um pouco.

— Está tudo bem? — ela pergunta, agarrando meu braço.

Meu tornozelo dá uma reclamada. Posso colocar mais peso agora e ele claramente está melhorando, mas não devo forçar desse jeito.

— Sim. Tudo certo.

— Podemos alugar uma cadeira de rodas, se quiser — ela diz. A centelha em seus olhos a trai.

— Rá rá. Obrigado, mas estou bem.

Paramos na frente do letreiro enorme anunciando "Legoland", e Hannah ergue o celular.

— Foto? — ela pergunta.

— Claro — digo, me inclinando para perto dela.

Ela tira a selfie e olha para a tela.

— Fofo — ela fala, como sempre faz depois de tirar uma foto, e vira a tela para mim.

Olho para a foto. Hannah está com a cabeça inclinada e um sorriso brincalhão, e eu estou fazendo uma pose ensaiada ao seu lado. Algo na imagem me irrita. Eu. Eu sou irritante.

Por que é que não consigo simplesmente sair normal numa foto em vez de forçado desse jeito?

Hannah pega o celular e levanta a sobrancelha, percebendo a minha expressão.

— Podemos tirar outra? — pergunto.

Ela dá de ombros e ergue o aparelho de novo. Desta vez, me aproximo e coloco o braço em volta dela. Me sinto bem assim e abro um sorriso, pensando no quanto vamos nos divertir hoje.

Ela tira a foto e me mostra o resultado.

Assinto, grato.

Ela lê em voz alta enquanto digita:

— Legoland com J. Emoji de confete. Publicar. — Caramba, ela é boa nisso.

Seu celular apita logo em seguida. Os olhos dela se arregalam quando ela confere a notificação. Ela me olha.

— Nate curtiu o post. Acho que está funcionando.

Uhu. Excelente. Cuzão.

No instante em que entramos no parque, meus sentidos ganham vida. Legoland é espetacular. Corro os olhos pelas cores vibrantes, pelas atrações e pelos brinquedos me chamando.

Vamos no Ninjago, e eu me divirto muito tentando cortar os bandidos com aqueles óculos de realidade virtual. Hannah é supercompetitiva e, enquanto morro de rir, ela fica extremamente focada em fazer mais pontos do que eu. Finjo que a deixei ganhar.

A Lego Technic Roller Coaster é uma montanha-russa mais assustadora do que parece e, apesar de estarmos em um carrinho cheio de crianças, não consigo deixar de gritar. Hannah me lança um olhar maldoso, mas, embora ela tente se conter, noto um sorrisinho despontando no canto da sua boca.

— Mãos pra cima — digo, conforme subimos a caminho da descida final.

Ela revira os olhos, mas me imita. Ambos berramos à beça nas últimas curvas, até que o carrinho desacelera e para.

Caminhamos pelo parque, entrando nos brinquedos e jogando alguns jogos. As atrações são versões menores e menos agressivas do que se encontraria em outros parques de diversões, como o Lotte World, de Seul, pelo que vi nas fotos. Mas é perfeito para mim. Não admito, mas sou um pouco medroso. Ela também não comenta nada.

Então vislumbramos um enorme navio pirata.

— Ah, olha, é o seu brinquedo — digo, apontando para a placa que diz "Desafio do Capitão Cranky, o Ranzinza".

— Rá rá rá — ela devolve.

Hannah abre um sorriso e aquela covinha fugidia aparece. Ela fica olhando o navio balançando para a frente, para trás e para os lados. As crianças gritam, e vejo incerteza nos olhos dela. Talvez eu não seja o único medroso aqui. Isso me acalma.

— E aí? Quer tentar? — pergunto.

— Bora — ela diz, fazendo cara de corajosa.

Nos acomodamos e colocamos os cintos. Quando o navio começa a se mover devagar, pego sua mão e seguro-a com firmeza. Não olho para ela. Só quero que saiba que estamos nessa aventura juntos. Ela ajeita a mão e entrelaça os dedos nos meus. E algo nessa pequena mudança faz meu coração acelerar.

Lanço um olhar para ela bem quando Hannah vira a cabeça para mim. Ficamos nos encarando por um segundo, sorrindo o tempo todo.

— Pronta?

— Você sabe que sim.

O navio começa a se virar, jogando Hannah contra mim. Nossas mãos se torcem em um ângulo estranho, então a solto e passo o braço em seu ombro. Ela congela por um instante, mas, antes que possa se afastar, o brinquedo muda de direção de repente. O impulso faz meu tronco se dobrar, e antes que eu perceba, minha cabeça está no colo de Hannah. Minhas bochechas esquentam. Me levanto com esforço enquanto o navio muda de direção de novo, e minha mão vai parar bem no peito de Hannah.

Me viro para ela. Seus olhos estão arregalados de surpresa.

— Ah, desculpa — solto, endireitando a postura. — Não queria te apalpar.

Ficamos nos olhando por um breve momento e então explodimos de rir na hora em que o brinquedo balança, nos lançando para cima do homem sentado do meu lado.

— Desculpa — digo para ele.

O cabelo de Hannah está voando, e sua expressão é suave e alegre.

Meu coração se expande quase dolorosamente enquanto a observo dar risada e nossos corpos são jogados de um lado para o outro. Ela é tão linda que eu mal consigo respirar.

Hannah se vira e me nota encarando-a de novo.

Desta vez, ela pega minha mão e fala em uma voz quase inaudível:

— Eu te protejo.

Eu sei que sim. De repente, os movimentos do brinquedo não me deixam tão desequilibrado — nem os movimentos do meu coração. Aqui, onde o mundo é só nosso, ela me protege. E eu a protejo.

* * *

— Está se achando, né? — Hannah pergunta.
— Acabei de ganhar de você e de todo mundo na Dune Raiders — grito. Olho para trás, para os seis slides que conquistei. Estufo o peito de orgulho.
— Você tem vinte quilos a mais que eu, e todos aqui têm seis anos — Hannah lembra. Meu peito esvazia de vergonha.
— Então, está pronta pra trocar as sacolas? — pergunto. Hannah e eu nos separamos por quinze minutos para ir à lojinha de lembranças. Ela disse que sua sacola era para mim. O que foi engraçado, porque a minha é para ela.
Ela me oferece a dela, eu a pego e lhe ofereço a minha.
Abrimos os presentes ao mesmo tempo.
— Puta merda — digo.
— Ah, meu Deus.
É um Lego da *Millennium Falcon*. Não é exatamente o conjunto de Star Wars que eu tinha quando criança, mas é incrível. Acho que é a coisa mais legal que já vi.
Levanto a cabeça e vejo Hannah de olhos arregalados, encantada. Ela está segurando o Lego de *Sailor Moon* que comprei para ela na loja. Seus olhos encontram os meus.
— Essa é a coisa mais maravilhosa do mundo, de coração — ela sussurra, deslumbrada.
A inocência e o puro fascínio em sua voz são tão lindos que não me aguento. Eu a abraço e dou um beijo no topo da sua cabeça.
— Que bom que gostou.
— Adorei. Gostou do seu?
— É o melhor presente que já ganhei — respondo.
Hannah ergue o queixo para olhar algo atrás de mim.

— O que foi? — pergunto, olhando por cima do ombro.
— Você conhece elas?

Há um grupo de garotas nos observando.

— Não, mas tenho a impressão de que elas te conhecem.

Meu celular vibra. Não são nem quatro da manhã na Coreia. Então não deve ser minha empresária nem ninguém do trabalho.

O aparelho vibra mais uma vez. Outra mensagem.

Pego o celular bem quando alguém suspira e solta um gritinho.

— Acho que é ele.

— Ele está *aqui*.

— Ele está machucado *mesmo*. Olha a perna dele.

— Quem é essa garota com ele?

— O que será que aconteceu com a Minky?

Uma multidão vai crescendo à nossa volta, chegando mais perto.

Hannah se vira para mim, os olhos chocados.

Dou de ombros, porque não faço ideia de como é que as pessoas sabem que estou aqui. Se bem que... Hannah publicou uma foto da gente na entrada do Legoland.

— Nossa, isso foi rápido — ela diz, olhando para o próprio celular. — A foto foi repostada vinte e sete vezes. Como assim? Conseguiram te localizar em, tipo, uma hora?

— Desculpe incomodar, mas posso te pedir um autógrafo?

A primeira pessoa da multidão se aproxima, e as outras se mantêm próximas. A loira bonita me lança um olhar sonhador, interrompido brevemente por um olhar mortal na direção de Hannah.

Pego sua caneta e assino meu nome no mapa da Legoland. Mais três mapas são enfiados na minha cara. Meu celular finalmente para de vibrar e é substituído pela música sinistra do Darth Vader.

Hae-Jin.

— Me deem licença um minutinho — peço à multidão, levando o telefone ao ouvido.

Dou uma olhada no grupo de garotas e vejo Hannah de lado. Estendo a mão para ela e a puxo para trás de mim, para protegê-la.

— Oi — digo para Hae-Jin. — Posso te ligar mais tarde?

— Jin-Suk, me explique por que tem uma foto de você com uma garota que não é Minky circulando na internet. Você está mesmo ignorando tudo o que eu recomendei que você fizesse e não fizesse? Que parte do "fique longe dos holofotes" você não entendeu? — ela questiona.

Para ouvidos inexperientes, ela pode até soar completamente normal. Mas eu a conheço. O *K* afiado do meu nome demonstra frustração e desapontamento.

Só que estou de bom humor demais para me deixar abalar.

— Hae-Jin, explique pra mim porque você está recebendo alertas do Google a essa hora. Não deveria estar dormindo? Olha, tem um grupo de fãs americanos aqui me pedindo autógrafo. Tenho certeza de que você iria querer que eu os agradecesse por assistir à série. Te ligo mais tarde. Vá dormir um pouco, Hae-Jin — arremato e desligo. Certamente vou pagar por isso depois.

— Está tudo bem? — Hannah pergunta, preocupada e um pouco assustada.

Ela nunca teve que enfrentar uma multidão de fãs antes. Deve ter pelo menos trinta pessoas aqui, mas mais pessoas estão chegando. E já dá para ver que os fãs americanos são um pouco mais atrevidos e agressivos.

Olho para ela e depois para os fãs esperando seus autógrafos. Tento engolir a frustração que se agita dentro de mim e vai ganhando força. Sinto o pânico crescendo na minha barriga. Logo ele vai subir para os meus pulmões e não vou conseguir respirar.

Sabia que esse dia estava bom demais para ser verdade.

Hannah aperta minha mão e a pressão traz minha atenção de volta a ela. *Eu te protejo*, ela me falou no navio pirata. Ela esfrega o dedão na parte de dentro do meu pulso. Seus olhos se concentram na multidão próxima, e sua expressão é de determinação. É a mesma expressão que ela fazia quando éramos crianças e eu estava sofrendo bullying. A mesma que vi na piscina quando o ataque de pânico ameaçou me dominar.

Ela quer me resgatar.

Ela posiciona o corpo na minha frente: uma posição de controle. E endireita a postura para transmitir poder e autoridade. Ela é pequena, mas até eu presto atenção.

— Ei, galera. Me desculpem, mas vocês se importariam de dar a Jacob, hum... quero dizer, Jin-Suk, um pouco de privacidade? Jin não tem muito tempo aqui hoje, e ele quer muito aproveitar o máximo de atrações possível. — Ela pega o celular e dá batidinhas nele. — Jin, você ainda tem algumas horas, e depois preciso te levar no evento privado em Del Mar.

Fico parado ali sem falar nada, observando a mestra em ação. Caramba, ela é boa. Talvez Hannah devesse tentar atuar. Até eu me convenço de que ela é minha empresária ou assistente pessoal ou algo assim.

Ela se vira para me encarar. Seus olhos falam comigo e então se arregalam, se repetindo até que eu entenda a mensagem. *Agora é com você, Jacob*, eles me dizem.

— Ah, sim, obrigado, pessoal. Mas só posso dar mais alguns autógrafos bem rapidinho, depois preciso ir — falo.

Dou um passo à frente e assino os pedaços de papel com as canetas que enfiam na minha cara. Não tiro nenhuma *selfie*, mas fotos são tiradas de mim e de Hannah.

— Beleza. — Ela se volta para a multidão. — Desculpem, mas Jin precisa ir. Ele está muito agradecido pelo entusiasmo dos fãs americanos.

Aceno para as pessoas, sorrio e faço algumas reverências. Depois, Hannah me conduz para a saída.

— Isso foi... doido — ela solta, sem fôlego, apesar de termos andado apenas quinze metros. É a adrenalina. — Então é assim sempre?

— É. — Assinto. — Basicamente. Quer me contar quando foi que você se tornou uma atriz tão boa?

Ela balança a cabeça.

— Não sou atriz. Só sou alguém querendo te ajudar.

— Obrigado. Então, você viu como as coisas são. Meus fãs podem ser, bem... empolgados, pra dizer o mínimo. Pode ser que as pessoas comentem... não, as pessoas vão comentar com certeza... vão se perguntar quem você é e qual o seu papel na minha vida. Sei que você disse que não costuma ler essas coisas, mas não quero que se ofenda. Eu te chantageei pra cumprir a minha lista. Se quiser sair fora, é só falar. Não vou contar pra sua mãe sobre o acampamento de salva-vidas nem nada. Prometo.

Ela dá de ombros, como se não fosse nada de mais.

— Não, tudo bem. Só fico preocupada com você e com toda essa atenção e pressão. Imagino que deve ser muito pior na Coreia.

— E em Cingapura. Por algum motivo, sou mais famoso em Cingapura.

— Nossa. Será que meu pai é seu fã? — Ela franze os lábios.

Me pergunto quando foi a última vez que Hannah viu o pai. Ela ficou arrasada quando ele se mudou, e levei semanas para conseguir fazê-la dar pelo menos um. Deus, odeio vê-la triste desse jeito. Mudo de assunto depressa.

Meu celular toca mais uma vez. Hae-Jin. Olho para Hannah, mas ela está perdida em pensamentos. Aperto o botão vermelho, recusando a ligação.

— Hannah?

— Sim? — Ela vira para mim.

— Tenho o pressentimento de que vou falar bastante isso, mas obrigado por tudo hoje. Sei que fui meio babaca te chantageando. Mas eu não me divertia tanto assim desde... bem, desde ontem na praia.

Para falar a verdade, cada momento com Hannah, seja fazendo algo ou só de bobeira, tem sido mais divertido do que qualquer coisa que aconteceu comigo nos últimos três anos.

— Eu também — ela devolve, com a covinha totalmente à mostra.

E, por um instante, não me preocupo com as ligações de Hae-Jin, com os fãs e Min-Kyung, com os contratos, o dinheiro ou meu futuro. Tudo o que importa é que acho que reconquistei minha amiga. E, agora, isso é tudo do que eu preciso.

capítulo onze
Hannah

Noto a cara que Jacob faz toda vez que seu celular recebe uma notificação ou quando ele fala a respeito de sua vida na Coreia, sobre todo o estresse. É a cara de alguém consumido pela pressão, tentando conter a ansiedade que está prestes a engoli-lo. A culpa me domina com força. É como se minhas entranhas estivessem sacudindo o dedo na minha direção. "Você devia ter sido uma amiga melhor", me provocam. "Ele precisava de você, e você deu um gelo nele", me lembram.

Eu não entendo muito essa realidade, esses estranhos querendo saber tudo sobre ele, essas pessoas procurando qualquer evidência na internet de onde ele está e realmente *indo* até ele, torcendo para encontrá-lo, esse medo de ser demitido por um estúdio que exige muito mais do que deveria pelo trabalho que ele está sendo pago para fazer, sendo a única fonte de renda da sua família.

Ele só tem dezoito anos.

Mas o que importa é que tenho o poder de fazer algo por ele agora. Posso compensar um pouco o tempo perdido.

E estou determinada a fazer com que Jacob tenha o melhor verão da sua vida.

Recebo uma nova mensagem.

Shelly: Festa na Liz hoje. Leve Jin-Suk, se puder.

Shelly: Ah, e Nate está perguntando se vc vai.

Fico olhando para a tela, com as emoções se revirando dentro de mim. Já faz uns dias que não penso em Nate. Jacob vai embora no final do verão, e vou ter que continuar vivendo minha vidinha. Não posso adiar meu plano de reconquistar Nate, porque e se ele começar a namorar Soo-Yun? Só que tenho três anos de tempo perdido para compensar com Jacob. Como é que vou dar a Jacob e Nate o tempo e a atenção necessários?

É verão, poxa. Eu deveria tirar férias de toda essa ansiedade e esse drama. Afinal, *estou* de férias. Sacudo o punho no ar. Maldito mundo. Como se atreve?

Mando um emoji de joinha para Shelly e vou para a cozinha.

Minha mãe e a sra. Kim estão de cócoras sobre enormes baldes de repolho cobertos com pasta de pimenta. Parece a cena de um crime. Mas o cheiro é divino. Picante, forte, caseiro.

Me inclino sobre elas e solto um suspiro satisfeito.

— Mal posso esperar até que isso esteja pronto — digo.

— Agora você come *kimchi*? — a sra. Kim pergunta.

— Demorou dezessete anos, mas eu finalmente a convenci a experimentar, e ela gostou — minha mãe responde.

Elas dão risada, e os pelos na minha nuca se eriçam. Meus punhos cerram, prontos para a luta. Que coisa mais irritante. Posso até ter evitado um monte de porcaria coreana quando era pequena, mas não sou uma piada. E daí que não sou fluente? E daí que não ouço K-pop nem curto K-dramas? E daí que comida coreana não é a minha favorita? Eu tenho azia, sabem?

Detesto ficar na defensiva desse jeito. Esse comportamento reativo a qualquer pergunta que aparentemente questione minha "coreanidade" não é saudável, e preciso parar de agir como vítima. Eu sou quem sou.

— Você está bem? — Jacob pergunta com uma voz preocupada e gentil ao entrar na cozinha. Minha crise de identidade deve estar estampada no meu rosto.

— Estou sim. Ei, não tinha alguma coisa sobre ir a uma festa na sua lista?

Mudar de assunto depressa para evitar falar sobre minhas emoções é meu *modus operandi*. Prendo a respiração, torcendo para que funcione com Jacob.

— Aham — é tudo o que ele diz. Mas seus olhos se demoram em mim, dispostos a não me deixar sair dessa tão facilmente.

— Então é isso. Pensei mesmo ter lido "ir a uma épica festa de verão" — provoco.

É exatamente o que estava na lista, e eu já o provoquei várias vezes, porque é impossível evitar.

Ele balança a cabeça e sorri, tranquilo.

— Beleza, esteja pronto às oito — digo, me virando para ir para o quarto.

Há algo que quero fazer. Pego meu notebook e o coloco na cama. Chegou a hora. Abro a Netflix e digito *De corpo e alma* na busca. Então o rosto bonito do garoto que acabei de deixar lá embaixo aparece. Ele está olhando todo sério para uma garota coreana deslumbrante. Deixo o mouse sobre o botão de play. Enfim é hora de ver qual é a dessa série.

Três episódios depois, meus olhos estão vermelhos de tanto chorar. As lágrimas não param de cair. Eu nunca choro. Não choro há anos, não derrubo nem uma gota sequer. E agora virei um chafariz.

Mas, sério, como é que a vida pode ser tão cruel e injusta com esses dois? Eles são só dois jovens tentando viver um amor. O que mais pode dar errado para eles? Olho para o relógio de relance, calculando se consigo assistir a mais um episódio antes de começar a me arrumar para a festa. Merda, já são sete e meia.

Sou surpreendida por uma batida na porta, e mais ainda pelo rosto que surge de trás dela. Olho para ele, vestindo calça preta, camisa branca e gravata fina pendendo meio solta do pescoço. Ele está segurando um terno. É ele.

Meu rosto desmorona e me desmancho em lágrimas.

— Hannah? — Jacob me envolve em um abraço, me puxando para si e apoiando o queixo na minha cabeça. — O que aconteceu?

O que aconteceu? A mãe de Won-Jin acabou de sofrer um acidente de carro quando estava prestes a lhe contar que a mentira que inventou para mantê-lo longe de Sun-Hee. Ele ainda não sabe que Sun-Hee nunca o traiu, e não consegue evitar os sentimentos conflitantes. Ela não faz ideia do porquê ele se virou contra ela.

E... por que é que Jacob está levando um terno para a festa? Me afasto.

Ele me olha nos olhos, e sua expressão é diferente da que eu via em Won-Jin, seu personagem. Então *isso* é uma boa atuação.

Jacob enxuga uma lágrima escorrendo pela minha bochecha.

— Você não pode ir assim pra festa — digo. — Ah, e comecei a assistir *De corpo e alma*.

Dois vírgula quatro segundos se passam até que Jacob finalmente assente, se vira e volta para o seu quarto.

— Tiro a gravata? — ele pergunta da porta.

— Isso, e o terno também. E a camisa. E talvez a...

— Certo, certo — ele fala, sorrindo. — Ah, em que episódio você está?

— Hum, acabei de terminar o terceiro.

Ele assente de novo, apertando os lábios, pensativo.

— Ainda tem muita água pra rolar. Se prepara. Daí pra frente, só piora — diz, entrando no quarto e fechando a porta.

Meu coração se despedaça.

Volto para o meu quarto em uma espécie de transe. Mas a voz abafada de Jacob chama minha atenção. Ele parece frustrado. Será que ficou bravo por eu ter falado para se trocar? Me aproximo da parede que dividimos e encosto o ouvido. Me sinto levemente culpada por bisbilhotar, mas sigo em frente mesmo assim.

— Ela não pode fazer isso — ele resmunga. — Não vou deixar que se safe dessa.

Meu coração se aperta. Ah, não. Ele está *mesmo* bravo comigo. Eu devia ter explicado sobre o código de vestimenta apropriado para festas de verão de adolescentes. Ele claramente pensou que um terno perfeito e sob medida — muito sexy, não vou negar — era adequado para um ator usar em um evento assim. Eu não queria constrangê-lo.

Ouço seus passos pesados saindo do quarto e descendo as escadas.

Me apresso e visto uma calça jeans rasgada nos joelhos e uma regata rosa. Passo rapidamente um gloss cor de ameixa e um rímel. É isso. Não há nada que eu possa fazer com esses olhos inchados agora.

Disparo escadas abaixo para tentar resolver a situação com Jacob.

Ele está parado na sala de estar, de costas para mim, olhando para o celular. Sinto a tensão irradiando dele. Ele se trocou, mas ainda veste calça preta skinny, um pouco mais curta no tornozelo, e está de camiseta branca justa com gola V e de All Star. Ele não se parece com nenhum dos garotos da minha escola. Ele parece um astro. Um astro com uma bundinha linda.

Minha nossa.

Fico com água na boca.

Um pequeno suspiro escapa dos meus lábios.

Jacob se vira e guarda o celular no bolso. Seus olhos encontram os meus antes de descerem pelo meu corpo, examinando cada centímetro. Nunca fui olhada desse jeito. Não consigo decifrar sua expressão. Então arquivo-a para pensar nisso depois.

Seu rosto severo suaviza e ele abre um sorriso.

— Tudo bem? — pergunto. Cerro os punhos, esperando. — Você parece, hum... meio chateado.

Ele fecha os olhos devagar e respira fundo, soltando o ar em seguida.

Então abre os olhos e balança a cabeça.

— Minha empresária disse que quer vir a San Diego com Min-Kyung, e o estúdio achou uma ótima ideia.

— Como assim? Por que elas querem vir pra cá?

Não sei bem por que estou entrando em pânico. Mas não quero que Jacob tenha que passar por isso. E não respondo pelos meus atos se essa tal de Min-Kyung vier aqui só para magoar Jacob. (Apesar de ela ser uma excelente atriz e eu estar obcecada pela sua interpretação de Sun-Hee na série.)

Jacob dá de ombros.

— Sei lá. Eu nunca sei. Não entendo o que ela faz ou o que o estúdio faz. Não manjo da política da coisa. Só quero me dedicar à série, ser pago e seguir para a próxima. Estou cansado desse controle todo. Às vezes me pergunto se ainda quero fazer isso.

Fico perplexa com sua confissão.

— Sério? Mas você é tão bom — digo. Seria uma pena desperdiçar tanto talento.

Ele dá risada.

— Obrigado. Então quer dizer que você está gostando da série? Tipo, foi a primeira vez que você chorou em três anos?

Franzo as sobrancelhas, pensativa.

— Foi. Mas eu tenho culpa? O negócio é superdramático. Uma pessoa não pode lidar com tanta coisa assim. Por que é que a vida tem que despejar tantos problemas em cima deles, sendo que são tão novos? — Sou arrastada pela trama novamente e fico vermelha.

Jacob tenta disfarçar o sorriso. Fico grata pelo seu esforço.

— Bem-vinda ao mundo dos K-dramas. Ei, bora esquecer um pouco essa série e nos divertir na festa? O que eu preciso saber?

Faço uma careta para ele, sem entender direito o que está me perguntando.

— Ah, foi mal. É só que estou acostumado a ser preparado pros eventos. Tipo, qual é o papel que preciso desempenhar, quem preciso ser pra fazer sucesso, que cor tenho que usar pra conseguir altos índices de aprovação.

Essa é a vida dele. Jacob nunca está livre para ser ele mesmo. As expectativas e a pressão estão sempre no topo de suas preocupações. Não posso nem imaginar o que isso faz com uma pessoa. Enxergo vislumbres do que está acontecendo com Jacob, e não gosto nada disso. Mas o que posso fazer por ele?

— Você não precisa ser ninguém além de você mesmo. Não importa quem vai estar lá. Você e eu vamos nos divertir.

— Legal. Vai ser ótimo — ele diz, com aquele seu sorriso perfeito de ator.

Nesse momento, decido que, hoje, tudo o que importa é que Jacob consiga se soltar e curtir. Não ligo para Nate nem Soo-Yun nem para os fãs nem Minky. Só me importo que Jacob tenha a oportunidade de ser ele mesmo — mesmo que eu tenha que lembrá-lo de quem ele é. Se eu conseguir fazer isso, então talvez, só talvez, ele perceba que vai ficar tudo bem.

Atravessamos a casa de Liz e ouvimos a música e a maior parte das conversas vindo do quintal. No instante em que passamos pelas portas de correr, todos os olhos se voltam para nós.

— Por que você não falou pra gente que conhece Kim Jin-Suk? — Brady Lyons agarra meu cotovelo, me empurrando de leve para longe de Jacob enquanto meio sussurra, meio grita no meu ouvido. Olho para trás e o vejo sendo puxado na direção oposta por um outro grupo de pessoas. — Onde o conheceu? É algum tipo de conexão coreana?

O que é que ela quer dizer com "conexão coreana"?

— Está querendo saber se todos os coreanos são parentes ou algo assim?

— Não, não, não é isso. Mas não é verdade que todos os coreanos são descendentes de poucas dinastias? É por isso que vocês se conhecem?

— Foi mal, não trouxe meu teste de DNA — respondo. A audácia dessa garota...

Algo chama a atenção de Brady e ela me solta, avançando para o novo objeto brilhante. Essa não, o novo objeto brilhante é Jacob, que de repente foi cercado por fãs histéricas. Não acredito que pensei que essas pessoas fossem minhas amigas.

Será que já foram mesmo?

Sigo para o grupo para salvá-lo da multidão crescente, mas logo sou bloqueada por uma montanha gigantesca, parada no meio do caminho.

— Oi, Hannah, que bom que você veio — Nate diz, me encarando, os olhos cintilantes.

— Oi, Nate.

Tento olhar além dele para ver se Jacob está bem. Algo molhado pinga no meu braço. Nate está segurando uma cerveja. Que ótimo, lá vamos nós de novo.

Nate vira para trás e depois se volta para mim com a mandíbula tensionada, determinado. De repente, fico muito preocupada com o que vai acontecer. Por favor, não dê um soco na cara de Jacob. Aquele rosto é seu ganha-pão.

— Como você está? — pergunta Nate.

— Bem, obrigada. E você?

A conversa é meio estranha. Forçada. De repente, não lembro mais como jogar esse jogo. Eu me acostumei a me transformar em uma versão de mim que alguém acharia desejável. Meio que o que Jacob pretendia fazer hoje, quando me perguntou que papel deveria desempenhar na festa. Percebo que eu também estou sempre interpretando um papel.

Exceto nesses últimos dias com Jacob.

— Vi você chegando com o Kim Jin-Suk. E vocês foram na Legoland ontem?

— Isso — respondo. Tento pensar em algo mais para dizer, mas minha mente deu um branco.

— Enfim, Hannah, a gente... — Ergo os olhos para ele, e endireito a postura diante de sua expressão. Seus olhos são calorosos, suas sobrancelhas estão levemente erguidas, questionadoras, e um sorrisinho se forma nos cantos de sua boca. — Estou com saudade. Sei que eu falei que a gente não tinha nada em comum. Mas agora que você curte K-dramas e tal, vi que na verdade a gente tem, sim.

Nossa, Jacob estava certo. Passar meu tempo com ele fez mesmo Nate ficar com ciúmes. Garotos são tão Neandertais.

Quero lhe dizer que ele se enganou, que eu não curto K-dramas. Mas me lembro desta tarde, imersa no mundo de *De corpo e alma*, e não sei se isso ainda se aplica.

Nate se inclina para mim.

— Hannah, tenho pensado na gente.

Certo, isto está mesmo acontecendo. É bom, não é? Tenho que contar para Jacob que o plano dele funcionou muito melhor do que qualquer plano que eu fiz para tentar reconquistar Nate. Nossa, ele vai adorar tudo isso. Ele ama estar certo.

Nate está tentando me dizer que quer voltar comigo. E eu quero...

O rosto de Jacob surge na minha mente.

Interrompo o contato visual com Nate, distraída. Inclino o corpo para a esquerda para ver se Jacob está bem sozinho. Ele está na piscina com um grupo diferente de garotas. Ouço o trinado irritante das risadinhas sobre a música e o falatório. Os olhos dele encontram os meus e seguem para Nate. Ele franze a testa, desvia o olhar e dá risada. Parece que o que quer que Sarah Martin esteja dizendo é a coisa mais engraçada do mundo. Sinto minhas bochechas esquentarem e reviro os olhos. Sou muito mais engraçada que Sarah Martin.

— Hannah, você está me ouvindo? — Nate pergunta.

— Hum, ah sim, claro. Você estava dizendo...

— Eu estava dizendo que agora pelo menos sei que temos coisas em comum pra conversar. A gente tem os mesmos interesses. Tipo Kim Jin-Suk. É legal que você o conheça.

— O que tem ele? — Francamente, se Nate só quiser voltar comigo por causa da minha conexão com Jacob, acho que vou gritar. — Você também o conhece. Nós dois crescemos juntos.

Nate inclina a cabeça e estreita os olhos, sem entender.

— Do que você está falando? Eu o conheci só uns dias atrás, na piscina.

Será que ele é mesmo tão estúpido?

Balanço a cabeça.

— Não, você o conhece há anos. Kim Jin-Suk é Jacob Kim, meu melhor amigo de infância.

Não comento que ele adorava nos atormentar e nos provocar. Não sei por quê. Vira e mexe me pergunto se Nate se lembra disso, porque ele nunca comentou nada. Memória seletiva para autopreservação, acho. Me sinto mal por isso também. Culpei Jacob por ter ido embora, mas escolhi ignorar o fato de que fui eu que cortei contato com ele.

Nate recua um pouco quando a lâmpada se acende em sua cabeça.

— Cacete, não acredito! Ele é o Jacob Kim? Aquele menininho que vivia te seguindo pra todo lado? — Nate balança a cabeça, como se estivesse tentando coletar as lembranças ou montar o quebra-cabeça. — Pensando bem, aquele garoto desapareceu do nada antes do primeiro ano, né? Esqueci completamente. Nossa, ele saiu da cidade e voltou como uma grande estrela. Épico. — Nate assente, satisfeito. — Mas ele vai voltar pra Coreia no final do verão, certo? Ele vai embora?

Sinto uma pontada no coração; não estava preparada para esse golpe. Jacob vai embora de novo. Bem agora que reatamos a amizade. Ainda temos tanto para fazer, tanta coisa em sua lista.

— Que lista? — Nate pergunta.

Merda, falei em voz alta.

— Hum, bem, ele tem uma lista de coisas que quer fazer enquanto estiver de férias aqui em San Diego. Sabe, coisas normais. Coisas que ele não pode fazer quando está todo ocupado trabalhando na Coreia. E eu preciso, quero dizer, eu *quero* levá-lo pra fazer tudo. Ele é meu foco agora. Não tenho tempo pra mais nada nem pra mais ninguém.

É meu jeito de dizer para Nate "Espere um pouco", que quero passar o verão com Jacob. Nate e eu podemos voltar quando a escola recomeçar, porque daí Jacob já vai ter ido embora. Ai, lá vai aquela pontada no coração de novo. Talvez eu precise de um antiácido.

— Ah, ok, bom... que legal da sua parte. Mas eu ainda queria te ver pra conversar sobre a gente.

Isso é exatamente o que eu queria: chamar sua atenção, reconquistá-lo. Nós precisamos mesmo acertar algumas coisas. Não é? Eu só preferia não fazer isso agora. Não quando meus supostos amigos estão todos apalpando Jacob.

— Claro, Nate. Podemos conversar. Me manda uma mensagem depois.

Me viro para sair, mas ele me puxa para si, me enfiando debaixo do seu braço. Sou pega de surpresa e coloco a mão contra seu peito, recuperando o equilíbrio e me afastando.

Pelo canto do olho, vejo Jacob vindo na nossa direção. Olho para o seu tornozelo enquanto ele abre caminho em meio à multidão. Ele deve estar se sentindo melhor, para se mover assim tão depressa. Ele segue meu olhar e arregala os olhos. E de repente, volta a mancar até mais do que algumas semanas atrás. Seu rosto se contorce, e um grito baixinho de dor escapa de sua boca.

Me desvencilho de Nate e vou até ele.

— Tudo bem, Jacob? Seu tornozelo está doendo? Merda, pensei que estava começando a melhorar. Você devia ter vindo de bota.

Jacob coloca o braço nos meus ombros para se apoiar.

— Nossa, sim, está doendo muito, muito mesmo. Vamos nos sentar em algum lugar. Que tal lá dentro, onde está tranquilo, longe dele? — Jacob aponta o queixo para Nate, estreitando os olhos e fuzilando-o com o olhar.

— Ah, certo, beleza. — Seguro-o pela cintura e o ajudo a entrar.

Algumas pessoas perguntam se ele está bem. Outras tentam tirar fotos. Olho para Jacob para ver se ainda está com dor, mas ele está me encarando, com aquele sorriso completo que chega até seus olhos.

— O que foi? — pergunto.

Ele balança a cabeça e não fala nada. Apenas sorri.

— Seu esquisito — digo, disfarçando meu próprio sorriso.

Para alguém com o tornozelo machucado, ele parece feliz demais.

Atravessamos a casa e saímos na varanda da frente, vazia e silenciosa. Ajudo-o a se sentar em uma cadeira de balanço e me acomodo em uma ao lado.

— Vamos ter cadeiras de balanço na nossa varanda quando formos velhinhos — ele diz.

Não questiono o fato de ele ter feito planos para quando formos velhinhos. É como sempre falamos um com o outro, pensando que seríamos amigos para sempre. Com exceção dos três anos que não fomos. Mas isso agora é coisa do passado.

— Eu te vi conversando com umas garotas — digo. Não queria que meu tom saísse tão azedo.

— Eu te vi conversando com o Nate — ele comenta devagar. Acho que é melhor que eu em esconder as emoções.

— É, acho que você tinha razão. Me ver com outra pessoa o deixou com ciúme.

— Que ótimo — Jacob diz, a voz inexpressiva.

Mudo de assunto.

— Os adolescentes dão festas na Coreia também? — pergunto.

Não quero falar a respeito de Nate agora.

A lua está gigantesca e brilhante, iluminando o rosto de Jacob só o suficiente para que eu o veja revirando os olhos.

— As únicas festas a que fui consistiam em minha mãe, minha irmã, eu e um potão de sorvete. E um pouco de calda de chocolate, quando queremos ousar.

— Sei que isso vai soar estranho, vindo de mim, mas sempre quis conhecer a Coreia, ver como é. Quero comer *tteokbokki* em uma das feirinhas noturnas, me sentar em uma cafeteria pra beber café doce demais e me refrescar com *patbingsu* com frutas frescas e leite condensado e aimeudeus aquelas bolinhas de *mochi*.

Jacob solta uma gargalhada.

— As melhores partes da Coreia, com certeza, especialmente se você tiver companhia.

Faço que sim devagar, percebendo que não importa onde Jacob mora, já que ele não tem liberdade para fazer nada, para viver sua vida.

— A gente podia tentar fazer essas coisas aqui em San Diego. Ou ir até a Koreatown de Los Angeles. E aí, quem sabe, quando eu for pra Coreia, você pode me mostrar as outras coisas divertidas.

Jacob empurra o chão com o pé e se balança para a frente e para trás na cadeira.

— Eu adoraria que você fosse pra Coreia. E nossa lista de coisas pra fazer no verão só aumenta. Será que a gente vai conseguir fazer tudo antes de eu ir?

Já é a segunda vez que alguém menciona a partida de Jacob hoje. Desperdicei tanto ficando brava com ele. E agora mal tenho tempo para aproveitar sua companhia. Queria que ele não tivesse que ir.

Meus olhos se enchem de lágrimas. Ele é o espírito mais livre que já conheci. Mas, quando criança, era assolado por alergias, e hoje está acorrentado ao trabalho.

— Ei — Jacob diz em uma voz suave, se virando para mim. Ele se levanta e oferece a mão, que aceito. Quando fico de pé, ele me puxa para perto e olha nos meus olhos, acariciando minha mão, me reconfortando, me acalmando. Ele observa meu rosto, prestando atenção na lágrima escorrendo pelas minhas bochechas. — Não chora. Você segurou as lágrimas por tanto tempo que agora parece que quer chorar por qualquer coisinha.

Tento sorrir, mas suas palavras são tão gentis que machucam. Esqueci como respirar. Não consigo desviar o olhar. Procuro o garoto que eu conhecia como a palma da minha mão e o vejo por todo o seu rosto. Mas é o cuidado e o fogo nos olhos do jovem de hoje que me cativam.

— Senti tanta saudade — ele sussurra, engolindo em seco. Umedece o lábio inferior com a ponta da língua.

Perco o fôlego.

— Quem sabe se a gente ficar pertinho, Nate fique incomodado — Jacob sugere.

— É, ele deve estar nos observando — digo, sem me preocupar em verificar.

Jacob dá um passo à frente. Não que houvesse muito espaço sobrando.

— Posso? — ele pergunta. Mas não precisava.

— Pode — suspiro.

Seus lábios encontram os meus, e eles são quentinhos e me fazem me sentir em casa. Talvez ele pense que está me fazendo um favor, tentando deixar Nate com ciúme. Mas, neste momento, não me importo com ninguém além dele: Meu coração dispara e minha mente fica procurando qualquer coisa errada, mas só encontra coisas certas. O medo ameaça me dominar, me provocando e me dizendo que isso não vai durar, mas a confiança de que Jacob nunca vai me machucar me envolve e silencia a dúvida.

Ele segura meus cotovelos com gentileza e faz um carinho suave. Levanto um pouco o queixo, me entregando ao beijo. Coloco os braços em seu pescoço. Ele leva as mãos à minha cintura.

A pressão se intensifica e abro mais os lábios, convidando sua língua. É doce e deliciosa. Jacob explora minha boca, uma parte de mim que ele não conhecia. Eu me agarro firme nele, dizendo sem palavras o quanto quero isso.

Nos afastamos para recuperar o fôlego. Jacob encosta a testa na minha de olhos fechados. Seus cílios tremulam de leve. Fico na ponta dos pés e dou um beijo em cada um dos seus olhos.

— Meu. Deus. Isso foi tão sexy — alguém diz.

Damos um salto para trás de susto ao perceber que nossa bolha se desfez.

— Ele nunca beijou Minky desse jeito — outra pessoa comenta.

— Vou assistir a esse vídeo a noite toda e sonhar com esse beijo.

Na minha visão periférica, vejo duas colegas nos filmando. A violação faz eu me sentir suja e, pra ser sincera, um pouco irritada.

Jacob muda de posição, bloqueando meu corpo dos visitantes indesejados. Estou com medo de olhar para ele, de olhar nos olhos dele, apavorada com o que vão revelar. Se uma dessas garotas publicar esse vídeo na internet e o estúdio ficar sabendo, será que Jacob vai ter problemas?

Ele pega minha mão com a sua, quente, e a aperta. É um gesto para me tranquilizar. Me dizer que está tudo bem. Olho para as nossas mãos, o que me dá coragem o suficiente para encará-lo. O canto da sua boca se curva em um sorrisinho e ele acena a cabeça de leve.

— Não se preocupa, a gente vai ficar bem — Jacob me garante.

A gente.

A gente vai ficar bem.
Temos que conversar sobre umas coisas.
Estou sentindo emoções que me dão medo.
Ele vai embora daqui a algumas semanas.
A gente vai ficar bem.
A questão é: será que acredito nisso?

capítulo doze
Jacob

Puta merda. Beijei Hannah Cho. Fico repassando a cena na cabeça sem parar e pego no sono sorrindo.

Hannah

Fico me revirando na cama, sem conseguir encontrar uma posição confortável, sem conseguir dormir. Puta merda. Beijei Jacob Kim.

Jacob

Os aromas vindos da cozinha me atingem assim que entro pela porta. Vozes altas preenchem a casa, e fica claro que todo mundo acordou mais cedo do que planejei. Escondo o buquê de flores nas costas. Talvez eu consiga levá-lo lá para cima antes que alguém me veja.

Posso só deixá-lo na cama de Hannah.

É muito brega? Por que inventei de comprar flores para Hannah… no dia seguinte ao nosso primeiro beijo? Isso é a coisa mais ridícula do mundo. Mas era só nisto que consegui pensar de manhã. Hannah e nosso beijo. Espero que ela não tenha feito isso só para deixar Nate com ciúme. Não acho que faria isso. E ela parecia genuinamente preocupada com o que aconteceria comigo se as fotos e os vídeos de ontem fossem publicados na internet. Mas não estou preocupado. Na verdade, não estou nem pensando nisso.

Algumas semanas atrás, o máximo que eu esperava era que Hannah dirigisse ao menos cinco palavras para mim. Agora, minha cabeça está um turbilhão. Ainda consigo sentir os lábios dela nos meus. Quando éramos crianças, a gente experimentava tudo juntos. Mas nunca tínhamos experimentado… isso. Nunca me senti tão próximo dela quanto ontem, tanto física quanto emocionalmente.

O barulho de panelas e frigideiras e de duas mães coreanas conversando me arranca dos meus pensamentos. Para quem não está acostumado, pode parecer que elas estão discutindo, o tom de voz aumentando, atingindo notas agudas feito címbalos. Mas é mais provável que estejam só fofocando e se provocando. É reconfortante.

Percebo que fazia muito tempo que eu não via nem ouvia minha mãe tão feliz como agora. Apesar do sucesso que conquistei, as coisas na Coreia não estão fáceis. Esta viagem para San Diego tem nos feito bem. Mas o que vai acontecer quando o verão acabar?

Meu coração se aperta quando penso no pouco tempo que Hannah e eu temos juntos. Sei que, desta vez, não vamos perder contato. Mas não sei se vai ser suficiente. Preciso conversar com ela. Só que, por enquanto, vou apenas aproveitar o tempo que nos resta. Espero que com muitos, muitos beijos.

Passo pela cozinha, seguindo para a escada, e vejo Hannah no balcão segurando uma faca, picando alguma coisa. Jin-Hee está ao seu lado, falando em seu ouvido, e o sorriso que Hannah abre ao olhar para a minha irmã ilumina todo o ambiente. Congelo. Sempre adorei o sorriso dela, mas depois de ficar sem ele por tantos anos, cada um é como um presente.

Ver as pessoas que mais amo todas reunidas no mesmo lugar faz meu coração se expandir de um jeito quase dolorido. Havia muito tempo que eu não assistia a essa cena, e só agora percebo o quanto senti falta disso, o quanto fiquei perdido sem essa conexão.

— *Oppa*, Hannah está falando que vamos voltar pra Legoland e que eu vou poder ir.

— É mesmo? — pergunto, me esforçando para soar decepcionado. — Vou pensar no seu caso.

— Bem, enquanto você pensa, Jin-Hee e eu vamos sozinhas e vamos nos divertir sem você — Hannah diz. A leve curvatura em seu lábio me mostra que ela está brincando.

— É — Jin-Hee concorda, levantando a mão para Hannah bater. Como suas mãos estão ocupadas com a faca e um punhado de cebolinhas, ela a saúda com uma cotovelada. — Isso aí são flores? — Jin-Hee pergunta. — Pra quem são?

Arregalo os olhos e comprimo os lábios, implorando para que ela cale a boca.

Minha irmã não entende a mensagem.

— Ai, meu Deus. São pra Hannah?

— O quê? — Hannah pergunta, se virando para mim.

Fico parado ali, todo rígido e desconfortável, desejando que o chão se abra e engula esse buquê de flores patético junto comigo. Mas tiro as flores das costas e ofereço-as para Hannah.

— Hum, são pra você. Porque... você sabe.

Percorro a cozinha com os olhos e vejo quatro rostos perplexos e quatro bocas escancaradas.

Claramente, fora dos K-dramas, garotos não costumam comprar flores para as garotas depois de um beijinho. Não é a primeira vez que eu meio que me odeio por ter zero experiência de vida ou pontos de referência além dos roteiros que leio.

— *Daebak* — Jin-Hee sussurra, encantada, repassando sonhadoramente na cabeça todos os finais felizes que já viu.

— *Yeppuda* — a sra. Cho fala. Tenho certeza de que está dizendo que as flores são lindas, não eu. Mas ela não consegue tirar os olhos de mim.

Minha mãe leva as mãos unidas ao coração e me olha com tanto orgulho que até parece que ganhei um Oscar.

Os olhos de Hannah estão fixos no buquê que ainda seguro. Ela está paralisada, com a faca erguida como se estivesse empunhando uma arma. Me aproximo devagar, coloco o buquê no balcão e pego a faca. Ela continua com a mão levantada, mas seus olhos encontram os meus.

— Você comprou flores pra mim?

Se não tivéssemos plateia, eu a beijaria agora mesmo. A surpresa em seu rosto é a coisa mais fofa que já vi na vida.

— É, hum... fui correr de manhã...

— Mas e seu tornozelo? Não está mais doendo? — ela pergunta.

Meu estômago dá uma pequena cambalhota. Ter alguém se preocupando comigo sem ser porque algo vai impactar a minha imagem diante das câmeras é novidade. Quero beijar suas sobrancelhas franzidas de preocupação. Só consigo pensar nisso: beijar Hannah. Pigarreio, em uma tentativa de afastar a névoa de luxúria em que minha mente se enfiou.

— Não, estou bem. É a primeira vez que coloco tanta pressão no tornozelo e não dói. Só está um pouco dolorido, mas de boa. — Abro um sorriso tranquilizador. — Enfim, passei na frente daquela floricultura do mercado. Sabe? A que o dono é aquele velho que parece o Gandalf? Não acredito que ele ainda está lá. — Paro de falar antes que eu confesse que a floricultura não ficava nem perto de onde corri de manhã. — Quer colocar as flores na água? — pergunto, guiando sua mão do ar para o buquê.

Ela assente, ainda em choque.

— Vou tomar um banho rápido antes do café da manhã — anuncio.

— É, nada de garotos suados na mesa — Jin-Hee brinca.

Eu avanço para as costas da minha irmã, envolvendo-a com os braços e empurrando-a para o meu sovaco.

— Ecaaa! Me solta! Eca, eca, eca! — ela grita.

Sua ânsia de vômito de brincadeira faz todos nós rirmos, incluindo Hannah. O brilho nos olhos dela enquanto me encara faz eu sentir que posso voar.

—Agora também preciso de um banho. Você é tão nojento — Jin-Hee resmunga.

Mas seu sorriso a entrega. Aperto-a mais uma vez e vou para o chuveiro me limpar e me trocar.

Estou louco para voltar para a cozinha.

Hannah

Não sou uma pessoa nostálgica. Na verdade, é autopreservação. Simplesmente não há muitas pessoas na minha vida com quem compartilhar memórias. Todas parecem... ter ido embora.

Mas me sentar à mesa para tomar café da manhã — o *miyeok guk* que preparamos juntas — com minha mãe, a sra. Kim, Jin-Hee e Jacob me deixa surpreendentemente quentinha por dentro. Lembranças desses momentos divididos no passado explodem na minha cabeça; eram momentos tão mundanos antes, e agora são tão valiosos.

As flores que Jacob me deu estão em um vaso, funcionando como a peça central da nossa refeição, cercado por pratinhos de *banchan*. Me seguro para não suspirar alto.

Sou uma boba. Jacob Kim me beija e me presenteia com flores, e fico toda derretida.

Os instantes compartilhados com ele ontem à noite voltam à minha mente, e tenho que morder os lábios para não sorrir. Para ser sincera, Jacob Kim roubou toda a minha calma. E estou adorando... acho. Talvez eu precise que ele me beije de novo só para ter certeza.

Tento não ficar me perguntando se foi para valer. Será que ele só estava querendo provocar ciúme em Nate? Ou foi apenas uma desculpa?

Olho para as flores mais uma vez e sorrio. Tenho a impressão de que sei a resposta.

Lanço um olhar de soslaio para ele e encontro-o olhando diretamente para mim. A gente não conversou sobre ontem.

E se ele se arrependeu? E se ele estiver surtando? Será que *eu* me arrependi? Será que estou surtando? É coisa demais acontecendo. Mas, só de olhar para Jacob, sei que ele também está pensando nisso, e pela sua expressão, vejo que está tudo bem.

— Hum...

Observo Jin-Hee enquanto ela olha de mim para Jacob e vice-versa sem parar, e então fita as flores. Ela está com um sorriso enorme e pateta a manhã toda.

Pelo menos ela tem o bom senso de não fazer uma cena. Em vez disso, enfia mais uma colher cheia de arroz, algas e sopa na boca, tentando disfarçar o sorriso.

Olho para Jacob de novo e ele dá de ombros discretamente. Tudo isto é novidade para nós. Mas, ao que parece, temos a aprovação da garota de doze anos. Pelo menos isso.

Sra. Kim e sra. Cho

— O *miyeok guk* **estava delicioso hoje,** nada salgado — a sra. Kim diz enquanto lava a louça.

— Sim, você estava certa quando disse pra não salgarmos o *gogi* antes de colocá-lo na sopa — a sra. Cho acrescenta, fechando os vários potes de *banchan* e empilhando-os na geladeira.

— Parece que vai fazer um lindo dia hoje — a sra. Kim fala.

— Não está quente demais, que bom — a sra. Cho comenta.

— Que horas vamos sair pra igreja amanhã? — a sra. Kim pergunta, como se elas já não tivessem estabelecido um ritmo na agenda das últimas semanas.

— Acho que umas dez e meia está bom — a sra. Cho responde de imediato.

Elas ficam em silêncio por um tempo.

— Ele comprou flores pra ela! Você o criou tão bem — a sra. Cho fala, animada.

— Que garoto bom. E você reparou na forma como Hannah e Jacob estavam se olhando? — a sra. Kim pergunta, com uma voz duas oitavas mais aguda e cinco vezes mais rápida que o normal, sem conseguir esperar um segundo a mais para comentar os acontecimentos da manhã.

— Claro, impossível não perceber! Eu sabia que eles iam se acertar. Sabia que iam se declarar — a sra. Cho diz com os olhos brilhando e as mãos juntas.

As louças são lavadas e a comida é guardada.

As duas mulheres se viram uma para a outra e sorriem.

— Finalmente está acontecendo, amiga querida — a sra. Kim fala.

— Sim! — a sra. Cho exclama. — Tudo o que sempre pedimos...

— ... e planejamos — a sra. Kim acrescenta, seus olhos cintilantes. — Odeio admitir, mas o machucado no tornozelo de Jacob veio na hora certa.

— Era a desculpa perfeita que a gente precisava pra trazer vocês todos pra San Diego — a sra. Cho comenta.

As duas assentem, com sorrisos largos no rosto.

A sra. Kim pega a mão da amiga e a aperta.

— Será que nossos filhos finalmente perceberam que estão apaixonados? — pergunta ela.

A sra. Cho devolve o aperto.

— Sim — ela diz, mal contendo um gritinho. — Parece que sim. Já era hora.

capítulo treze
Jacob

— **Hannah, cuidado nas curvas.** As pessoas dirigem rápido demais nas montanhas — a sra. Cho fala.

— Todo mundo dirige rápido demais em comparação a você, mãe — Hannah diz, revirando os olhos e sorrindo.

Na verdade, todos nós estamos sorrindo. O clima está leve em casa, e pelo visto todos notaram a mudança. Não quero pensar muito nisso, senão vou ter um ataque de pânico. Parece que não apenas declaramos cessar-fogo, como Hannah e eu estamos caminhando para algo mais.

E todas elas — ou seja, nossas mães e minha irmã — já sabem. É constrangedor.

Não sei se cogitei essa possibilidade quando planejamos a viagem a San Diego este verão. Mal entendo o que está rolando, foi tudo tão rápido. Mas estou feliz, e a sensação é ótima.

— Pronto? — Hannah pergunta.

Ela vai me levar para um dos lugares da lista que estou mais ansioso para conhecer, o Borrego Springs Sculpture

Garden. Vamos precisar passar pelas montanhas, e aí, do outro lado, há a um vasto deserto com uma surpresa no meio do nada: esculturas de ferro vermelho de seis metros de altura espalhadas pela areia. Escorpiões, serpentes, camelos e até um dragão. Só vi fotos no Google. Mas sempre quis vê-las ao vivo e, melhor ainda, desenhá-las.

Hannah também nunca foi lá, e estou empolgado para vivenciar isso com ela.

— Hannah, você pode passar no Julian na volta e trazer umas tortas de maçã? — sua mãe lhe pede.

— Ah, sim, Jacob adora torta de maçã, não é? — minha mãe comenta. Pensando bem, acho que nunca comi torta de maçã. Do que é que ela está falando?

— Você pode trazer uma torta pra mim também? — Jin-Hee está amuada de novo.

Hoje eu queria levá-la para passear com a gente, mas ela não pode perder o último dia da ECF na igreja. Fico feliz por ela ter feito alguns amigos lá. Espero que seja melhor que eu em manter contato com eles.

Meu coração fica pesado por um segundo, um lembrete da dor que tenho carregado nos últimos anos. Mas digo para ele relaxar. Estamos bem agora. Mais que bem.

— Hum, pode ser. Mas é, tipo, uma hora na contramão — Hannah observa.

— Ah, mas vocês têm o dia todo, sem pressa — a sra. Cho fala.

Ela se vira para a minha mãe e as duas sorriem.

— Deixa eu ver se Jacob pode comer — Hannah diz.

Ela continua cuidando de mim. Sempre retornando aos velhos hábitos e funções.

Um drama de verão 173

— Nossa Hannah vai virar uma médica maravilhosa um dia. Imunologia é um campo importante, e ela é apaixonada por isso há anos — a sra. Cho comenta com a minha mãe, toda orgulhosa.

Viro a cabeça para encarar Hannah.

— O quê?

Ela arregala os olhos de surpresa. Hannah nunca me contou isso. Ela abre a boca para responder, mas a fecha logo em seguida. Seu rosto é o de quem acabou de ter um segredo revelado. Pelo menos, é o que parece.

— Eu... — diz.

— Você quer ser imunologista? Desde quando? — pergunto.

— Desde que a gente era criança — ela fala baixinho, abaixando a cabeça. — Eu... é que, bem, se existir algo que possa ser feito pra talvez ajudar pessoas com alergias severas, eu quero...

Solto um longo suspiro. Meu coração está apertado, batendo tão forte que parece querer pular do meu peito. Ela quer ajudar crianças com alergias severas, como eu fui um dia.

— Nossa, isso é *daebak* — Jin-Hee fala.

— Hannah-*ya* — minha mãe diz com uma voz reverente. Todos sabemos o quanto isso é significativo.

Coloco a mão sobre a dela. Puxo-a para mim e a arrasto para fora da casa. Não nos despedimos de ninguém. Só preciso ficar sozinho com ela. Preciso que ela saiba o quanto isso significa para mim.

Preciso respirar fundo ou vou acabar desmaiando.

Coloco o cinto de segurança depois de três tentativas. Maldita fivela.

— Está bravo? — Hannah pergunta.

Olho para ela. Sua expressão é tão vulnerável que me dou conta de tudo o que sinto por essa garota. Pego sua mão e faço carinho nela.

— Eu estou... deslumbrado, Hannah. Não acredito que é isso o que você quer fazer da vida. E não tenho nem palavras pra te dizer quanto isso é importante pra mim, pra minha família. — Engulo o nó na garganta e a onda de emoções que estou sentindo.

— Acho as coisas que você tem feito no estudo clínico fascinantes. Quero saber mais, se não tiver problema em me contar — diz.

Hannah abre um sorrisinho e eu não me aguento. Me aproximo e encosto gentilmente os lábios nos dela.

Me afasto só um pouco.

— Vou te contar tudo o que você quiser saber.

Sinto o nó na garganta mais uma vez. Nunca tive alguém com quem trocar toques carinhosos. Na verdade, nos últimos três anos, não tive ninguém nem emocionalmente próximo. Por um breve instante, a ansiedade começa a comprimir meu peito quando penso no que vai acontecer quando o verão acabar e eu tiver que voltar para a Coreia. Será que vou apenas retornar para a casca vazia e solitária cheia de regras que era minha vida?

Hannah recua e assente.

— Certo, temos um longo dia pela frente. Você pegou tudo? Seu caderno, seus lápis?

— Sim, bora — digo.

Minhas mãos chegam a tremer, de tão empolgado que me sinto. Não quero pensar no fim do verão. Agora, só quero viver o máximo de experiências possíveis com Hannah.

* * *

— Este é inacreditável, acho que é meu favorito — digo, olhando para cima, para o dinossauro gigante de metal.

Apesar de ser um objeto inanimado feito de ferro, o movimento e a emoção foram capturados de maneira tão precisa que fico encantado. Viro a página e, sem tirar os olhos da escultura, começo a desenhar. Então isso é liberdade. Não se preocupar com erros. Criar por instinto e confiar que seus olhos vão acertar.

Nos K-dramas em que trabalho, cada cena é meticulosamente coreografada, cada emoção é calculada e detalhada. Eu achava que gostava disso porque sabia o que esperavam de mim e podia me concentrar na entrega. Mas, aqui, ao ar livre no deserto, percebo que isso é exatamente o oposto do que quero ao criar algo.

— Aham, acho que você disse isso de todas as esculturas até agora — Hannah brinca. Seu sorriso é lindo. Fico momentaneamente distraído pela sua beleza. — Estou tão feliz por você ter me pedido pra te trazer aqui. Eu nunca teria vindo se não fosse por você, acho. Não vou mentir, fico um pouco assustada com essas coisas. Elas são gigantescas e não muito... receptivas. Imagina como é morar em uma dessas casas aqui perto e de noite ver a silhueta de uma serpente enorme pela janela. — Seu corpo estremece de leve.

— Se tivermos tempo, eu definitivamente quero voltar e trazer Jin-Hee. Se bem que talvez seja meio assustador pra ela.

— Está brincando? Ela é a criança mais corajosa que conheço. Ela vai ficar bem, vai adorar. Com certeza vamos voltar.

Cada vez que ela mostra esse lado, essa generosidade que a faria dirigir até aqui mais uma vez só para que minha irmã também visse as esculturas, fico com vontade de abraçá-la para sempre e beijá-la pela eternidade. Jesus, eu sou patético.

Hannah se vira para tirar uma foto, mas o celular escorrega de sua mão. Nos abaixamos para pegá-lo ao mesmo tempo.

— Ai, caralho — ela solta.

— Merda, essa doeu — digo no mesmo instante, quando batemos nossas cabeças.

Nos levantamos com a mão na testa, esfregando o machucado.

— Vamos ficar com galo — ela diz, dando risada.

Me inclino para o seu celular.

Ela pega o caderno que eu derrubei quando colidimos. Seus olhos pousam na página e se arregalam. Sua boca se escancara enquanto examina o desenho. Estico o braço, mas ela leva o caderno ao peito e ergue o olhar para me encarar.

Engulo em seco.

— Sou... eu? — Hannah pergunta, segurando o caderno aberto na página em que há uma garota sentada na grama de pernas cruzadas, com o cabelo se agitando ao vento.

Minhas bochechas esquentam.

— Hum, é estranho eu ter te desenhado? Sei que não está muito bom...

— Está incrível — ela replica quase em um sussuro, encantada. — É como se você tivesse tirado uma foto minha, editado pra arrumar as partes ruins e ainda tivesse colocado um filtro.

Não faço ideia do que ela está dizendo, mas acho que é algo bom. Pego o caderno. Não mostro os outros desenhos que fiz dela, porque fiz um bocado, e não quero que ela se assuste.

— Você é a modelo perfeita. Só queria ser capaz de traduzir isso num desenho. — Meu rosto esquenta quando percebo que estou sendo brega babando em Hannah desse jeito. — Hum, ainda estou praticando e aprendendo, sabe. Ainda não cheguei lá.

— Não fala assim. Essa modéstia é uma coisa tão coreana. Esse jeito de não se permitir celebrar seus próprios talentos. Estou chocada, seus desenhos são incríveis. Eu nunca soube que você queria fazer isso, muito menos que podia fazer isso. Se bem que, pensando bem, você sempre rabiscou bonequinhos e personagens aleatórios em guardanapos.

— Sim, é divertido. Não tive tempo nem inspiração pra desenhar durante muito tempo. Mas este verão aqui em casa me deu a oportunidade de voltar a desenhar — digo.

Hannah morde o lábio, tentando disfarçar um sorriso. Parece que ela gosta de me ouvir chamando San Diego de "casa". Eu também gosto.

— Ei, vamos tirar umas fotos pra você poder desenhar depois. Vá mais pra perto pra pegar os detalhes que não dá pra ver nas fotos do Google.

— Boa ideia. E depois vamos pegar aquela torta de maçã.

— Sim, ótimo. Vamos levar pra todo mundo. Acho que é melhor a gente ir à Mom's Pie House, em vez da Julian Pie Company. Tenho certeza de que eles são cuidadosos com contaminação cruzada. Mas, só pra saber, como seu corpo reage agora se você for exposto a algo que te dá alergia?

Ela sempre faz as perguntas certas, e juro que é a coisa mais sexy que já ouvi.

— Ainda preciso evitar castanhas, mas o tratamento ajuda a diminuir o efeito da exposição e previne reações graves — explico.

Ela assente.

— Ok, que bom. Então vamos pegar umas tortas e talvez umas maçãs do amor também. Podemos comer juntos em casa. Ah, e precisamos tirar uma foto da gente antes de ir.

Ela pega minha mão e me arrasta até a escultura da serpente gigante. É como se a cabeça da cobra estivesse emergindo da areia, com o corpo enterrado e o rabo exposto. Ficamos a alguns metros de distância para enquadrar toda a cena e nós dois. Hannah segura o celular com o braço esticado e eu a abraço pela cintura, puxando-a para mim. Gosto da sensação de seu corpinho junto ao meu. Ela... se encaixa.

— Sorria — ela diz, tirando algumas fotos.

Quando olhamos para a tela, vejo duas pessoas felizes me encarando. Ela guarda o aparelho no bolso.

— Não vai postar? — pergunto.

— Não — Hannah responde, balançando a cabeça. — Essa vai ficar só pra gente.

Ela dá meia-volta e começa a caminhar na direção do carro. Só pra gente. Não para fazer ciúmes em Nate. Não para deixar nossa família feliz. A foto registra um momento alegre entre Hannah e eu, em um dia repleto de momentos bons.

Solto um suspiro e fico observando-a se afastar.

Ela olha para trás e grita:

— Você vem?

Faço que sim e sorrio, percebendo que quero ter muitos outros momentos alegres com ela.

— Já vou.

Meu celular vibra no bolso. Olho para a tela e, ao ver o nome de Hae-Jin, me pergunto o que é que fiz de errado desta vez.

Recuso a ligação. Agora não. Ela não vai estragar este dia.

Guardo o celular e sigo na direção de Hannah.

Quando me aproximo, ouço-a falando com alguém. Ela está no telefone. E não parece nada feliz.

— Sabia que você faria isso. Sabe de uma coisa? Não tô nem aí. Não ligo. Não precisa vir.

Diminuo o passo. Quero verificar se ela está bem, quero reconfortá-la e brigar com quem quer que esteja do outro lado da linha deixando-a brava — ou melhor, triste. Para um desconhecido, ela pareceria brava. Mas ouço a verdade em sua voz, em suas palavras, que me lembram as palavras que ela me disse anos atrás. Ela está afastando alguém.

— Não quero conversar sobre isso, pai. E não quero ir pra Cingapura. Pode ficar aí cuidando dos seus negócios e tal. Era você quem dizia que o verão era pra ser um momento em família. Eu, na verdade, nunca quis saber se você viria pra casa ou não — ela continua.

Nossa, ela é boa nisso: em atacar, falar coisas que machucam. Em afastar os outros.

— Pai, estou ocupada. Preciso ir.

Ela desliga o telefone e abaixa a cabeça. Paro logo atrás.

— Hannah? — digo, tocando seu braço com delicadeza.

Ela se sobressalta. E não se vira para mim.

Chego mais perto e abraço-a por trás, tentando dar algum apoio. Hannah está tremendo.

— Ele não vem — ela declara, engolindo a última palavra com um pequeno soluço.

— Sinto muito, Hannah. — Não sei mais o que dizer.

Ela se recosta em mim e eu a abraço mais forte para que saiba que estou aqui.

Mas então ela recua de repente e olha para mim.

— Não é nada, eu nem ligo, de verdade. Ele já não faz parte da minha vida há muito tempo. Vamos. Está ficando tarde e a gente ainda precisa comprar a torta. Não quero dirigir no meio das montanhas no escuro — ela diz, e se vira para o carro.

Quando ela olhar para as fotos que tiramos hoje, o que vai ver? Será que vai se lembrar dos nossos momentos felizes ou da decepção?

Nessa hora, decido que agora é a minha vez de tornar este o melhor verão da vida de Hannah, e é exatamente isso o que vou fazer.

capítulo catorze
Hannah

Preciso de café. E de um donut. Ou talvez um bagel. Se eu conseguir escapar antes de a minha mãe começar a preparar o café da manhã, ela não vai me culpar por comprar algo em vez de comer o que quer que tenha preparado. Quer dizer, ela *vai* me culpar, mas vai ser tarde demais.

A gente devia se arrumar para ir à Mission Bay logo depois do café da manhã para fazer um piquenique e ver os fogos de artifício do Dia da Independência. Em San Diego, se você não chegar cedo para pegar um lugar e permanecer ali o dia todo, está ferrado. Mas, sinceramente, este é meu dia favorito do ano. Adoro o cheiro de churrasco, os gritinhos das crianças correndo, as pipas no ar e todas as lembranças boas da minha infância.

Não vou deixar o telefonema do meu pai estragar tudo. E daí que ele não vem de novo? E daí que ele vai perder nossa tradição familiar? É problema dele. Vou ter tempo de ficar triste pela minha família arruinada uma outra hora.

Estou decidida a me divertir hoje. Os Cho e os Kim estão reunidos novamente, celebrando com churrasco coreano feito em nossa pequena grelha, vários *banchan* em conserva e um dia de preguiça ao sol. Nem ligo de comer comida coreana em vez de cachorro-quente e hambúrguer. Estou muito empolgada.

Ando na ponta dos pés, passando pelo quarto de hóspedes, que está com a porta fechada. Jacob ainda deve estar dormindo. Sorrio. E ao me dar conta disso, me recrimino por todos esses sorrisinhos. Meu rosto está até dolorido com tantas emoções. Eu não sou assim.

Não sou romântica, então por que de repente estou toda derretida desse jeito? Provavelmente porque ontem foi um dos dias mais românticos da minha vida, mesmo no meio de esculturas aterrorizantes num calor desértico. Foi *gostoso* passar esse tempo com Jacob. E, nossa, só de pensar naquele desenho que ele fez de mim... É assim que ele me vê? Porque aquela garota era linda. Nossa, estou ficando caidinha mesmo por ele. Preciso me conter antes que seja tarde demais e eu acabe de coração partido quando Jacob for embora.

Mas hoje não. E, definitivamente, não agora de manhã.

Porque preciso de café, e nada vai me impedir.

Fiquei acordada até tarde assistindo a mais quatro episódios de *De corpo e alma*. Não consigo parar. A série é viciante, e Jacob é incrivelmente talentoso. O orgulho infla meu coração a cada episódio, conforme ele vai revelando suas habilidades de atuação. Ele torna tudo tão *verossímil*. Agora entendo por que todo mundo está torcendo por Won-Jin e Sun-Hee, e também por Jin-Suk e Min-Kyung. Só que isso não é o que Jacob quer. E uma pequena parte de mim fica feliz. Certo, uma parte maior do que quero admitir.

Abro a porta da frente tomando cuidado para não acordar ninguém com o rangido. Tento conter um grito quando dou de cara com um peito suado.

Jacob.

— Oi — ele diz com os olhos brilhando, sexy para caralho. — Pra onde está saindo de fininho? Ainda não aprendeu? Foi assim que você se deu mal daquela vez. — Seu sorriso me provoca, e meus joelhos mal sustentam meu corpo.

Lembro que ele me pegou escapando para ir ao acampamento de salva-vidas. E depois me chantageou para me convencer a cumprir as coisas da sua lista. E essa lista nos levou a fazer as pazes e a reatar a amizade. E daí ele me beijou, e foi tão verdadeiro e maravilhoso e… caramba, abro um sorriso grande demais para essa hora da manhã. Nem tomei café ainda.

— Estava indo comprar um café e um donut — respondo, sem fôlego.

Sabe, Jacob está parado na minha frente, com a camiseta molhada grudada no corpo. Seu cabelo reluz de suor, pingando sob o sol da manhã. O que deveria ser nojento, mas está acabando com a minha sanidade.

Ele dá um passo à frente e tenho que inclinar a cabeça para trás para olhá-lo. Ele coloca a mão na parte inferior das minhas costas e me puxa para mais perto. Pouso as mãos em seu peito e instintivamente fico na ponta dos pés enquanto ele se abaixa.

Ele roça seus lábios nos meus bem de leve.

Avanço um pouco, pressionando os lábios contra os dele e abrindo a boca. Um gemido escapa da minha garganta, e Jacob responde com o que só pode ser descrito como um grunhido. Nunca me senti tão desejada assim. E tão querida.

Porque este é Jacob: ele me conhece, me aceita como sou e ainda assim me quer. Há algo embriagante nisso.

Fecho os dedos, e sua camisa molhada se amontoa nas minhas mãos.

Sinto a rigidez dele contra o meu quadril. Ofego de leve.

Ele se afasta um pouco e encosta a testa na minha.

— Desculpa, hum... esse short não ajuda muito, sabe...

Deixo escapar um suspiro satisfeito e abro um sorriso largo, dando-lhe mais um beijo antes de recuar.

— Preciso desesperadamente de cafeína — digo, andando na direção do carro. — E você... — Olho para Jacob por cima do ombro e levanto o queixo, pousando o olhar no volume visível sob seu short. — Você precisa de um banho. Gelado.

Ele faz uma careta de frustração. É adorável.

— Posso pelo menos te pedir um donut de chocolate com granulado? — ele pergunta.

— Você pode me pedir qualquer coisa — respondo, destrancando o carro. É a mais pura verdade.

Uma vozinha no fundo da minha cabeça sussurra: "Você ouviu o que disse? Emocionada demais. Abortar missão! Abortar missão!" Mas o som do meu coração gritando que é isso o que quero, que eu o quero, abafa o alerta.

Enquanto abro a porta do carro, outro veículo para na calçada. A porta do passageiro se abre e minha irmã desce. Ela agradece ao motorista do Uber. Quando ele vai embora, Helen se vira para mim, depois para o garoto parado à porta. Então volta a olhar para mim, e mais uma vez para o garoto, e sorri.

— Já falo com você — ela diz, apontando para mim. — Mas, primeiro...

Ela vai até Jacob.

— Jacob Kim. Adorável como sempre. Está mantendo essa aí na linha? — ela pergunta, me indicando com o queixo.

— Helen *noona*! — Jacob exclama, se abaixando para dar um beijo em sua bochecha. — Estou todo suado, então vamos deixar o abraço pra depois do banho. Mas estou muito feliz de te ver. Estava com saudade. — As bochechas dele estão mais vermelhas do que jamais vi. Culpa do momento constrangedor em que minha irmã decidiu chegar.

— Boa ideia — ela diz, dando risada. — Mal posso esperar pra saber tudo sobre a Coreia. Mas se prepara pro interrogatório. Preciso que me conte o que vai acontecer no final da primeira temporada. Já viu o roteiro da próxima? Eu tenho que saber.

Ela se vira para mim.

— Deixe-me adivinhar. Donuts?

Helen se aproxima e me abraça. Eu a seguro bem apertado. Minha irmã está aqui. Minha irmã está em casa.

— Espera, o que você está fazendo aqui?

— Bem, segundo nossa mãe, tem umas gracinhas rolando por aqui, e eu estava morrendo de vontade de vir pra casa. Decidi aproveitar o feriado prolongado e conferir com meus próprios olhos. — Ela agita as sobrancelhas para mim, inclinando a cabeça para Jacob.

Minhas bochechas coram. Tento fazer uma careta para ela, pedindo que pare de me constranger. Mas acho que não funciona.

— Papai não vem de novo — digo.

— É, ele me ligou. Disse que você ficou muito decepcionada.

— É Dia da Independência — argumento.

— Ele vai compensar depois — diz Helen. Ela confia nele mais do que eu.

A porta da frente se abre e minha mãe sai arrastando os pés.
— Helen!
— Oi, mãe — ela diz, indo abraçá-la.
— *Uhmuhna*, Helen. — A sra. Kim aparece para dar um abraço na minha irmã.
— Helen *unni* — Jin-Hee dá um gritinho, se juntando a nós.
Abraços na minha irmã, uma mistura de exclamações e perguntas em coreano e a alegria de uma garotinha enchem o ar da manhã.
Bem, todas estão acordadas agora. Não vou conseguir escapar para tomar aquele café. Um pedacinho de mim morre. Mas dou de ombros, fecho a porta do carro e me entrego ao festival de amor para receber minha irmã em casa.
— Vou tomar um banho rápido — Jacob anuncia.
Seus olhos procuram os meus. Estou começando a adorar isso. Ele sempre me procura só para garantir que eu saiba. E eu sei.
Ele está do meu lado.
— Então... — Helen diz, colocando o braço nos meus ombros enquanto entramos em casa. — Quer dizer que seu verão está sendo incrível? — O sorrisinho sabichão que ela me lança é irritante. Só fico esperando que diga "Te avisei".
— Está, sim — respondo. — Você vai ficar quanto tempo? — pergunto, mudando de assunto, como sempre.
— Fico até terça.
Vejo algo em seu olhar que não consigo interpretar, mas logo passa. Será que há algum outro motivo para Helen ter vindo?
— Está tudo bem? — pergunto.
— Sim, sim.
Mas não me convenço. Levanto uma sobrancelha, mas ela me ignora.

— Vamos entrar. Se não teremos donuts, preciso de comida coreana urgentemente. E mal posso esperar pra ouvir todos os detalhes do que tá rolando — ela diz. — Tenho a impressão de que os fogos de artifício do Dia da Independência não são os únicos estourando por aqui.

Pelo visto, não fui só eu quem dominou a arte de mudar de assunto.

Conseguimos um lugar ótimo perto da água, ainda na parte com grama. O dia está perfeito, límpido e ensolarado, e o azul do céu faz dupla com o azul da água na baía. Os moradores vieram em massa, mas o local ainda está aconchegante, não muito cheio.

Jacob joga frisbee com Jin-Hee. Com óculos de sol e um boné neste cenário, ninguém o reconhece. A alegria despreocupada estampada em seu rosto aquece meu coração. Não há executivos do estúdio nem empresárias nem fãs para estragarem seu dia. Queria que Jacob sempre tivesse dias assim, mas sei que não é o que o aguarda quando voltar para a Coreia.

Observo minha mãe e a sra. Kim pegando vários potes de plástico e arrumando nossa mesa com petiscos e frutas. O cheiro de carvão e churrasco se espalha pelo ar e me lembra dos verões da minha infância, das nossas famílias, incluindo nossos pais, curtindo o dia, esperando a noite cair e os fogos de artifício começarem.

Por um segundo, desejo que meu pai estivesse aqui. E o pai de Jacob também.

— Está assobiando? — Helen me pergunta.

Espera, eu estava mesmo? E eu lá sei assobiar?

— O quê? Não. Nem sei assobiar.

— Aham. — Ela sorri, me lançando aquele olhar cúmplice que sempre dava quando éramos pequenas. — Só estou contente por te ver feliz.

Helen me dá um empurrãozinho, pegando uma garrafa de água para se juntar a Jacob e Jin-Hee. Minha irmã diz algo para ele que não consigo ouvir, e Jacob joga a cabeça para trás e dá risada, enquanto ela continua contando a história. Jin-Hee se junta aos dois e também começa a gargalhar.

— É tão bom ter Helen aqui — minha mãe comenta. Ela está cuidando da pequena grelha a carvão que trouxemos para preparar o *galbi*.

— Meus filhos parecem felizes — a sra. Kim diz, tirando as tampas dos pequenos recipientes de *banchan* e organizando a mesa. Eu a ajudo pegando os pratos, os pauzinhos de madeira e os guardanapos.

Minha mãe saca a tesoura para cortar um longo pedaço de costela em pedaços pequenos. Ela os deposita em um guardanapo e os passa para mim.

— Foi o Jacob quem comprou tudo isso. Distribua um pra cada e agradeça — ela fala.

— Sim, vá ficar com eles, Hannah. Tem um lugar na toalha bem do lado de Jacob — a sra. Kim diz, se fazendo de inocente.

Olho para eles e vejo que desistiram do frisbee e agora estão sentados na toalha, jogando Kai Bai Bo. Nessa versão coreana de Pedra, papel e tesoura, o vencedor de cada rodada dá um tapa com dois dedos na parte interna do pulso do perdedor. A pele de Jacob já tem marcas avermelhadas revelando suas derrotas. Os coreanos são brutais.

O dia vai passando e nossos estômagos se enchem de comida. Jacob e Jin-Hee se oferecem para limpar a mesa enquanto nossas mães caminham perto da água.

Sentada ao meu lado, Helen solta um suspiro profundo, com os olhos fechados e a cabeça erguida para o sol.

— E aí, vai me contar o que tá rolando de verdade entre vocês dois? — Sua voz é casual, mas sei que ela esperou o dia todo para ficar sozinha comigo e me fazer essa pergunta.

— Pra ser sincera, não sei direito. A gente conversou sobre os mal-entendidos e ressentimentos do passado. E agora acho que estamos vendo no que vai dar.

— Nem parece você. Isso de ser compreensiva e espontânea assim.

Dou de ombros. Ela tem razão. Mas não me ofendo. Talvez eu esteja mudando. Ou amadurecendo.

— Ainda não consigo acreditar que eles obrigam Jacob a fingir que está a fim da Minky — minha irmã comenta. — Eu sabia que MinJin era só pra agradar os fãs. Já vi algumas entrevistas dela, e a garota é espertinha demais. Não confio nela. — Mas que bom que você e Jacob se entenderam e seguiram em frente.

Helen se inclina para mim, me empurrando com o ombro. Eu a empurro de volta.

Assinto devagar, comprimindo os lábios, pensativa.

— É — digo.

— É o quê?

— A vida dele é... complicada na Coreia. E ele precisa de uma amiga, alguém que esteja ao seu lado. Quero que seja eu. E quero dar a ele um verão divertido e tranquilo em San Diego.

— E você quer mais do que isso?

Olho para baixo, pegando um punhado de grama e deixando as folhas escorregarem por entre meus dedos.

— Tudo está indo tão bem... eu... gosto dele. Gosto muito. — Minhas bochechas ficam vermelhas com a confissão em voz alta.

— Mentira — Helen brinca. Então seu sorriso desaparece e ela olha para o chão. Arranca a grama e a atira ao vento.

— Ele vai embora no final do verão, não é? Vocês já conversaram sobre como vai ser depois?

Engulo em seco com força. Essa é a pergunta que tenho evitado fazer, inclusive a mim mesma.

—A gente ainda não conversou sobre nada. Não sei nem o que Jacob sente por mim. Não me encaixo muito na vida dele. Eu posso ser só uma paixão de verão. Você sabe que não lido bem quando as pessoas me abandonam. — Minha boca se retorce em um sorriso irônico. É uma tentativa de me desculpar por ter sido infantil, sem precisar exatamente dizer nada.

— Olha, Hannah, preciso ser sincera com você. Relacionamento a distância não é brincadeira. Dá muito trabalho, e é difícil se manter próximo.

Noto a emoção em sua voz. Será que ela está se referindo a nós duas? Ou a Jacob e eu?

— Helen? Está tudo bem com você? — pergunto.

Ela levanta a cabeça. Seu olhar é distante e se concentra em algo do outro lado da baía.

— John entrou no programa de MBA da Berkeley e vai se mudar pra Califórnia em setembro.

— O quê? Mas você se mudou pra Boston por causa dele.

Não consigo acreditar que minha irmã se mudou para Boston por um garoto que agora vai embora. Por mais que eu odeie a dor do abandono, neste momento estou sentindo o dobro da frustração e da preocupação pela minha irmã.

Ela se vira para mim e abre um sorriso triste.

— Eu me mudei pra Boston por causa do trabalho, Hannah. O fato de John estar lá foi um bônus — ela explica.

John Kim de Seattle, não o John Kim de Mira Mesa, nem o John Kim de Anaheim, nem os cem outros John Kims do sul da Califórnia, é o namorado da minha irmã. Ela se mudou para Boston por causa do "trabalho". Não teve nada a ver com o fato desse tal de John Kim morar lá. Sei que devia deixá-lo em paz. Mas é impossível não colocar a culpa nele pela minha irmã ter se mudado. E me largado aqui... por ele.

— Mas, agora que estamos conversando sobre o futuro, acho que a coisa é muito menos clara do que pensamos. O relacionamento a distância é difícil, e ele tem que se concentrar nos estudos, e, bem, não sei o que vai acontecer. — Sua voz está carregada de emoções, e uma lágrima solitária escapa, descendo pela sua bochecha. Coloco o braço em volta dela, e ela apoia a cabeça no meu ombro.

— Mas por que ele está fazendo isso? Ele não devia te amar?

— John se mudar pra Berkeley não significa que não me ama, Hannah. E só porque ele me ama, não significa que tenha que ficar em Boston.

Penso no que ela está me dizendo. Não quero vê-la de coração partido. Mas como é que um relacionamento a distância pode funcionar? Parece complicado demais.

— Olha, não quero que você surte e afaste Jacob de novo. Não quero que você tenha medo do que vai acontecer no final do verão. Mas quero que você seja realista. Não quero te ver toda arrasada de novo quando Jacob for embora.

Suas palavras me atingem bem no rosto e, em seguida, atacam meu peito, pressionando com força. O que eu estava achando que ia acontecer quando Jacob voltasse para a Coreia? Não vamos conseguir manter o relacionamento a distância. A gente ainda nem definiu o que temos. Não faço ideia do que ele sente por mim. E se... ele estiver fingindo, para se divertir durante o verão... às minhas custas?

Imagino uma sequência dos nossos momentos juntos, das novas lembranças que criamos. Não, sem chance de ele estar fingindo. Isto é real. Jacob queria algo real e conseguiu encontrar isso comigo. Já eu queria algo que durasse. E não posso ter isso com ele, posso?

— Quando amamos alguém, sempre damos um jeito. A gente faz o possível pra relação funcionar — Helen diz, como se estivesse lendo minha mente. — Eu te amo, e estou aqui. Estou aqui sempre que posso. Papai te ama, e faz o que pode no trabalho pra nos sustentar. As coisas não são assim tão preto no branco como você acha.

Talvez ela esteja certa. Talvez eu esteja encarando tudo de uma forma muito maniqueísta.

Uma sombra recobre Helen e eu. Olhamos para cima e nos deparamos com Jacob parado ali, segurando duas tigelas de melancia cortada em cubinhos.

— Aqui, achei que vocês iam querer um pouco. A melancia está docinha. — Ele sorri para mim enquanto pego a tigela, e volta para continuar limpando a mesa.

Helen enfia um pedaço na boca e sorri.

— Quando alguém vale a pena, até a distância se torna administrável. Pelo menos, é isso que espero que aconteça comigo e John. E o que espero pra você e Jacob, se for a sua vontade. Quer saber minha opinião? Jacob é um cara único, por quem vale a pena lutar. E você não comentou nem uma vez sequer que está tentando mudar por ele. Porque sabe que ele está com você de verdade, como você é. Então, não importa o que aconteça, não desiste dele, ok?

Suas palavras encontram uma brecha no meu escudo de medo, se infiltrando até meu coração. Olho para Jacob e entendo. Ela está certa. Ele vale a pena. Neste instante, prometo a mim mesma: não importa o que aconteça, não vou desistir de Jacob. Não desta vez.

capítulo quinze
Jacob

Limpo as mãos na calça jeans e respiro fundo algumas vezes, tentando acalmar meu coração, que parece pronto para saltar do peito. Quando o estúdio te manda um e-mail e inclui sua empresária, sua mãe e seu advogado na mensagem, você sabe que o negócio é sério. Estou surtando. Já era. Posso sentir. Mas estou determinado a não admitir que fiz algo de errado. Eu mereço uma folga, e o que faço nesse tempo não é da conta de ninguém.

Então por que é que minhas mãos estão tremendo e esse nó na minha garganta ameaça me sufocar?

Minha mãe coloca um copo de água na minha frente e se senta à mesa da cozinha. Entramos na videoconferência. É a primeira vez que fazemos uma reunião assim, e estou apavorado. Será que vou conseguir deixar claro através desta tela que não quero fazer tudo o que o estúdio exige e espera de mim?

Da última vez que estive em uma chamada de vídeo, eu parti o coração de Hannah e a perdi por três anos. Não tem como ser pior que isso, certo?

— Não se preocupe com as questões legais — minha mãe diz. — Samchun vai analisar tudo e nos orientar depois.

Sempre tenha um médico e um advogado na família. Bem, Samchun não é meu tio de verdade, mas um amigo próximo do meu pai, só que, ainda assim, ele tem sido um verdadeiro anjo com os contratos, destacando os trechos nos quais podemos nos apoiar. Ele vive dizendo que não é especialista, mas, sem ele, nós estaríamos totalmente perdidos.

— Só diga que você não concorda com nenhuma das coisas do Adendo Dois.

Ela aponta para o computador, onde se lê "Requisitos Adicionais de Publicidade". O adendo descreve as interações obrigatórias que preciso ter fora da tela, detalhando meu relacionamento com a coprotagonista. Alguém realmente teve que escrever tudo isso e adicionar no meu contrato. Que trabalhinho.

Vários rostos surgem na tela, cada um na sua caixinha: em uma, está o alto escalão do estúdio, que eu nunca vi antes, sentado em torno de uma mesa; na outra, está meu tio, o advogado. Me recosto na cadeira assim que vejo Hae-Jin e Min-Kyung. Todos os meus nervos estão em alerta. Tinha esquecido como elas me deixam tenso.

— Oi, Jacob. Como estão indo suas férias na Califórnia?

A voz de Min-Kyung é casual, em vez de calculista como sempre. Mas não abaixo a guarda.

— Ótimas — respondo.

— Você está bronzeado e… parece relaxado — ela diz, acenando a cabeça e abrindo um sorrisinho.

Ela logo me desarma. Nunca vi esse seu lado. Será que está sendo sincera? Ou é um truque, uma encenação para os executivos? Será que as férias fizeram bem para ela também?

— Passamos a maior parte do dia ao ar livre, na celebração do Dia da Independência. Tomei bastante sol — digo.
— Ah, sim, esse feriado americano parece divertido. Espero viver isso um dia.
— Certo, vamos ao trabalho — o executivo do estúdio começa.

Passamos uma hora revendo o contrato e o que eles esperam de mim fora das câmeras, e a reunião termina com pessoas poderosas frustradas e minha mãe furiosa. Se ela e meu tio não estivessem aqui, eu teria apenas desistido e concordado com todas as exigências. Esse pessoal do estúdio é bem assustador. Mas, pelo visto, minha mãe também é, quando necessário, e ela luta bravamente pelos meus interesses. Tento me intrometer aqui e ali, me defender, tentar argumentar. No entanto, permaneço em silêncio a maior parte do tempo, esperando o veredito. Que, aliás, não é unânime.

— O que vocês me contam sobre a situação com o tio de Jacob? — minha mãe pergunta.

Olhares são trocados, enquanto aguardamos para ver qual dos executivos vai nos responder. A coisa não parece nada promissora. Minha mãe pega minha mão por baixo da mesa e a aperta. Vamos passar pelo que quer que aconteça juntos.

— Ainda está indefinido se vamos conseguir chegar a um acordo. As exigências financeiras dele são exorbitantes. Parece que a *Dispatch* está disposta a pagar uma quantia enorme pela história — um dos empresários diz. Nunca o vi antes e não faço ideia de quem seja. Mas ele fala com autoridade, então presumo que seja importante.

— Qual é o plano? — pergunto, procurando moderar o tom.

Só que não consigo esconder minhas emoções. Talvez eles queiram que eu fique longe dos holofotes por mais tempo que o previsto. Talvez a gente possa ficar em San Diego.

— Vamos lidar com o que quer que aconteça. Provavelmente, vamos ter que tomar alguma medida de contenção de danos. E você vai precisar dar uma entrevista para contar a sua versão.

Minha mãe aperta minha mão com mais força.

— Não, Jacob não vai fazer isso. Eu nunca o colocaria nessa posição. Este é um assunto pessoal.

Ouço a emoção em sua voz. Detesto que ela precise ter essa conversa. Isto a machuca tanto quanto a mim. Ou quem sabe até mais. Trata-se do irmão do seu marido. É família. Era para ele estar do nosso lado.

Me viro para ela, mas seus olhos estão fixos na tela.

— Entendido. Vamos saber quais serão nossos próximos passos quando tivermos mais informações. Manteremos contato.

— Eu gostaria de falar sobre outro problema — Hae-Jin diz. A ênfase e o desdém que ela coloca na palavra "problema" deixam bem óbvio que é algo relacionado a mim. — Esta garota nova…

Levanto a cabeça de repente. Que garota nova? Será que ela está falando de Hannah? Mas por que a mencionariam nesta reunião? Não vou permitir que eles a arrastem para esse lado da minha vida.

As outras pessoas começam a se intrometer no assunto todas de uma vez, cada uma com uma opinião, e fica claro que o boato de que estou passando minhas férias com uma "garota americana" está se espalhando pela Coreia. Mas eles não sabem de nada. Não. Não vou deixá-los falarem mal dela. Ela não será referida como um problema.

— Hannah não faz parte desta questão. Não há nada para ser discutido — digo, finalmente encontrando minha voz.
— Você a tornou parte disso — o sr. Kim, das relações comerciais, diz.
— Você mudou a narrativa — o sr. Kim, da comunicação, argumenta.
— Sugerimos que publique mais algumas fotos de vocês dois juntos e depois encenem um término público, em que você saia como a vítima — o sr. Kim, das relações públicas, continua. — Temos algumas ideias.
— Não, de jeito nenhum. — Bato a mão na mesa, e minha mãe pula de surpresa. Na tela, ninguém nem se move.
— Não vou exibir a Hannah nem encenar um término. Eu não vou expô-la.
— É um pouco tarde para isso — Hae-Jin observa.
— Se não se importarem, será que eu poderia conversar com Jin-Suk em particular? Que tal marcarmos uma reunião de acompanhamento na semana que vem?
Min-Kyung fala mais alto que todos, usando seu charme no nível máximo. Todos os homens hesitam, mas acabam concordando. Parece que ela exerce uma espécie de encantamento em coreanos mais velhos. Hae-Jin, no entanto, não se convence e endireita a postura, se inclinando para a tela.
— Por favor, Hae-Jin — Min-Kyung insiste.
Hae-Jin estreita os olhos, mas por fim também concorda, assentindo e saindo da ligação sem falar nada.
Como é que Min-Kyung faz isso?
Estou ferrado.
Minha mãe toca meu braço e se levanta da mesa.
Agora sou só eu e minha coprotagonista.

Ela olha para baixo, provavelmente para as próprias mãos, enquanto reflete. Espero em silêncio. Para que isso? Nós mal nos falamos quando as câmeras estão desligadas, e, quando isso acontece, ela geralmente me recrimina ou me insulta. É por isso que não posso continuar fingindo sentir alguma atração por ela. Só quero fazer meu trabalho e não ter que interagir com ela fora dele.

— Jin-Suk-*ssi*, posso ver como esse tempo longe da Coreia tem te feito bem — ela diz, enfim erguendo a cabeça e olhando diretamente para a câmera do computador. — Você parece feliz e saudável. E talvez um pouco apaixonado?

Engulo em seco. Será que estou apaixonado? Ainda nem consegui conversar com Hannah sobre o assunto, então lógico que não vou falar disso com outra pessoa antes. Muito menos com Min-Kyung.

Não respondo nada.

Ela não está mais prestando atenção em mim. Min-Kyung normalmente usa o olhar como arma, mas, neste momento, seus olhos estão focados em algo fora da tela ou em algum lugar mais longe.

Ela acena a cabeça tão de leve que mal noto, e então se volta para mim.

— Esta carreira, especialmente aqui na Coreia, não é pra todo mundo. Pra ser famoso, você precisa se doar por inteiro.

Ela engole em seco, e se eu não a conhecesse, pensaria que está dividida. Ou ela deve ser uma das melhores atrizes do mundo, como já concluí várias vezes.

— Esta é a primeira vez que você enfrenta esse nível de fama e escrutínio. Então vou te fazer um favor e explicar tudo. Você tem sido descuidado. Você deixa fotos suas com esta garota serem publicadas na internet. Você fez o que queria sem pensar em nada nem ninguém. Você não conversou com Hae-Jin nem com o estúdio. Você não os preparou para a possível necessidade de um plano de contenção de danos. Você está saindo como um traidor imaturo e imprudente, e nosso relacionamento está em perigo, aos olhos dos fãs. O que coloca nossa série em risco. E há muito dinheiro investido nela.

Minha mente acelera, tentando processar tudo o que ela está me dizendo. Hannah e eu viralizamos, e meu trabalho está em perigo. Abro a boca para me justificar, me explicar, pedir desculpas...

— E se você tivesse tirado dois segundos pra pensar direito, provavelmente poderia ter poupado sua namorada de muito sofrimento. Mas você não fez isso. Você agiu de forma egoísta. E agora ela é alvo de comentários supercruéis.

— Min-Kyung pega o celular e vai descendo a tela para me mostrar. — Puta, destruidora de relacionamentos, paga-pau feiosa americana. Gorda. Pele escura demais. Nariz chato. Vadia.

— Para.

Não aguento ouvi-la lendo aquelas palavras cheias de ódio direcionadas a Hannah. Não vou ouvir. Elas são falsas e horríveis.

Ela abaixa o celular e me encara, estreitando os olhos, determinada.

— Você precisa decidir o que quer, Jin-Suk. Você ainda é um novato, só tem alguns anos nessa carreira. Pode perguntar a qualquer Talento com mais tempo de estrada. O preço da fama e do sucesso é que sua vida fica suspensa. Acha que eu também não queria me apaixonar? — Ela para de falar de repente. Suas narinas estão dilatadas, e fico sem saber se está brava comigo ou consigo mesma por ter falado demais. — Você tem que fazer o que os executivos mandam porque são eles que criam as estrelas. Se não quer isso, então se afaste. Mas saiba que estará arriscando tudo pra muita gente, não só pra você e sua família. Nossa série é um sucesso. Pra alguns de nós, esta é nossa última chance. Pense no que está fazendo, agindo com tanto egoísmo e teimosia. E pense em como isso vai impactar Hannah.

Desvio o olhar, incapaz de continuar encarando-a. Min-Kyung não está sendo maldosa. Não está me acusando de nada. Está falando a verdade. Eu não sou a única pessoa afetada por tudo isso.

— Realmente não quero ofender, Min-Kyung. Sou grato por trabalhamos juntos e por termos criado algo tão incrível com a nossa série. — O esforço de tornar *De corpo e alma* um sucesso em todo o mundo foi uma grande conquista. Ainda estou chocado por ter sido indicado ao prêmio de Ator Revelação. O máximo que eu consegui antes disso foi uma nota 8,5 em um trabalho de ciências da quinta série. — Mas você tem que concordar comigo que esse relacionamento falso fora das câmeras manda uma mensagem mentirosa pros nossos fãs, e o tiro pode sair pela culatra.

Min-Kyung fecha os olhos e balança a cabeça, como se não acreditasse na minha burrice. Não sei por que pensei que podia argumentar com ela. Cerro os punhos e me preparo para o próximo ataque verbal.

— Pense em todos os casais dos K-dramas de sucesso. O público está sempre especulando e atiçando um possível namoro. Eles são flagrados fazendo compras juntos. Dão risada e flertam nas entrevistas. E isso faz os fãs acreditarem cada vez mais na química deles a cada episódio. Isso é ainda mais importante pra gente, porque somos jovens e você ainda é relativamente desconhecido. Não podemos ser vistos como volúveis ou levianos. Queremos que espectadores de todas as idades torçam pelo nosso final feliz. Para ser sincero, não assisto a séries coreanas. O principal motivo é que elas me deixam superinseguro sobre minhas habilidades de atuação. Alguns atores são poderosos e talentosos demais. Mas já ouvi Jin-Hee e minha mãe fofocando sobre outros Talentos. E acredito que Min-Kyung esteja falando a verdade.

Balanço a cabeça, tentando compreender como é que isso poderia funcionar.

Min-Kyung chegou ao seu limite. Seu rosto fica sério, sem mostrar sinal algum de seu charme usual. Desse jeito, não consigo ver uma característica sequer que eu julgue atraente nela.

— Você quer ser irresponsável e jogar tudo fora? Ótimo. Porque, acredite em mim, o estúdio não vai permitir que você dite as regras. Se você se recusa a aceitar as exigências do contrato, então se prepare para ficar desempregado. Você não é insubstituível. E aí para onde você, sua irmã e sua mãe vão? Para a rua. E sugiro que comece a ler os comentários sobre o seu casinho de verão. Como te avisei, fãs insatisfeitos podem ser terrivelmente cruéis, e isto foi apenas uma pequena amostra. Estou me perguntando se sua nova "amiguinha" vai sobreviver ao escrutínio público.

Ao levantar o rosto, vejo que só eu continuo na tela. A pessoa que me olha de volta está desesperada, assustada e sem opções.

Com os ombros caídos e a cabeça baixa, sinto a derrota pesando nas costas. Quando fecho os olhos, ainda vejo os fogos de artifício da noite passada. As risadas, minha família, os carinhos trocados às escondidas, Hannah. Pelo menos, tenho o resto do verão para aproveitar. Se eu conseguir armazenar lembranças felizes o suficiente, talvez, e só talvez, a vida que me aguarda na Coreia não me destrua.

capítulo dezesseis
Hannah

Coisas estranhas acontecem quando você começa a se apaixonar por alguém e aquela palavra com "A" fica dançando na sua cabeça. Será que o sol passa a brilhar mais e os passarinhos, a cantar mais alto? Não, apesar de hoje ser um dia excepcionalmente bonito. E o fato de eu estar com vontade de saltitar com os pássaros piando na minha janela não tem nada a ver com Jacob, juro. É só que você esquece que existem outras coisas e outras pessoas no mundo. E dá vontade de se enfiar em uma bolha com um certo gatinho coreano e só ficar ali com ele.

Então, quando uma mensagem surge na tela do meu celular, levo um minuto para registrar de quem é.

Nate: Oie

Quem é mesmo esse tal de "Nate"? E por que eu falaria com... ah...

Bem, parece que estou com um problema. Veja, estou começando a sentir emoções fortes por Jacob. E mesmo que eu tenha jurado reconquistar Nate este verão, ele meio que não tem mais importância. A última coisa que quero fazer é beijar Nate quando tenho Jacob.

Mas daí me dou conta de que basicamente desapareci nas últimas semanas e larguei Nate me esperando em algum momento daquela festa. Acho que só concluí que ele passaria o verão com sua nova paixão coreana, e eu com a minha.

O que vai acontecer quando o verão terminar é que me dá um aperto no peito.

Eu prometi para ele que a gente iria conversar e, se lembro direito, até pedi para ele me escrever.

Respondo a mensagem sugerindo que a gente se encontre no café Boba and Waffles em uma hora. Vou acabar desistindo de fazer a coisa certa se não resolver isso logo. Além do mais, hoje Jacob tem uma reunião com o pessoal do estúdio. Espero que esteja indo tudo bem. Não vou ajudar ninguém se ficar por aí enchendo o ar de preocupação.

Prendo o cabelo em um coque bagunçado e tiro o batom. Visto uma camiseta larga demais e uma bermuda cargo de cintura alta que encontrei no fundo de uma gaveta — que com certeza é de Helen. Coloco uma meia branca esportiva e fico olhando para os chinelos. Será que tenho coragem? Ou seria ir longe demais? Dou de ombros. Já que estou aqui, é melhor ir até o fim com esse *look*.

Perfeito. Nunca estive menos atraente. E, assim, saio para encontrar Nate.

Por sorte, o Boba and Waffle não está cheio. Ele me espera em uma mesa perto da janela. Seu rosto se ilumina quando me vê, mas logo ele franze as sobrancelhas, confuso. Sim, Nate, estou toda zoada de propósito. Entenda.

— Oi, obrigado por vir. Você está ótima — ele diz.

Fico com vontade de rir. Ou ele está mentindo ou só é gentil demais. Me sinto um pouco culpada por ter me vestido desse jeito. Gosto de Nate, e se fosse o contrário (o que, pensando bem, foi mesmo o que aconteceu), eu ia querer mais do que uma conversa rápida em uma festa. Ele pode nunca ter me dado o encerramento que eu queria, mas sinto que lhe devo isso. Eu e Jacob não tivemos essa chance três anos atrás. Mas talvez fosse porque a gente não quisesse encerrar nada.

Decido que a melhor tática é levar as coisas com mais maturidade com Nate.

— Por algum motivo, suas tetas parecem maiores nessa camiseta — ele fala.

Nossa, beleza, então deixa pra lá.

Sei que ele está brincando por causa do brilho em seus olhos e porque conheço seu senso de humor. E também porque essa camiseta é larga demais para que ele consiga ver algo e, bem, eu nem tenho nada para ser visto.

— Caramba, valeu — respondo.

Me sento, pronta para começar a falar, porém instantaneamente me distraio com o cardápio e com os aromas vindos de trás do caixa. Mas por que adiar o inevitável?

Minha barriga ronca... alto. Traidora.

Nate dá risada.

— Já fiz o pedido pra gente. Pedi dois waffles com açúcar e um *bubble tea* de morango com chantilly. Parecia muito bom na foto.

Meu Deus, ele é tão bom em cuidar de mim da forma que acha que eu preciso. Mas sou intolerante a lactose. Jacob saberia que nunca poderia pedir chantilly em nada para mim. Mas não é justo comparar os dois.

Sempre pensei que Nate e eu funcionávamos bem porque compartilhávamos uma história. Mas, na verdade, é como se estivéssemos no mesmo livro de história, só que não no mesmo capítulo: estávamos ali no mesmo lugar, porém sem experimentar as coisas juntos. Não para valer. Não como Jacob e eu. Nem todos esses anos afastados foram suficientes para quebrar nossa conexão, que só ficou mais forte agora que nos reconciliamos e nos aproximamos este verão. Já os anos dividindo o mesmo espaço com Nate não foram suficientes para construir uma relação sólida. Não do mesmo jeito.

Encaro Nate.

— Ai — ele diz baixinho.

— Hã?

Ele balança a cabeça e olha para as mãos, ocupadas torcendo o embrulho do canudo de papel.

— Pensei que seria uma boa ideia a gente conversar, sabe, pra se reconectar. Mas vendo a sua cara, já não sei mais.

— Nate...

— Espera, me ouve. Eu entendo. Sou o babaca que terminou com você. Mas tenho pensado muito, Hannah. Foi um erro. Não só porque você agora curte K-dramas e tal. Quando você me contou que estava levando Jacob pra passear em San Diego, fiquei meio chateado. Pensei que San Diego fosse uma coisa nossa. A gente adora esse lugar, a gente não foi embora daqui. Todo mundo foi, mas a gente não.

As palavras dele me atingem com força. É verdade. Meu pai foi embora, minha irmã foi embora, Jacob foi embora. Tenho um pouco de medo de que minha mãe um dia também queira ir embora. Só eu fico para trás.

Olho para Nate. Seus olhar é atento e sincero. Ele está aqui. É estável. Ele não vai embora.

Mas não é o suficiente, é? Eu não o amo como amo...

— Tipo, é legal que você esteja mostrando a cidade pra ele e tal. Mas ele vai embora logo, e daí pode ser que você consiga voltar a pensar em mim, na gente. Quando conversamos na festa, achei que talvez houvesse uma abertura, que ainda podíamos ter uma chance. Sei lá. Eu esperava que, bem... se você ainda não sabe se podemos voltar, que tal se a gente só sair e ver o que rola? No final do verão, claro. Sei que você tem outras distrações agora.

Nate está sendo tão sincero e tentando tanto que não sei nem como responder. Acho que a forma mais clara de passar a mensagem que quero é adotar uma abordagem direta.

— Eu... nós... hum... — Boa, Hannah. Muito clara e direta.

— Vai ter aquele acampamento em Puerto Nuevo, todo mundo vai. E tem o luau de fim do verão. Pensei que seria legal se a gente fosse juntos... como tínhamos planejado. Sei que anda ocupada com Jacob, mas você ainda tem um tempinho livre, não é?

Lembro do dia em que vi Nate com Soo-Yun na piscina. Será que fiquei chateada por causa da surpresa tão repentina? Foi isso. Me senti facilmente substituível, inferior. Então entendo por que Nate está falando assim.

— Bem, você sabe que Jacob e eu somos amigos desde que éramos crianças. E acho que, agora que estamos mais velhos e ele voltou, nossa amizade está se transformando em outra coisa.

Nate enrola a embalagem do canudo no dedão três vezes, depois desenrola, depois enrola de novo. Ele assente, reflexivo.

Será que vai lutar por mim ou me deixar ir?

— Ah, merda, sério? Tipo, acho que dá pra entender. Ele é uma celebridade e tal. Ainda não consigo acreditar que o Kim Jin-Suk é Jacob Kim. Parece mesmo que aquele menininho magrelo cresceu.

Sorrio, pensando em como Jacob é alto. Ele realmente superou aquela fase franzina.

— Pois é, tem sido bom reatar a amizade com ele.

— Vocês dois sempre foram meio que as crianças esquisitas que andavam sozinhas, com uma linguagem própria — Nate comenta.

Por um segundo, penso que ele está se referindo ao coreano, e minha primeira reação é sentir uma pontada de raiva. Fico ofendida. Abro a boca para retrucar. Mas, quando olho para Nate, fica óbvio que ele não tem intenção de ofender. Estou cansada de sempre me colocar na defensiva quando mencionam qualquer coisinha relacionada à minha "coreanidade". Isso não é uma competição para provar que sou coreana o suficiente para os meus amigos não coreanos. Agora sei. Na verdade, é meio que legal que o resto do mundo esteja finalmente vendo que os coreanos arrasam.

Então percebo que Nate está falando sobre a proximidade que eu tinha — e tenho — com Jacob, que faz a gente se entender de um jeito só nosso. Nossa linguagem é a intimidade.

— Acho que sempre pensei que, já que estamos aqui há mais tempo, a gente meio que devia ficar junto — Nate explica. — Destino, sabe? — Quero falar para ele que não acredito em destino. Mas acho que estaria mentindo. — Só que, puta merda, Jacob está de volta, e você tem mais história com ele.

Sim, temos mais história, e apesar de eu temer que nossas vidas não se encaixem neste momento, Jacob e eu fazemos sentido juntos. Sempre fizemos, e sempre faremos.

— Sinto muito por nunca termos conversado direito sobre a gente. Acho que, bem, no final foi uma coisa boa termos terminado naquela época. Foi como se o destino estivesse abrindo espaço pro Jacob voltar. E eu te vi conversando com a Soo-Yun no acampamento de salva-vidas. Quem sabe não rola algo entre vocês?

Nate balança a cabeça.

— Achei massa que a gente tinha os mesmos interesses, que eu podia conversar com ela sobre K-pop e K-dramas. Mas ela curte essas coisas muito mais do que eu, é até meio obsessiva. Ela só fala disso. Fora que ela não é tão legal quanto você.

Tento disfarçar, mas meu peito infla e abro um sorriso. Que fofo ele dizer isso.

— Se faz você se sentir melhor, eu *tinha* mesmo um plano pra tentar te reconquistar. Só que, bem, Jacob meio que apareceu e eu percebi... você sabe...

— Ah, então foi por isso que você acabou indo pro acampamento de salva-vidas? Estava me perguntando... — Nate fica surpreendentemente tímido. Ele é um cara decente.

— Ei, então, comecei a assistir a *De corpo e alma*, sabe, porque tenho motivos. — Não consigo evitar sorrir. — Ou seja, se quiser conversar sobre a série, estou dentro.

Seu rosto se ilumina.

— Maneiro. E se quiser sugestões pra quando acabar essa, me avisa.

— Combinado — respondo.

— Ah, e nós estamos inscritos pra fazer o brinde do final do acampamento no luau. Se você topar, acha que Jacob se importa se fizermos isso juntos?

Fofo ele pensar que eu preciso da permissão de Jacob. Lógico, vou avisá-lo antes para que ele não seja surpreendido. Nunca se sabe como algumas coisas podem ser interpretadas fora do contexto, e não quero que Jacob se sinta excluído.

— Sim, eu topo. Obrigada por me lembrar.

— E, ah, quem sabe a gente pode conversar de novo antes das aulas começarem? Seria estranho nós dois começarmos o último ano solteiros — Nate comenta.

— Solteiros?

— Bem, Jacob não vai estar aqui pra te levar no baile nem no Dia dos Veteranos ou te dar flores na sua formatura. As partes divertidas, saca? — Ele agita as sobrancelhas. — Posso ser o substituto quando ele não estiver aqui.

Estou tentando lidar com o fato de que Jacob vai partir no final do verão. Tenho refletido sobre meus medos de como vamos manter o relacionamento a distância. Mas não pensei como vai ser a vida sem ele no dia a dia. Minhas experiências com Jacob foram sempre tudo ou nada, passar todo o nosso tempo juntos ou não nos falar de forma alguma. Como seria o meio-termo para nós?

Minha expressão murcha e meu coração fica pesado.

Nate coloca a mão sobre a minha. Ele ainda está tentando. Ou ele gosta de mim mais do que imaginei, ou não está acostumado a não conseguir o que quer. Ou talvez uma mistura das duas coisas.

— Ei, posso não ser nenhum ator famoso ou coisa assim, mas sou uma escolha bastante decente pra um namorado normal, não acha?

Ele abre um sorriso gentil, e eu sorrio de volta. Pena que meu coração já fez sua escolha e não vai mudar de ideia. Percebo que, mesmo que Jacob não esteja aqui, não tenho interesse em começar nada com mais ninguém.

— Você é um cara legal, Nate. E eu provavelmente vou sentir um pouco de ciúme quando alguma sortuda roubar seu coração no ano que vem. — Coloco a mão por cima da mão dele e a aperto. — Obrigada por levar tudo isso numa boa. Estou contente por sermos amigos.

— Ai, fui colocado na friendzone. — Ele leva a mão ao peito como se estivesse sentindo dor, e eu dou risada. — Mas não vou desistir assim tão fácil. — Ele dá uma piscadinha.

Quero lhe dizer para não perder seu tempo, mas acho que ele meio que curte um desafio. É melhor não encorajar.

Nos abraçamos e vamos embora.

Fico observando todos os planos que eu tinha feito para o último ano irem embora com ele. Me restam um monte de dúvidas sobre o futuro. Por sorte, tenho Jacob para resolvê--las comigo.

E na pressa para voltar para casa e ver meu garoto, ignoro totalmente o homem apontando uma câmera bem na minha direção.

capítulo dezessete
Jacob

— **Respira, Jacob** — Hannah diz, paciente.

A maioria dos caras da minha idade já fizeram isso e têm muito mais experiência que eu. Eu estava quase constrangido demais para sequer perguntar a Hannah se ela queria. Mas ela me surpreendeu ao se mostrar mais do que animada a me ajudar com a minha primeira vez. É preciso ter muita confiança um no outro para fazer isso.

Fico um pouco desconfortável de saber que ela já fez isso antes. Não deve ter sido há muito tempo, mas não quero pensar nisso. Espero que ela ao menos tenha tomado cuidado.

Estamos no estacionamento vazio da escola. Acho que muitas pessoas passaram por essa experiência aqui também. É um lugar calmo, já que não há mães nem irmãs à nossa volta para nos interromper. Meu coração está acelerado e sei que preciso me acalmar para poder vivenciar isso. Fecho os olhos devagar e respiro fundo.

— Certo, estou pronto. E você?
— Pronta — Hannah responde.

Olho no fundo dos olhos dela e vejo um oceano de paciência e uma centelha de empolgação. Ela é tão linda. Hannah se inclina e me dá um beijinho na boca.

— Você vai conseguir, Jacob. Prometo. Quando a gente começa, isso vem com naturalidade — ela me garante.

Assinto.

Piso no freio, viro a chave e o carro ganha vida.

Esta é minha primeira aula de direção. Hesitei um pouco para adicionar isso à minha lista, mas quando é que vou ter essa chance de novo? De jeito nenhum vou arriscar minha vida — ou meus membros — tentando dirigir nas ruas caóticas de Seul. E de jeito nenhum vou arriscar minha sanidade pedindo para a minha mãe me ensinar. Tem que ser aqui, neste verão em San Diego, e tem que ser com Hannah. Depois da reunião desastrosa do outro dia, de repente estou com medo de não ter mais oportunidades como essa: de ser um cara normal fazendo coisas normais.

— Jacob, não precisa segurar o volante com tanta força — Hannah diz, me provocando.

Aperto o freio no mesmo instante, e o carro para abruptamente, nos lançando um pouco para frente.

— Ah, beleza, foi mal, não vou segurar com tanta força — digo. Uma gota de suor escorre pela minha testa.

— É melhor pisar no freio devagar quando você quiser desacelerar ou parar — Hannah explica. — A mesma coisa com o acelerador. Não precisa correr. Só pise de mansinho e vá colocando mais pressão pra ganhar velocidade. O que vai acontecer uma hora, certo? Porque o objetivo de dirigir é ir pra frente, sabe.

— Rá rá.

Solto o freio gentilmente, coloco o pé no acelerador e aperto um pouco. Somos lançados para a frente, mas logo pego o jeito e começamos a nos mover. Fazemos uma curva à direita e depois à esquerda. Aceleramos e desaceleramos. Fazemos uma curva ampla de trezenos e sessenta graus. Então estacionamos.

— Ótimo trabalho, Jacob — Hannah me incentiva. — Tipo, sem chance de você ser multado por excesso de velocidade tão cedo, mas você dominou o básico. Parabéns, você está dirigindo.

Sorrio e estalo os dedos, massageando-os para ver se minha sensibilidade volta.

Hannah e eu damos um pulo de susto quando alguém bate na janela dela. Nate Anderson está parado do lado de fora do carro. O que diabos *ele* está fazendo aqui?

Hannah abaixa o vidro, mas, antes que ele possa enfiar a cabeça ali dentro, uso o controle do motorista para fechá-la, deixando apenas uma fresta para ouvirmos o que ele quer. Hannah me lança um olhar irritado por cima do ombro e eu ignoro a cara de Nate.

Ele coloca as mãos no vidro, como se isso fosse me impedir de fechar tudo e esmagar seus dedos. Até parece.

— Oi, Hannah — ele diz, espertinho e babaca como sempre. — Com essa velocidade toda, pensei que você estivesse com seu avô. — Ele inclina a cabeça para olhar dentro do carro, fingindo ainda não ter me visto. — Rá! Brincadeira. E aí, cara?

— Oi… cara.

Fico com vontade de responder em coreano, como se não tivesse entendido. É um truque fácil para quando não se quer falar com alguém. Infelizmente, tenho a impressão de que ele não está aqui para falar comigo.

— Cara, não acredito que é você. Jacob Kim, o herói local, retornando depois de todos esses anos como um ator famoso. Isso é muito legal — ele comenta.

Me sobressalto ao ouvir suas palavras. Ele *sabe*. Ele se lembrou de mim e me reconheceu. Não sei como me sinto. Mas ele claramente está se sentindo muito bem, se seu sorriso arrogante for alguma indicação.

— Quando Hannah me contou, eu não saquei na hora. Cara, você está tão diferente. Mas de um jeito bom, sabe?

As palavras me acertam feito um tapa no rosto. Então foi Hannah quem contou para ele. O que significa que eles têm conversado. Mas quando? E com que frequência? Minhas bochechas esquentam e eu me ajeito no assento, subitamente desconfortável nesse espaço tão apertado.

Hannah me olha depressa, percebendo meu desconforto. Então se volta para ele.

— O que está fazendo aqui, Nate?

— Ei, abra um pouco mais a janela, tô me sentindo um esquisitão assim — ele fala, dando risada.

Me contenho para não responder "Exatamente" enquanto Hannah aperta o controle para abrir a janela. A boca de Nate se alarga devagar e um sorriso vitorioso domina seu rosto. Todos os músculos do meu corpo ficam tensos.

— Melhor assim — ele diz, apoiando ambos os braços na porta e se inclinando. — Eu estava correndo um pouco. Gosto de chegar antes de todo mundo. Daí vi seu carro aqui no estacionamento se movendo no ritmo de uma tartaruga e pensei que você talvez estivesse com algum problema. Vocês estão no meio de uma aula de direção ou algo assim? Ah, espere, esta é uma daquelas coisas da sua lista de verão? Que Hannah está te ajudando a cumprir?

Congelo. Com o canto do olho, percebo que ela também endireitou a postura. Mas minha atenção está totalmente voltada para Nate. Arregalo os olhos de surpresa. Me ajudando? Como se eu precisasse de caridade. Todo esse tempo, pensei que ela estivesse se divertindo comigo. Será que estive errado?

— Ah, foi mal, era segredo? Não se preocupe, cara, não vou contar pra ninguém onde você está e o que tem feito. Posso imaginar que privacidade é algo importante pro seu trabalho. Hannah só me explicou que está de guia turística de San Diego enquanto você estiver na cidade — Nate continua. — Mas estou surpreso de saber que você nunca fez essas coisas, já que cresceu aqui. É um ótimo lugar, não é? Está se divertindo com a Hannah?

Será que esse imbecil está me sacaneando? Me esforço para controlar a respiração. Inspire pelo nariz, expire pela boca.

Hannah se vira para mim de boca aberta e com um olhar desesperado. Mas não consigo encará-la. Apenas me concentro no freio de mão, que parece ter aumentado de tamanho, amplificando a distância entre nós.

— Eu contei pra ele na festa. Estava só tentando explicar que... — Hannah começa, mas cada palavra parece uma punhalada.

Fecho os olhos, imaginando as palavras certas escritas em uma folha. Dicas de como reagir, quais emoções evocar, todas descritas para mim.

— Ah, merda, desculpa. Não queria causar nenhum mal-entendido por aqui. Estou tagarelando como se ninguém tivesse nada mais pra fazer da vida — ele diz.

Sua risada me irrita. Meu coração está acelerado. Não de medo, mas de raiva. Só que não sou eu aqui. Só estou interpretando um papel. Só preciso completar essa cena.

— Que isso, cara, tá tranquilo. Sem mal-entendido aqui. Bom te ver de novo. — Estico o braço por cima de Hannah, oferecendo-lhe o punho.

Quero dar um soco nele. Mas, em vez disso, aguardo-o bater o punho contra o meu.

— Bem, vou deixar vocês voltarem pro que estavam fazendo. Bom te ver também, cara. Foi mal por interromper sua aula. Espero te ver por aí este verão.

Olho para ele de soslaio, me obrigando a acenar a cabeça e abrir um sorriso convencido.

Nate abaixa a voz e fala:

— Hannah, obrigado pela conversa. Espero que dê tudo certo pra você.

Fico encarando o volante, sem querer olhar para eles. Tento abafar o que estão falando um para o outro. A traição se aloja no meu peito, tornando difícil respirar. Ela tem conversado com ele sobre a gente. O que mais ela falou? O que mais Nate Anderson sabe sobre mim?

Quando éramos crianças, tinha toda a certeza de que Hannah estava comigo. Seríamos capazes de defender um ao outro até a morte. Ninguém poderia ficar entre nós. Mas muita coisa mudou ao longo dos anos, e não importa o quanto a gente tente ou queira voltar a ter um relacionamento, não vai acontecer da noite para o dia. Tenho sido um idiota.

— Desculpa, Nate.

Mal registro a voz de Hannah, a presença de Nate ou qualquer outra coisa à minha volta. Estou cercado por uma bolha de confusão e mágoa. Ela está pedindo desculpas para ele. Inacreditável.

Sinto a mão dela no meu braço, mas a afasto com cuidado. Não falo nada. Penso ouvir Nate comentando algo sobre um luau, dizendo que nos vê mais tarde.

Ficamos em silêncio no carro. O ar está pesado e minha cabeça roda.

— Acha que pode nos levar pra casa? Estou com muita dor de cabeça — digo com uma voz monótona, sem conseguir agir de outra forma. Não quero que Hannah saiba o quanto fiquei incomodado.

Tiro o cinto, saio do carro e dou a volta para trocar de lugar com ela. Ela faz o mesmo e para diante de mim.

— Jacob... — Ela estica a mão para tocar meu braço de novo. Finjo que não senti minha pele queimando ao seu contato.

Posso estar exagerando. Posso estar completamente errado sobre tudo isso. Hannah não seria capaz de me trair, seria? Só que não consigo processar nada, não consigo nem pensar nisso agora. Abro os olhos e olho para ela. Dou um sorriso amarelo.

— Está tudo bem, Hannah. Só preciso descansar um pouco.

Me afasto, entro no carro, fecho os olhos e espero que ela nos leve para casa.

Passo o resto do dia trancado no quarto. Minha mãe não ficou nada feliz quando falei que não queria descer para jantar, mas não insistiu. Eu disse que não estava me sentindo bem, mas, na verdade, eu só não estou a fim de ver ninguém agora. Imagino Hannah e Nate Anderson rindo da minha cara, da minha vida triste e cheia de limitações, da minha falta de experiência com coisas que todas as pessoas da minha idade fazem normalmente. Penso nos executivos do estúdio discutindo como me demitir. Penso nas crueldades que escreveram sobre Hannah nos comentários e em como sou incapaz de protegê-la disso. Penso nos dias de fome e frio quando não tínhamos eletricidade em casa.

Eu devia voltar para a Coreia de uma vez.

Esses pensamentos me deixam aterrorizado. Cubro a cabeça com o edredom pequeno demais e meus pés ficam de fora. Maldito edredom.

Alguém bate à porta. Meu coração traidor dá um solavanco, esperando que seja Hannah.

A porta se abre de leve e ela enfia a cabeça na fresta, mas não me olha nos olhos.

— Posso entrar rapidinho? — pergunta, hesitante.

Quero berrar que não e continuar escondido debaixo das cobertas.

Quero berrar que sim e pedir para que ela se esconda do mundo comigo aqui.

Não digo nada.

— Soube que você ainda não está se sentindo bem. Trouxe *bae* pra você — ela anuncia, se aproximando para me entregar uma pera asiática redonda com as duas mãos, como se estivesse fazendo uma oferta de paz.

Que droga, ela me conhece bem demais. Ela sabe que não recuso *bae*. Resmungo baixinho e me sento na cama, pegando a fruta docinha, deliciosa e suculenta. Faço beicinho antes de levá-la à boca e dar uma mordida. Sou tão fraco.

Um dos cantos de sua boca se levanta.

— Como está a dor de cabeça?

— Está tudo bem — digo.

Ela olha para o lugar vazio ao meu lado e, depois de pensar um pouco, vai até a escrivaninha e se senta de pernas cruzadas na cadeirinha, de frente para mim. Ela é tão pequena e adorável que fico com vontade de esquecer tudo o que aconteceu hoje e só puxá-la para o meu colo e beijá-la.
Mas, em vez disso, dou outra mordida na pera.
— Podemos conversar? — ela pergunta.
Assinto.
— Mas quero falar com Jacob, não com Jin-Suk, o ator, muito menos com algum personagem com o qual você acha que pode me enganar.
Ai. Abaixo a cabeça, tentando me esconder atrás da franja.
— Queria explicar as coisas que Nate disse hoje.
— Você andou vendo Nate esse verão todo? — Posso ouvir a mágoa na minha voz. A pergunta rasga minha garganta enquanto as palavras me atravessam, lutando para não serem ditas. Só que preciso saber.
— O quê? Não. Jacob, claro que não. Na verdade, eu só contei pra ele sobre você e o que estamos fazendo juntos pra que ele se lembrasse de quem você é e entendesse. Ninguém que nos conhece, principalmente Nate, questionaria por que escolhi passar meu tempo com você.
— Mas ele quer passar o tempo dele com você.
— É, acho que sim. A gente não teve nenhum encerramento depois que terminamos. Acho que ele só queria conversar.
— Nate quer voltar?
— Não sei. Mas não importa mais agora, não é?
Não importa mais agora. Mas será que isso vai mudar quando eu for embora?
— Por que *ele*? Por que Nate Anderson, de todas as pessoas com quem você podia ficar?

Ela hesita, virando a cabeça para o lado, como se ali fosse encontrar as palavras certas para me explicar por que ela escolheu a única pessoa que me faria sofrer — a única que já tinha me feito sofrer.

— Você já me perguntou isso antes. E eu te falei que ele foi legal comigo. Mas ele também disse que sou bonita. Eu, com esses olhos puxados e esse rosto redondo e esse nariz achatado... por algum motivo, entre todas as outras garotas perfeitas, ele gostou de mim. Sei que parece patético.

— Você é perfeita, Hannah. Você não sabe o quanto é linda e maravilhosa. E parte meu coração saber que você se contentou com um cara como Nate Anderson só porque ele tem algum tipo de fetiche com asiáticas.

— Isso não é justo, nem comigo nem com ele. Nate não é um babaca. Não é mesmo. Às vezes, acho que ele só não sabia como lidar com o fato de ser uma criança grandona. Meio que como a gente, que só estava cumprindo os papéis que esperavam de nós, sendo as crianças coreanas do bairro. Então ele aceitou o papel de valentão por causa do tamanho. As pessoas sempre tiveram medo dele. Mas, Jacob, me dê algum crédito. Eu não me permitiria ser desrespeitada nem ser tratada feito lixo. Ele cresceu, mudou. Ele é dessas pessoas que seriam capazes de fazer qualquer coisa pra ajudar alguém. E ele está sempre tentando cuidar de mim. Nem sempre acerta, mas ele não deixa de tentar.

— Você não deixa ninguém cuidar de você, Hannah. Você é que sempre está tentando cuidar de todo mundo.

É verdade. E saber que Hannah deixaria Nate fazer qualquer coisa por ela me machuca mais do que eu imaginava.

Este verão tem sido uma batalha entre passado e presente, ressentimento e perdão, lembranças e realidade, somados ao fato de que estamos mais velhos. Temos idade suficiente para sentir coisas e entender seus significados. Mas talvez não o suficiente para entender as consequências de nossas palavras e ações.

    Estou tão cansado. Sinto saudade da simplicidade da vida que a gente levava aqui neste quarto, quando a coisa mais difícil que tínhamos que decidir era quem seria Mario e quem seria Luigi no videogame.

    — Eu ia, sabe, me entregar pra ele — Hannah diz baixinho.

    Fecho os olhos, tentando me convencer de que não escutei. Nunca pensei que ouviria essas palavras, e nunca pensei que elas machucariam tanto.

    — Como assim se entregar pra ele? — Fico surpreso por não gritar.

    — Eu ia fazer sexo com o Nate, se ele quisesse. — Ela responde com uma vozinha tão miúda que nem parece a garota confiante, forte e corajosa que conheço.

    O quarto fica abafado. Balanço a cabeça e respiro fundo para liberar a tensão crescendo dentro de mim.

    Quero matar Nate Anderson.

    — Hannah, por favor, não me fala isso.

    — Por quê? — ela pergunta.

    Porque dói ouvir.

    — É porque você achava que ele ia "cuidar de você"?

    Ela comprime os lábios com força, tentando se conter.

    — É constrangedor falar sobre isso, beleza? Não sei por que te contei. Só pensei alto.

    — Mas você ama ele?

    Não.

    — E eu tenho que amar? Eu gosto dele. Às vezes detesto como as pessoas fazem tempestade em copo d'água por causa dessa história de primeira vez. Nada me impede. Daqui a pouco você vai me dizer que eu não deveria pensar nisso porque sou cristã e ainda não me casei.

Todas as minhas células querem fugir deste quarto para eu não ter que ouvir o que Hannah está dizendo. Não consigo lidar com as palavras *sexo* e *Nate* na mesma conversa. Só que também sinto falta desses momentos em que Hannah quer debater sobre algo importante para ela. Essa convicção é uma de suas melhores características, e uma das coisas que mais gosto nela.

Então coloco lenha na fogueira:

— Bem, detesto falar o óbvio, mas você é cristã e ainda não se casou. — Nesse território posso manobrar, fazê-la trabalhar seus argumentos e seus pontos de vista. — Você sente que deve levar essas coisas em consideração antes de tomar essa decisão? Ou são só coisas que os outros *disseram* que você devia levar em consideração?

— A ideia de ter que esperar o casamento é ultrapassada e problemática — ela responde.

— Como assim?

— Todo mundo sabe que as coreanas cristãs são as piores. Elas se obrigam a cumprir o papel de boazinhas e acabam tão reprimidas que depois se perdem no personagem e se tornam as namoradas loucas e inseguras. Daí elas pegam o celular dos namorados pra ler as mensagens, riscam o carro deles, surtam e fingem que estão grávidas...

— Com que tipo de cristãs você está andando? — Fico abismado com aquilo.

— Jacob, essas são as garotas com quem a gente costumava cantar na igreja aos domingos. Você ficaria chocado se soubesse o que aconteceu com algumas delas. Está acontecendo a mesma coisa em Los Angeles. A igreja coreana tem muitos problemas.

Arregalo os olhos.

— Eu não fazia ideia. Mas acho que entendi o que você está dizendo.

— Só acho que, quanto mais nos forçarmos a viver essa vida de repressões, mais vamos nos sentir pressionadas, até que um dia acabamos explodindo. Não quero ser como elas. Não quero ser uma estatística.

— Então você decidiu fazer sexo logo só pra não ser uma estatística? E pior, decidiu fazer com Nate Anderson? — Praticamente vomito as palavras. Não quero lhe perguntar "E eu?", mas não consigo evitar *me* perguntar.

— Como eu disse, não acho que sexo seja essa coisa toda. — Ela ergue as mãos, frustrada. — Não precisa ser algo tão grande, precisa? Tipo, pode ser, com certeza. Mas também não tem que ser algo que vai mudar vidas. — Ela dá de ombros. — Sei lá. Só não entendo por que isso é tão importante pras pessoas.

Não conhecia esse seu lado. Mas fico curioso e sinto que poderia falar sobre o assunto com ela por horas.

— Isto é realmente fascinante. Mas será que a gente pode continuar conversando sem jamais mencionar o nome de Nate Anderson de novo?

— Aff. É tudo tão confuso. Este verão tem sido um caos emocional. Primeiro, Nate termina comigo sem motivo. Aí vem você. — Ela aponta para mim e me lança um olhar assassino. Recuo um pouco, em um movimento de autopreservação. — Você aparece do nada depois de três anos, quando eu já tinha te deletado e te considerado morto. — Ela se levanta e começa a andar de um lado para o outro. — Então é lógico que Nate fica com ciúmes, afinal, olha só pra você, todo alto e másculo e sorridente e... — Ela olha para mim e solta um pequeno grunhido de frustração. — ... gato, sem nem tentar. E daí todas essas lembranças voltam e me fazem sorrir. Aff, *por que* eu estou sempre sorrindo? E isso só me faz querer nossa amizade de volta, porque, pra ser sincera, não tenho amigos. Pelo menos, não como você. Só que eu passei anos te odiando, né? E de repente não te odeio mais. Está vendo? É por isso que estou tão confusa. Como é que alguém muda de ideia assim tão facilmente por causa de um *burrito* e uma espiada em um peito musculoso? — Desta vez, ela levanta as duas mãos e as sacode no ar.

Estou totalmente hipnotizado. É o melhor monólogo que já vi. Ela está com tudo. Não consigo dizer uma palavra, e também nem me atreveria a interrompê-la. "Continue", penso, sem ousar falar em voz alta, mas tentando passar a mensagem com os olhos.

— Daí eu, banana do jeito que sou, vou lá e te perdoo e deixo você voltar pra minha vida assim desse jeito. — Ela estala os dedos, e o som ressoa pelo ar. — E, falando sério, qualquer um poderia ver a um quilômetro de distância que isso se transformaria em algo mais interessante porque, repito, olha só pra você, e eu estou zoada emocionalmente. É uma combinação muito perigosa.

Hannah se joga na cama e coloca o braço sobre os olhos.

— Então agora estou basicamente ferrada. E confusa. E exausta. E no meio de toda essa estupidez, acabei falando pelos cotovelos e contei pro Nate coisas que você obviamente não queria que eu comentasse, e estou toda preocupada de você pensar que eu traí sua confiança. Estou tão brava comigo mesma! Aff, que vida!

Nossa, o que foi isso? Encaro Hannah, ainda perdida em pensamentos. Não consigo evitar sorrir para ela. Que viagem é acompanhar seus pensamentos. Fico pensando como lhe dizer que vai ficar tudo bem. Mas não encontro as palavras. Não consigo ficar bravo com ela. É impossível.

— Por favor, não faça sexo com Nate Anderson — digo. *E nunca mais fale com ele nem olhe para ele*, imploro na minha cabeça. Isso é só uma parte do que estou sentindo, mas é a única coisa que sai.

Hannah dá uma risada, mais triste que alegre.

— Não vai acontecer, prometo. Mas, Jacob, o que a gente está fazendo?

— Não sei — respondo baixinho. — Só sei que sou maluco por você. Você significa tanto pra mim... Acho que a gente está lidando com as merdas do nosso passado e compensando o tempo perdido. E precisamos mesmo descobrir o que fazer com nosso futuro aparentemente impossível e complicado. Mas, neste momento, não quero perder nem um minuto, se posso aproveitar com você.

Hannah se senta e apoia a cabeça no meu ombro. Coloco o braço em volta dela e a puxo para mim instintivamente.

— Não quero que o verão termine. Tenho medo — ela sussurra no meu pescoço.

Deus, eu também. Não sei como as coisas vão funcionar com a gente. Mas não consigo pensar nisso. E também não quero que Hannah pense nisso.

Ela ergue a cabeça para me olhar, e a ternura misturada ao medo que vejo ali é mais do que consigo suportar. Levo os lábios aos dela. E a abraço apertado. Não quero soltá-la. Ela abre a boca para mim e aprofunda nosso beijo, sem nem se dar ao trabalho de tomar fôlego.

— Jacob... — ela murmura entre os beijos.
— Hannah — devolvo.
Não falamos nada. Não usamos palavras. Mas, nos intervalos dos beijos, todas as coisas não ditas emergem, e tudo o que resta é amor. E o que vai acontecer daqui para frente não parece importar.

capítulo dezoito
Hannah

O chapéu de panda que estou usando é ridículo.

Mas aposta é aposta.

Ontem à noite, tivemos uma partida muito acirrada de Go-Stop, um jogo de cartas coreano, e fiquei empatada com Jin-Hee. Eu a subestimei totalmente porque ela é nova demais para ser tão trapaceira assim.

Antes das cartas serem distribuídas para a última rodada, ela fez todos pararem, insistindo que o perdedor fosse penalizado. Brutal.

— Quem perder essa vai lavar a louça por uma semana — minha mãe sugeriu.

— O perdedor vai pagar o almoço pra todo mundo amanhã — a sra. Kim falou.

— O perdedor vai lavar as roupas por um mês — Jacob disse, olhando para a irmã. Sua fé em mim aqueceu meu coração.

— Que tal se cada um pagar cinco dólares pro vencedor?

Eles se viraram para mim, balançando a cabeça de decepção. Pelo visto, coreanos se divertem muito mais com castigos do que com recompensas. É um assunto sério. Anotado.

Jin-Hee perscrutou a sala com os olhos e viu algo no canto. Ela olhou para o irmão com um sorriso maldoso.

— O perdedor vai ter que usar esse chapéu de panda o dia todo e tirar cem fotos pra postar na internet.

"Oun, que fofo o castigo de uma garota de doze anos", pensei comigo mesma.

Até que o jogo teve uma virada épica e eu acabei me dando mal.

Assim, aqui estou eu com este chapéu peludo. Está fazendo vinte e seis graus lá fora, e eu vou ter que usar um panda de pelúcia na cabeça durante nosso passeio ao zoológico. Infelizmente, todos os pandas de verdade foram devolvidos para a China, então serei a única panda triste de San Diego.

Pego o protetor solar extra que separei e o enfio na mochila. Jacob está ficando com um bronzeado legal, e a maior parte daquela marca de camiseta horrenda que ele tinha está sumindo, mas ainda não quero que ele se queime. Pego o protetor labial da Burt's Bees também, só para garantir. Jacob está viciado nele.

Colocando a mochila nos ombros, saio do quarto e desço as escadas.

Então ouço Jacob cochichando com alguém e paro. Ele está no quarto da Helen, que sua mãe e sua irmã estão dividindo, e a conversa parece intensa. Mas uma conversa normal em coreano pode se passar por uma briga, então presto mais atenção para ver o que Jacob está discutindo com a mãe. Quero pegar pelo menos algumas palavras para saber do que estão falando.

Será que vou ser assombrada pelo resto dos meus dias por ter largado a escola coreana? Balanço o braço, me amaldiçoando mentalmente pelo maior arrependimento da minha vida, e caminho pelo corredor na ponta dos pés.

— Eles falaram por quê? — a sra. Kim pergunta.

— Você sabe por quê. Pelos mesmos motivos de sempre. Eles querem controlar minha vida. — Jacob está frustrado. Visualizo-o puxando o cabelo, como ele sempre faz quando está chateado com algo. — Eles não ficaram nada felizes depois da ligação. Acho que pressionamos demais e fizemos muitas demandas. Eu devia ter só concordado.

— Não, Jacob. Você estava se defendendo, e nós deixamos claro que não vamos permitir que eles te tratem mal. É só dizer que não podemos voltar mais cedo. Que não podemos trocar as passagens.

— Como se eles se importassem com isso, mãe. Sem chance. Eles vão falar que você e Jin-Hee podem ficar, mas vão me obrigar a voltar — Jacob diz.

Voltar para a Coreia mais cedo? Por quê? Quando? Jacob está de férias. Eles não podem obrigá-lo a voltar, se ele não quiser. Meu coração acelera, e várias cenas de despedida surgem na minha cabeça. Não, ainda não, por favor, ainda não.

— Que saco, hein? — alguém fala baixinho à minha esquerda. Jin-Hee está sentada na escada, fazendo cara de quem teve o cachorrinho roubado.

— Ei, o que está acontecendo? — sussurro de volta, torcendo para que o tremor na minha voz passe despercebido.

— Hae-Jin, a empresária do Jacob, ligou hoje de manhã. Ela falou que ele tem que voltar pra Coreia amanhã. Eles estão bravos com... — ela para de falar de repente.

— Com o quê? — pergunto.

Sinto uma mão no meu ombro e dou um pulo de susto. Cubro a boca para abafar o grito.

— Desculpa, não quis te assustar — Jacob diz.

Ele parece péssimo. Fico com vontade de abraçá-lo e não o soltar nunca mais. Quero lhe dizer que ele não pode ir, que eu não vou deixar, que vou conversar com o pessoal do estúdio e explicar que ele precisa ficar, que seu tornozelo ainda não melhorou. Ele pode fingir que ainda está doendo, como fez na festa. Ou posso mandar minha mãe ao ataque. Ela pode fazê-los se sentirem culpados e obrigá-los a recuar. Ela é tipo uma profissional nisso.

Mas, em vez disso, só fico parada ali, com as mãos em punhos, sem conseguir encará-lo.

Jacob estica a mão e ergue meu queixo, me fazendo encará-lo.

— Ei, chapéu bonito, hein — ele comenta, sorrindo, mas é um sorriso amarelo. Não é aquele sorriso das câmeras, mas também não é um sorriso alegre.

— O que está acontecendo? — pergunto, engolindo o nó na garganta. — Você vai... embora? — A última palavra parece uma pedra bloqueando meus pulmões.

— Ninguém ensinou a vocês duas que é feio bisbilhotar?

Olho para Jin-Hee, que me olha de volta. Nossas expressões são de pura preocupação.

Jacob pega minha mão, me puxa para o quarto e fecha a porta. Ele me leva até a cama e se senta, me convidando a me sentar ao seu lado. Ontem mesmo, estávamos nos beijando e nos abraçando aqui. Imagens de sua pele logo acima da cintura inundam minha mente.

Mas agora, tenho medo do que vai acontecer. Olho para ele, para seu perfil, sua mandíbula forte e maçã do rosto perfeita. Eu poderia ficar olhando-o por horas. Mas neste instante esse perfil é um muro que me impede de olhar para os seus olhos.

— Sabe aquela reunião que tive com os executivos do estúdio no outro dia? — Ele hesita. — As coisas não foram muito bem. A gente se recusou a assinar o novo contrato com os detalhes adicionais sobre o marketing da série.

Ele engole em seco, e dói vê-lo assim.

— Parece que as fotos do nosso verão viralizaram e causaram muito mais comoção do que nós podíamos imaginar — ele começa a explicar.

Ele está usando "nós", mas desta vez não é para falar sobre mim e ele. É algum tipo de jargão corporativo, e ele parece distante.

— E eles não estão felizes — concluo o óbvio.

Jacob abaixa a cabeça e fecha os olhos. Está sofrendo.

— O estúdio quer que eu volte pra Coreia pra começar a divulgar a próxima temporada da série — ele explica. — Eles acham que... hum, precisamos focar em uma espécie de plano de contenção de danos em relação à imagem do meu relacionamento com Minky. — À esta altura, mal ouço sua voz. Não sei se é porque ele está sussurrando ou se é por causa do latejar nos meus ouvidos.

— Seu relacionamento com Minky? — pergunto.

Agora está claro que ele só está repetindo as palavras de outra pessoa. Jacob nunca a chama de Minky, é íntimo demais. Ele só a chama de Min-Kyung.

— Tipo, sabe, não é de verdade. É só pra imprensa e pros fãs e...

Ele não está falando nada com nada, e não sei o que pensar.

— O que está tentando me dizer, Jacob?

— Antes de virmos pros Estados Unidos, meu tio tentou vender uma entrevista para expor minha família à imprensa. A empresa deveria ter cuidado disso. Mas calar a boca dele vai sair caro. E, bem, se eles vão mesmo enfrentar tantos problemas pela minha família, por mim, estão deixando claro que preciso vestir a camisa da empresa agora. Não posso mais evitar as ligações e as responsabilidades. Nem reclamar ou cometer erros.

De que erros ele está falando?

— *Eu* sou um erro? — pergunto. Prendo a respiração, temendo a resposta.

Seus ombros desabam, e ele deixa a cabeça cair. Não quer me olhar.

— Você sabe que as pessoas já publicaram fotos nossas na internet, e o estúdio descobriu — diz. — Bem, eles acham que isso pode ter um impacto negativo na minha reputação. Estou ganhando uma imagem de infiel, e meu relacionamento com Minky está em risco.

— Hum, mas não existe relacionamento nenhum. É tudo de mentira, não é? Então ele já estava em risco.

— Você não entende, Hannah. É assim que as coisas são. Historinhas pra agradar os fãs, manipulação da verdade e especulação são parte do jogo.

— É, eu não entendo. Você odeia tudo isso. Então diga a eles que não vai mais fazer nada disso.

— Não é assim tão simples. Não posso fazer besteira, Hannah. Minha família depende de mim. Este trabalho é tudo o que eu tenho.

— Isso não é verdade. Você tem muito mais. — Paro de falar antes de sugerir que ele *me* tem, que eu estou aqui por ele.

— E as outras pessoas, toda a equipe que trabalha comigo, elas também precisam que a série seja um sucesso. Não é só de um programa de TV sem importância. Não posso estragar as coisas. Você não entende o que estou passando.

— Mas e a gente? Deus, odeio precisar fazer essa pergunta. Odeio soar tão patética. Jacob nunca me prometeu nada. A gente nem chegou a conversar sobre o que estava rolando entre nós. Não faço ideia do que passa pela cabeça dele agora, e começo a questionar tudo o que está passando pela minha.

— Hannah, você sabe o que sinto por você, mas não posso só recusar as demandas do estúdio. Foi uma burrice nos expor tanto este verão, como se eu não tivesse nada a perder. Eu não pensei direito nas consequências, e agora estou ferrado. O pessoal do estúdio está puto. Min-Kyung está ameaçando sair se eu continuar a fazendo de trouxa. Tem muito dinheiro em jogo. E meus fãs...

— Jacob, você está infeliz. Essa série e essa vida estão te comendo vivo. Você não consegue fazer nada que gosta. Você não tem tempo de experimentar coisas novas e visitar novos lugares. Você não tem nem tempo de trabalhar nos seus desenhos. Sempre que você fala sobre a Coreia, seu trabalho e seu estilo de vida, seu rosto inteiro se contrai, eu já percebi. Vejo como tudo te deixa triste. Por que você está fazendo isso? Não tenho dúvidas de que é um ator talentoso, mas você não quer lidar com as outras coisas dessa carreira. Não é um preço alto demais pra pagar? Esqueça a empresa. Esqueça as ameaças de Min-Kyung. Ela precisa disso tanto quanto você. Fale que você não vai jogar esse jogo, que é pegar ou largar.

Estou implorando. Não suporto vê-lo tão infeliz desse jeito. E, egoísta, não suporto a ideia de vê-lo indo embora da minha vida... amanhã.

— Eu tentei. — Seu desabafo me assusta, e eu me inclino para trás. Ele respira fundo, claramente travando uma luta interna para se manter sob controle. — Você não sabe do que está falando. — Ele abre os olhos e se vira para mim. Vejo resignação, desalento e um vazio neles. São seus olhos de ator. — Hannah, este é o meu trabalho, mas também é a vida que escolhi pra mim. Não é perfeita, mas é melhor do que muitas pessoas da nossa idade têm. Sou famoso e ganho muito dinheiro, e todo mundo quer me conhecer.

— Está ouvindo as suas próprias palavras? Você não quer essas coisas. São só mentiras que o estúdio vem enfiando na sua cabeça, que você está repetindo para si mesmo, pra aguentar tudo o que te faz tão infeliz. Esse não é você. Essa vida é uma mentira muito bem-elaborada, Jacob.

Pego seu braço e dou um apertão, tentando fazê-lo acordar dessa narrativa falsa. Ele balança a cabeça e puxa o braço de volta. A tensão é tanta que parece um elástico esticado, prestes a se quebrar. Suas narinas se dilatam e algo cintila em seus olhos.

— Não é como a sua vida, não é, Hannah? Não é como se você tingisse seu cabelo e fizesse de tudo pra não ser a "coreana" da sua escola. E agora, de repente, quando todo mundo começa a amar qualquer coisa coreana, você se ressente porque mudou tudo em você pra evitar ser quem você é. Parece que o jogo virou. Quem sabe se você fosse você mesma, pra variar, e não o que acha que os outros querem que você seja, não estaria sozinha.

Abro a boca para falar, mas não sai nada. Suas palavras tocam nos pontos que mais me machucam. Não estou pronta para esse ataque, não de Jacob. Tento processar tudo o que ele acabou de falar. É assim que ele me vê? Como se eu fosse uma falsa que está se esforçando demais? Como ele ousa? Ele nem me conhece. Meu corpo treme de raiva.

Ataco-o de volta. Também quero machucá-lo.

— Não é justo você falar isso. É exatamente o que você está fazendo. Quando foi a última vez que você foi verdadeiro com alguém? Será que você se lembra de quem é? Ou será que acabou comprando a imagem que vendeu de Kim Jin-Suk e perdeu o verdadeiro Jacob no meio do caminho? E se você seguisse seu próprio conselho de merda, talvez *você* não estivesse sozinho. Porque pode ter certeza de que não vai poder contar comigo pra vir chorar suas pitangas — digo.

— Lá vai você de novo afastar as pessoas pra depois sair correndo o mais rápido possível e para o mais longe que puder. Você sempre faz isso: corta as pessoas da sua vida pra que elas não possam te machucar. Você me tirou da sua vida sem nem olhar pra trás. Está tentando fazer isso até com o seu pai. Sei que te magoei, Hannah. Mas seu pai está vivo e saudável. O meu é que está morto e nunca vai voltar.

As palavras de Jacob doem demais. Não são apenas arranhões; elas perfuram fundo. Não consigo mais ouvir. Me viro para sair do quarto.

Mas Jacob vai até a porta para me bloquear.

— Sai da minha frente! — grito. Não me importo se vão nos ouvir. Não importo que Jin-Hee, nossas mães ou a vizinhança inteira escutem. — Sai!

— Desculpa. Que merda, Hannah, me desculpa.

— Sai da porra da minha frente ou juro por Deus que vou arranhar sua cara toda, e quero ver você explicar *isso* pro pessoal do estúdio.

Sinto a raiva fervendo dentro de mim, explodindo por cada poro. Estou brava demais para me permitir sofrer. Só preciso sair daqui.

— Hannah, para, por favor — Jacob implora. Ele agarra meus braços, e a súplica que vejo em seus olhos me faz calar a boca.

Paro de gritar, mas desvio o olhar, mirando o chão e respirando fundo pelo nariz.

— Desculpa. Juro que não falei sério. Você não é falsa. Eu que sou. Eu que não faço ideia de quem sou. E é assustador pra caralho, por isso descontei em você. Nossa, sou um cuzão. Sinto muito, muito mesmo — ele diz, com o queixo no peito.

Meus olhos se enchem de lágrimas.

Segundos se passam, talvez minutos, e nenhum de nós fala nada. Não temos coragem de nos olhar, envergonhados demais pela dor que causamos ao outro.

Então Jacob finalmente abaixa a mão para tocar a minha. Primeiro, me afasto. Seu toque perfura meu coração. Mas ele tenta de novo, envolvendo seus longos dedos nos meus, me puxando para si. Desta vez, não recuo, mas ainda não consigo olhar para ele. Suas palavras ressoam na minha mente. Mesmo com ele aqui, estou sozinha.

— Não vamos repetir a história e nos magoar desse jeito. Já perdemos anos, e não posso mais ficar sem você.

Quero discordar. Essa honestidade toda depois tanta dor é demais. Mas sei que ele tem razão. Sinto as lágrimas enchendo meus olhos de novo e fecho as pálpebras, impedindo as gotas salgadas de caírem.

— Percebi que a gente não se conhece mais como antes. Tipo, você me conhece melhor do que ninguém, só que...

— A gente mudou — completo.
— Isso, a gente mudou. Mas, só pra deixar registrado: Hannah, eu realmente adoro seu cabelo. Não sei por que falei aquilo, como se tivesse algo errado com ele.
— Bem, só pra deixar registrado: Jacob, eu também adoro meu cabelo, e não preciso da sua aprovação.
Ele me aperta com um pouco mais de força e assente.
— Fodona — sussurra.
Fico sem saber se está falando consigo mesmo ou se quer que eu ouça. Mas aceito. Ele me solta e afasta o rosto com um sorriso. Não há mais sinal da hostilidade de antes.
— Preciso me lembrar de que não temos mais catorze e quinze anos. Nós dois carregamos mágoas nos últimos anos, e temos essa raiva malresolvida a que acabamos recorrendo quando não sabemos como lidar com nossos sentimentos.
— Está tudo bem. Se essa coisa de atuação não der certo, você podia ser terapeuta.
Me desvencilho de seus braços e me sento na cama. Ele me segue, se sentando ao meu lado e me puxando para perto. Pego sua mão e a seguro no meu colo.
— Jacob, me desculpa se a minha decepção com meu pai desencadeou algum sentimento em você por ter perdido o seu. Eu... nunca tinha pensado nisso. Não sei por que tenho sido tão egoísta com esse assunto. Não estive presente quando ele morreu. E não tenho estado agora. — Engulo minha vergonha.
Ele dá um beijo na minha testa.
— Obrigado por falar isso. Mas estou bem. E se eu precisar falar com alguém, sei que posso te procurar. Mas eu tinha minha mãe e Jin-Hee também. A gente se apoiou muito nos últimos anos.

Fico feliz por ele ter a família para enfrentar esse momento. Mas quanto desse fardo ele tem carregado sozinho? Quanto desse fardo o forçou a decidir voltar para a Coreia?

— A gente pode até ter mudado, mas você ainda é a pessoa mais inteligente, legal e... teimosa que eu conheço — diz Jacob.

— E você ainda é a pessoa mais gentil, engraçada e carinhosa que eu conheço.

Ele se inclina e me dá um beijo na boca.

— Jacob, nem sempre consigo ler sua mente, como eu pensava que podia quando a gente era criança. Mas ainda acho que sei quem você é de verdade.

Ele assente, e eu continuo:

— Não estou tentando te dizer o que fazer. Só quero que você seja feliz. E não acho que a atuação ou a vida que você está vivendo faz isso. E você tem razão. Você também me conhece. Talvez eu esteja mesmo atuando, só não na frente das câmeras como você. Também não estou feliz. Posso admitir isso. Mas, neste verão, depois de ter passado esse tempo me reconectando com você, foi como se eu tivesse reencontrado uma parte de mim que faltava. Fazia tempo que eu não me sentia assim tão completa, e posso dizer com sinceridade e com todo o meu coração que você me faz feliz.

Não sei por que resolvi confessar tudo isso para ele assim tão abertamente, mas as palavras apenas jorram. Preciso que ele saiba antes de ir embora... o que pode acontecer amanhã.

Espero com o coração na boca, torcendo para que ele diga que eu também o faço feliz.

Jacob fecha os olhos com força e faz uma expressão sofrida.

— Vou perder minha segurança financeira, vou perder tudo, se não for Kim Jin-Suk. É o que eu sou. É tudo o que tenho. Sem os fãs... — Ele hesita e abre os olhos. — ... ninguém vai me amar. — Sua voz falha.

Não acredito no que estou ouvindo. Será que sua jornada tem sido tão solitária que ele passou a acreditar que só os fãs vão amar essa versão falsa dele?

— Eu te amo — digo em um sussurro.

Meu coração para completamente. Falei bem baixinho, mas com toda a convicção. Eu me declarei. Para valer.

Jacob se vira para mim de olhos arregalados, surpresos. Depois, eles se estreitam, desconfiados.

Mas, antes que ele possa contestar, antes que diga que não sei do que estou falando, repito:

— Eu te amo, Jacob. Sempre te amei. E sempre vou te amar. E o que me assusta é que meu amor por você está mudando, mas também sei que, de muitas maneiras, ainda é exatamente o mesmo. Eu amo a pessoa que você é. Quero mais do que tudo que você seja feliz. Quero ser aquela que te faz feliz. Quero ser essa pessoa pra você.

Enquanto falo, percebo que todos para quem eu já disse "Eu te amo" me abandonaram: meu pai, minha irmã e, de certa forma, minha mãe, sempre na igreja. Ele pode ser a próxima pessoa. Mas não quero ter medo disso. Tenho mais medo que ele nunca saiba como me sinto antes de ir embora.

Ele balança a cabeça, e meu braço inteiro se arrepia. Não posso lhe dar a chance de me rejeitar. Não posso lhe dar a chance de se convencer de que estou mentindo.

— Posso não ser do seu fandom, mas sempre fui a sua maior fã — digo.

Não tenho nem tempo de perceber seus movimentos, mas logo seus braços estão envolvendo minha cintura, e seus lábios estão sobre os meus, quentes e molhados. As emoções fervilham com tanta força que quero acreditar que nossa conexão nunca será quebrada. Viro a cabeça um pouco para ajeitar a posição, e ele pressiona com mais força. Devagar, levo as mãos aos seus ombros, puxando-o para mim. Sempre sonhei com beijos assim, sem saber que seriam de Jacob. Ou talvez até soubesse, mas nunca admiti totalmente. Ele me aperta mais, me levanta sem parar de me beijar e nos conduz até a cama. Ele apoia minha cabeça com as mãos e me deita no colchão, se acomodando em cima de mim. Ergo o queixo, pedindo mais. Sua boca cobre a minha, e nossas línguas lutam juntas para ir mais fundo, chegar mais perto.

Suas mãos se enfiam embaixo da minha camiseta e acariciam minha cintura, minha barriga. Um polegar desliza por dentro do sutiã e toca suavemente o meu mamilo. Eu arquejo em sua boca e ele engole o som.

Ignoro a preocupação por nossas mães estarem lá embaixo e, droga, sua irmã talvez até esteja nos espionando do outro lado da porta. Mas não consigo parar.

Envolvo-o com as pernas, trazendo-o para mim, precisando de mais fricção.

Jacob se apoia nas mãos, estica os braços e se levanta para olhar bem nos meus olhos. Suas pupilas estão dilatadas, seus lábios, inchados e vermelhos dos beijos. Sua respiração é pesada, e não sei dizer se ele está tentando parar ou pensar no que fazer a seguir.

Ele responde minha dúvida se abaixando para beijar minha barriga em um movimento fluido, seus lábios macios subindo pela minha pele. Ele beija os meus seios, por cima do sutiã. Ele beija meu pescoço e atrás da minha orelha.

Pego uma de suas mãos; ele se apoia no cotovelo e continua a me beijar onde quer que encontre pele. Empurro sua mão livre para baixo e a coloco sob a minha saia, onde estou molhada e latejando.

Sua mão assume o controle. Ele puxa minha calcinha para o lado, arrastando o dedo até encontrar a parte mais sensível do meu corpo. Solto um suspiro entrecortado. Esqueci como respirar normalmente.

— Jacob... — gemo mais alto que eu pretendia.

Congelo, esperando para ver se alguém me ouviu, para descobrir se alguém vai nos interromper. Minha mãe ama Jacob, mas ela surtaria se nos visse agora. Ela nos arrastaria até a igreja pelas orelhas para receber um sermão do pastor. O que seria bastante constrangedor.

Jacob me olha. Ficamos nos encarando em silêncio, de olhos arregalados, esperando algum movimento do lado de fora, algum som que sinalize a nossa desgraça iminente. Mas, depois de uns instantes, relaxamos e sorrimos um para o outro.

— Alexa, abra o Spotify — Jacob pede.

— Aqui está o Spotify — Alexa responde, e logo começa a tocar Ed Sheeran.

— Espere. Alexa? Não quero que ela nos escute — replico, com os olhos arregalados, percebendo que a Amazon pode estar gravando nosso momento.

— Desculpe, não entendi — Alexa diz.

Resmungo. Deus do céu, a Alexa está nos ouvindo...

Jacob abaixa a cabeça e suas costas começam a se mover para cima e para baixo. Ele apoia a cabeça no meu peito e continua convulsionando. Então olha para mim com lágrimas nos olhos... de tanto rir.

— Jacob, para de rir. Não é engraçado. É uma invasão de privacidade. Você convidou a Alexa — sussurro o nome — pra este...

— Isto não é um *ménage* — Jacob diz, ainda gargalhando. Abro um sorriso e então também percebo o absurdo da situação. Logo estou gargalhando com ele. Sua cabeça sacode na minha barriga enquanto ele tenta se controlar. Eu o envolvo com os braços, e meus dedos ficam brincando com seu cabelo. O ataque de risada passa e então somos só nós dois, abraçadinhos, respirando juntos. Podemos não ter ido até o fim, mas este ainda é o momento mais íntimo, bonito e ridículo da minha vida. Isso é tão a gente. Jacob puxa o edredom de Pokémon sobre nós e se ajeita, se deitando de conchinha comigo na cama pequena. Sorrio e sonho com ele enquanto cochilo.

Quando acordo e abro os olhos, Jacob se foi, e o espaço ao meu lado na cama está vazio e frio.

capítulo dezenove
Jacob

Saio do quarto na ponta dos pés e me recosto na porta, já sentindo saudade da linda garota dormindo lá dentro.

Amo Hannah Cho desde que tínhamos três anos de idade e eu construí para ela a maior casa que conseguia com meus Magna-Tiles, aquelas pecinhas magnéticas, e prometi que a gente moraria nela juntos para sempre.

Mas, ao olhar para aquele rosto lindo e sincero dizendo que me ama — que ama Jacob Kim, e não Kim Jin-Suk, o ator —, eu congelei. E não disse que a amo também. Tentei lhe mostrar de todos os jeitos que podia, mas a Alexa estragou meus planos. Maldita tecnologia.

Eu não falei nada.

Fico repetindo a cena na minha cabeça. *Eu te amo, Jacob. Sempre te amei. E sempre vou te amar.* Ouço a voz de Hannah sem parar na minha mente. Meu coração está tão cheio que parece que vai explodir.

Sei exatamente o que tenho que fazer.

Olho para o celular. Meu dedo fica pairando acima do botão de enviar.

A porta do quarto se abre e Hannah aparece ali, parecendo confusa e adoravelmente amarrotada, com os olhos ainda sonolentos.

— Peguei no sono — ela diz. — Você não estava lá quando acordei. — Sua pequena reclamação me faz querer pegá-la e levá-la de volta para o quarto.

Sorrio.

— Eu tive que sair pra mandar uma mensagem rápida. Acho que nossas mães e Jin-Hee fugiram pra algum lugar. Porque não tem ninguém em casa. — Agito as sobrancelhas, e as dela sobem até o couro cabeludo.

— Pervertido.

Seu sorriso se alarga, mas ela logo abaixa os olhos. Será que a poderosa Hannah Cho de repente ficou tímida? Adoro descobrir todas essas novas expressões que eu não conhecia.

— Você ainda quer ir pro zoológico? — ela pergunta. — A gente provavelmente consegue voltar antes da janta. É uma das últimas coisas da sua lista.

Eu prefiro dar mais uns amassos no quarto. Mas, ao olhar para ela, sei que eu faria qualquer coisa por ela, com ela.

— Aham, claro — digo, mais determinado que nunca a confrontar o estúdio. A lutar por nós.

Hannah assente e passa por mim, roçando a mão na minha no caminho.

— Te encontro lá embaixo em dez minutos — ela diz, indo para o quarto.

Penso na forma perfeita de dizer a Hannah que também a amo. Quem sabe no zoológico, perto dos flamingos. Ou das tartarugas. Ela adora tartarugas. Ou talvez seja melhor esperar até de noite, ou amanhã, para levá-la até o Mount Soledad, que tem vista para toda San Diego, e me declarar ali. Essa é a cidade perfeita para se apaixonar. Há tantos lugares para dizer para alguém que você a ama.

Vou pensar em algo legal. Agora tenho tempo.

Olho para a mensagem que rascunhei no celular:

Desculpem, mas não posso voltar mais cedo.

Aperto "Enviar" e desço as escadas.

— Não se esqueça do chapéu de panda! — grito para Hannah.

Vai ser um ótimo dia.

Saímos às pressas para chegar em casa a tempo do jantar. Mas o trânsito estava terrível, e a mãe de Hannah disse para irmos com calma. Valeu a pena pegar o pôr do sol na estrada, mas agora estou morrendo de fome.

Assim que entramos, dando risada e discutindo qual dos orangotangos tinha nossas personalidades, ouvimos vozes vindo da sala antes de virarmos o corredor. Lanço um olhar questionador para Hannah, que dá de ombros.

— Pessoal da igreja? — ela arrisca.

Mas, quando levanto a cabeça, congelo.

Sentadas no sofá estão Hae-Jin, sua assistente Young-Mi e Min-Kyung. Elas bebem café e mordiscam frutas cortadas no formato de flores junto com *gwaja* coreano, disposto em um prato ao lado. Tenho dificuldade para organizar minha mente e entender que as pessoas da minha vida na Coreia estão aqui, no meio da minha vida de San Diego. Meu cérebro leva alguns segundos para processar.

Minha mãe e minha irmã exibem sorrisos tensos. A sra. Cho, no entanto, está bancando a boa anfitriã, oferecendo pratos às convidadas, pedindo para que comam mais biscoitos e frutas. Hae-Jin parece completamente deslocada em seu terninho preto e blusa de seda branca perfeitamente passada, seu uniforme de sempre. Min-Kyung usa um vestido florido, e seu rosto se ilumina daquele jeito ensaiado quando me vê.

— O que vocês estão fazendo aqui? — pergunto, ainda em choque com a cena.

Hannah se coloca ao meu lado, pondo a mão no meu cotovelo para me mostrar seu apoio e sua solidariedade, acredito. Sinto sua mão tremendo, e a raiva começa a ferver dentro de mim. Como elas ousam vir até aqui e fazê-la sentir medo? Mas dou graças a Deus pela raiva, pois do contrário provavelmente também estaria aterrorizado.

Mandei a mensagem para Hae-Jin dizendo que não ia voltar para a Coreia de manhã. Ela não poderia chegar aqui tão rápido. O que significa que... ela já sabia que eu não ia concordar. Então vieram até mim.

— Recebi sua mensagem — Hae-Jin diz, sem mencionar o fato de que ela já devia estar a caminho de San Diego quando a enviei.

Min-Kyung se levanta e se aproxima de mim.

— Jin-Suk-*ssi*, é tão bom te ver. Senti muita saudade — ela diz, me dando um abraço educado.

Fico completamente rígido e desconfortável, sem conseguir devolver o abraço.

— Oi, sou Min-Kyung. Você deve ser Hannah. Vi sua foto na internet. Você deve estar se divertindo muito esse verão — ela continua, em um inglês perfeito.

Min-Kyung estica a mão com unhas lindamente feitas para Hannah, que olha para baixo por uma fração de segundo. Min-Kyung é uma ótima atriz, e, por um instante, temo que todos caiam na dela.

Hannah chega mais perto, desta vez de um jeito possessivo. Ela não vai se deixar enganar.

— Oi — é tudo o que Hannah diz, apertando a mão de Min-Kyung. Ela não sorri.

Min-Kyung estreita os olhos de leve para Hannah, comprimindo os lábios. Para os desavisados, ela está sendo tão simpática quanto sempre. Mas sei exatamente o que está acontecendo. Ela está furiosa. E quando está furiosa, ela fica maldosa.

Me preparo.

Min-Kyung olha Hannah de cima a baixo, examinando-a. Ela morde o lábio, reflexiva.

— Eu não me preocuparia com os comentários. Os fãs podem ser muito brutais e cruéis. Eles só querem muito ver Jin-Suk e eu juntos. Na tela, claro.

O corpo de Hannah enrijece ao meu lado.

— Não costumo ler comentários — diz. Sua voz é forte e corajosa, mas percebo um pequeno tremor nela.

— Ah, não? Uau, você é muito mais esperta e forte do que eu. Não consigo não conferir as reações dos fãs. Ou talvez seja porque a maioria está em coreano, e você não sabe ler, né? Que pena. Sempre me pergunto como é que coreanos que não falam seu idioma nativo conseguem sobreviver, especialmente hoje em dia, que todo mundo ama tudo que é coreano. Nossos fãs são bem leais. Mas eu sinceramente não achava que eles acreditariam que tinha algo rolando entre você e Jin-Suk. — A expressão de Min-Kyung azeda, mas ela logo coloca aquele sorriso falso no rosto de novo.

O corpo inteiro de Hannah está tenso, e eu passo meu braço ao redor dela para protegê-la das palavras disparadas em sua direção.

— Não se preocupe. Sua pele não é tão ruim assim pessoalmente. E existem coisas piores para ser chamada do que... como era? Ah, sim, acho que a tradução correta seria "piranha destruidora de relacionamento". — Ela inclina a cabeça para o lado e dá um sorriso satisfeito.

— Para com isso. — Olho para Hannah, mas ela não me olha de volta. — Sempre tem comentários ruins no meio dos bons. É a pior parte de ser famoso, ter que se expor à opinião alheia. Por favor, não se preocupa com nada disso. Eles não te conhecem, eles não conhecem a gente.

Hannah assente de leve e aperta minha mão.

— Jin-Suk, uma coisa é ter uma aventura de verão pública. Mas como você está lidando com a vergonha de ser traído? — continua Min-Kyung. — Você parece estar aceitando muito bem a indiscrição de Hannah. Especialmente agora, considerando que a traição do seu tio ainda está tão à flor da pele. Talvez você seja mais americano do que fui levada a crer. Os fãs com certeza não ficaram nada felizes com aquela reunião secreta... em um café, não foi? Que romântico.

— Do que você está falando? — pergunto. Estou farto dos joguinhos de Min-Kyung. Ela só está vomitando bobagem agora.

Ela enfia o celular na minha cara. Antes que eu veja o que há na tela, Hannah tenta pegá-lo, mas Min-Kyung afasta o aparelho e o oferece de novo para mim.

— Jacob, posso explicar.

Levo um tempo para reparar no tom de voz de Hannah e no fato de que ela claramente sabe do que Min-Kyung está falando. Espere, como é que ela sabe do que Min-Kyung está falando? Abaixo o olhar devagar para Hannah, então para a foto no celular. Pego-o da mão de Min-Kyung, apesar de Hannah tentar me impedir.

Na tela, há uma foto de Hannah com... Nate. Estão bebendo *bubble tea* e sorrindo. A mão dele repousa sobre a dela na mesa. Reparo na data: dois dias atrás. Corro os olhos pelos comentários rapidamente, para ver se alguém consegue me explicar que porra é essa. Há comentários e mais comentários de pessoas chamando Hannah de coisas horríveis, implorando que eu volte para a Coreia e para Minky.

Sinto um frio na espinha e congelo no lugar. Ela me disse que não tinha encontrado Nate este verão.

Hannah pega o celular e olha para a foto. Um gritinho escapa de sua garganta. Ela pega minha mão, mas não me movo.

— Não é o que parece — acho que ela diz. — Jacob, me deixa explicar — implora.

— Ah, pelo visto você está tendo vários romances este verão, Hannah — Min-Kyung diz. — E não são só nossos fãs na Coreia, nossos fãs daqui também não querem ver seu pobre Jin-Suk de coração partido. Você devia manter a discrição por um tempo, alguns meses devem bastar. Diferente de Jacob, que deveria ter mantido a discrição com a lesão no tornozelo, mas passou o verão todo sassaricando por San Diego. Está claro que nossa popularidade chegou aos Estados Unidos, e não sei quanto tempo vai levar para os fãs daqui perdoarem infidelidade.

— Hannah — a sra. Cho fala.

— Jin-Suk — minha mãe fala ao mesmo tempo.
— *Oppa?* — Jin-Hee fala, preocupada.
Não me mexo. Não digo nada. Hannah estava com Nate enquanto dizia que me amava.
— Jacob — ela fala em um sussurro desesperado.
Devagar, viro a cabeça alguns centímetros, me atrevendo a olhá-la de soslaio. Ela está em pânico.
— Chega — alguém fala, chamando nossa atenção. A voz é decidida. Resoluta. A raiva de Hae-Jin é evidente. — Como você se recusou a voltar para a Coreia, como pedimos, viemos te buscar. Seu comportamento este verão causou um grande estrago, e temos que reconstruir a sua imagem.

É típico de Hae-Jin me manipular para que eu acredite que vou arruinar a série, aliás, o estúdio todo, por me recusar a fazer o que eles querem. Não respondo nada. Não consigo tirar a foto de Hannah e Nate da cabeça.

— San Diego é uma cidade linda. Vamos tirar algumas fotos para divulgar a nova temporada aqui. Talvez até incluir umas férias no roteiro, se possível. Mas acho que primeiro, vamos chamar um fotógrafo e um cinegrafista para seguir você e Minky pela cidade, enquanto vocês completam mais alguns itens da sua lista de verão. Podemos assumir as coisas daqui para frente. Não precisamos mais de amadoras. — Hae-Jin nem olha para ela ao disparar as palavras, mas os ombros curvados de Hannah mostram que elas atingiram o alvo.

— Sempre quis conhecer a Califórnia — Min-Kyung diz com um gritinho animado.

Minha irmã olha para a minha mãe, que olha para a sra. Cho, que olha para Hannah, que olha para mim. Eu não olho para ninguém. Não consigo. Estou chocado demais. Confuso demais. Estou sendo puxado em todas as direções, e vou acabar me despedaçando. Uma única lágrima escorre, mas não a sinto. Deixo-a cair e não penso mais nela. Elas seguem discutindo como será o resto do meu verão; minha mãe argumenta, minha irmã me chama, mas não ouço nada.

Hannah pega minha mão de novo.

— Não é nada do que ela fez parecer. Falei de você pro Nate no começo do verão, e fui mesmo encontrá-lo uns dias atrás pra explicar o que sinto por você. Pensei que era a coisa certa a fazer. Eu devia ter te contado, mas, sinceramente, acabei esquecendo. Essa foi a única vez, eu juro. Me desculpa.

Quero acreditar nela. Não quero tirar conclusões precipitadas. Mas não tenho certeza. Não sei. Uma foto pode contar uma mentira e distorcer uma história. Mas e quanto a Hannah? A confusão corre em mim feito um veneno, me corroendo de dentro para fora.

Balanço a cabeça.

Hannah dá um meio passo para trás, abrindo espaço entre nós. Ela solta minha mão. Ou eu solto a mão dela. Sei lá.

— Jacob — ela implora.

— Não consigo fazer isso agora — digo, me referindo a tudo, a toda esta cena.

Mas a expressão de Hannah murcha. Acha que falando dela, de nós.

— Eu... eu entendo. Claro. Vou deixar vocês voltarem ao planejamento — ela responde, com a voz embargada.

Hannah se vira e sobe as escadas. Tento forçar meu corpo a ir atrás dela, mas ele não se move.

Alguém agarra meu braço.

— Jin-Suk, mal posso esperar pra ver a San Diego da sua infância — Min-Kyung diz, me puxando para o sofá. Sou arrastado feito uma boneca de pano.

Hae-Jin pega um caderno de couro e uma caneta em sua pasta. Depois, puxa um documento de aparência bastante oficial e o coloca na mesa de centro, virado para baixo. Ela pigarreia, e a mensagem fica óbvia: quer falar comigo em particular. Minha mãe se senta ao meu lado no sofá.

— Tudo bem — digo. — Estou bem. — Aceno a cabeça para tranquilizá-la.

Então ela, Jin-Hee e a sra. Cho saem, e fico sozinho para enfrentar as lobas coreanas.

Tento impedir Hae-Jin antes mesmo de ela começar.

Tento me livrar de Min-Kyung.

Tento ir atrás de Hannah.

Mas estou preso. Não consigo fazer meus pés se mexerem. Estou encurralado de todos os jeitos possíveis.

A expressão de desaprovação de Hae-Jin e o fato de que eles mandaram até aqui uma equipe de filmagem bastante cara e uma equipe do estúdio junto com Min-Kyung deixa claro que estou bem enrascado. Estraguei tudo de vez. É melhor engolir o choro e fazer o que eles querem, ou as coisas podem dar muito errado para mim.

A essa altura, já nem ligo mais. Se não vou lutar para ficar aqui com Hannah, então posso voltar com elas. Será que entendi tudo errado? Ela contou tudo pro Nate. Ela se encontrou com ele escondido. Será que estava me enganando esse tempo todo? Ou só está falando com ele para ter com quem ficar depois que eu for embora?

Fico sentado ali, vendo Hae-Jin anotar coisas sem ouvir o que ela está dizendo. Sou uma estátua feita de pedra, e estou paralisado.

* * *

Nos dois dias seguintes, sou arrastado de volta para o modo trabalho.

Min-Kyung e eu somos atirados no Belmont Park, onde tiramos fotos comendo algodão-doce na frente da velha montanha-russa de madeira. Quando as câmeras estão ligadas, coloco um sorriso no rosto, e quando elas são desligadas, sou um robô distante e desinteressado.

— Se esforce um pouco, Jin-Suk — Hae-Jin sibila baixinho. — O estúdio está ansioso para ver no que isso vai dar. Ninguém está feliz por você ter nos colocado em risco junto com a série ao se deixar ser exposto de forma tão descuidada desse jeito na internet com aquela garota.

— Não fale dela — digo. — Você pode me tratar feito um cachorro, mas não diga um A sobre Hannah.

Hae-Jin levanta uma sobrancelha, nitidamente surpresa por eu ter respondido, por estar defendendo a garota que ela acha que me traiu. Não sei se ela ficou brava ou impressionada. Provavelmente, só irritada por ter que lidar comigo.

O time de publicidade deve estar espalhando a notícia, porque há fãs em todos os lugares que vamos. Não sinto que estou em San Diego. Poderia muito bem ser Seul.

Depois, vamos ao Sea World, onde somos filmados dando comida pros golfinhos e fazendo carinho nas orcas. Ninguém se importa com a controvérsia sobre manter as baleias em cativeiro. Eles só se importam com a foto perfeita de MinJin se divertindo como nunca. Abro meu sorriso de ator e faço o que mandam, seguindo as poses indicadas.

Não vejo nem falo com Hannah há dois dias. Ela tem ignorado minhas mensagens. Estou desesperado para conversar com ela. Eu não confiei nela, então por que ela deveria confiar em mim? Quando Hannah está magoada, ela afasta as pessoas. É disso que mais tenho medo.

— Acho que conseguimos a cena — o cinegrafista diz.

— Que bom, vamos arrumar as coisas e encerrar por hoje. Vamos filmar em Old Town e na loja de sobremesas coreanas no Convoy amanhã — o diretor anuncia.

— Tanto trabalho só por umas fotos de divulgação — Min-Kyung comenta comigo.

Sua voz está tensa, e é a primeira vez que vejo sua máscara falhar. Ela leva a sombrinha que a protege do sol para mais perto do rosto. Está frustrada. Acho que nunca parei para pensar que ela foi arrancada de sua vida e arrastada até San Diego só para consertar o nosso relacionamento diante das câmeras.

— Que tal o hotel? — pergunto.

Ela vira a cabeça de repente, me olhando desconfiada.

— É bom, acho.

— Min-Kyung *noona*, me desculpe por ser tão idiota. Eu só... tinha planos pro verão, e isto tudo me pegou de surpresa. Posso fazer isso. Posso pelo menos tentar fazer as pazes e ser simpático. Estamos nessa juntos.

— Eu te avisei naquela chamada de vídeo. Você foi descuidado e egoísta e colocou todo mundo em uma situação ruim, incluindo a sua namorada. Daí ela é pega com outro cara? Nossa, Jin, se liga. Nós não podemos ter vidas "normais" nessa carreira, não importa o quanto a gente queira. Temos que nos esforçar, o que inclui trabalhar na imagem que nosso fandom quer engolir. No instante em que as máscaras caírem e não acreditarem mais no nosso relacionamento, acabou para a gente. Então vou te dizer mais uma vez, porque você obviamente não entendeu direito da primeira. Se não quiser voltar a ser pobre e desempregado, sugiro que descubra logo como ser ator... só pra variar. — Ela sai andando para o carro à nossa espera.

Bem, lá se vai a bandeira branca.

Olho para o celular. Hannah não me respondeu. Digito:

Está livre hoje à noite? Podemos conversar?

Nada. Vou continuar escrevendo até que ela responda. Ela não pode me evitar para sempre. Uma hora, ela vai ter que voltar para casa. E quando ela voltar, vou estar esperando.

Perdi o jantar em família de novo. Então me sento para comer um prato requentado com as sobras enquanto nossas mães assistem a um programa de auditório coreano com estrelas da música recente competindo pelos votos da audiência enquanto cantam sucessos antigos. É um conceito engraçado, e as duas adoram.

Estou com um olho na tela e o outro na comida. Minha mente vagueia, pensando no que quero dizer para Hannah. Ela está no quarto, ouvindo música a todo volume, o que significa "Fique longe". Mas já fiquei longe por dois dias, e não posso mais continuar sem falar com ela.

Termino o jantar e lavo meu prato. Subo correndo as escadas para escovar os dentes e me trocar. Assim como no início do verão, me enfio debaixo da cama e me aproximo da tomada para escutar o que Hannah está fazendo.

— Se divertindo aí embaixo?

Bato a cabeça no estrado ao ser pego bisbilhotando.

— Ai — resmungo, esfregando a cabeça. — Você me assustou.

Ela está parada à porta, encostada no batente, com as pernas cruzadas na altura dos tornozelos. Está usando a calça do seu pijama de flanela e uma regata. Amo o fato de ela poder se vestir de qualquer jeito e ainda ser sempre a pessoa mais linda do recinto.

— Foi mal — ela diz. — E aí, como foi seu dia com Minky? Fez todas as coisas divertidas da sua lista? — Seu tom é provocativo, irritado, e meu coração dói por saber que ela está magoada por minha causa.

Abro a boca para dizer "Como foi seu encontro com Nate?", mas fecho-a sem falar nada. Não estamos mais na fase magoar-o-outro-de-propósito. Já deixamos isso para trás. Precisamos conversar.

— Me desculpe por tudo. Me desculpe por elas terem aparecido aqui, na sua casa. Me desculpe por todos os haters e pelos comentários. E principalmente, me desculpe por não ter acreditado em você. Eu errei. E continuo fazendo tudo errado.

Engulo em seco, tentando conter as emoções e me manter focado em Hannah. Quero ser capaz de apoiá-la.

Ela faz uma careta. Eu me levanto e me aproximo para abraçá-la. Mas estou com dificuldade para encontrar uma solução para o sofrimento dela. Em duas semanas, vou voltar para a Coreia. Se esses dois dias foram assim, não consigo nem imaginar como ela vai ficar quando eu for embora.

Bem, até posso imaginar, porque eu também vou sofrer.

— Podemos conversar? — pergunto.

— Não é isso que estamos fazendo?

Ela enxuga as lágrimas e mantém os olhos abaixados, escondidos. Não vai facilitar as coisas.

— Hannah, me desculpe por tudo ter acontecido desse jeito. Eu não sabia que elas vinham e estou ferrado com o estúdio. Então tenho que bancar o bonzinho e fazer o que eles querem, senão...

— Senão o quê, Jacob? Eles vão te demitir? Você é a estrela de uma das séries mais populares da Coreia. Como é que eles podem simplesmente te demitir?

O que ela está dizendo faz sentido. Mas Hannah não conhece a indústria, não sabe o quanto as coisas são competitivas nesse meio. Há K-dramas novos surgindo todos os dias, e se eles seguirem a fórmula de maximizar os gritos e as lágrimas e apelar para as emoções, todos fazem sucesso. O que significa que há muitos jovens talentos fazendo testes para esses papéis. Quem sabe o que vai acontecer quando *De corpo e alma* acabar? O fato de eles estarem planejando uma segunda temporada é quase inédito. A maioria das séries tem uma temporada só. Tenho sorte de ter um trabalho. E com o contrato revisado que Hae-Jin me fez assinar, me mantendo como refém até que eu faça tudo o que querem este verão, estou sem opções.

— Eles podem. Ou podem tornar minha vida e a da minha família muito difícil — digo.

— Mas eles já não fazem isso? Pelo que vejo, você já está bastante infeliz aceitando todos os caprichos deles. Quanto tempo você acha que vai durar assim?

Ela está frustrada. Está sofrendo por mim. E eu por ela. Queria que as coisas fossem diferentes.

— Jacob, merdas como o mal-entendido com a foto com Nate sempre vão acontecer. A gente precisa aprender a confiar um no outro e a resolver as coisas, é parte do nosso crescimento. Esses são problemas reais. Mas essa ideia de que o estúdio é seu dono e pode te obrigar a fazer o que quiser não é. Isso não é real.

— Hannah, sei que isso tudo parece um absurdo pra você. Mas é assim que as coisas são com esses estúdios coreanos. Eles não vão hesitar em me cortar se eu não cooperar.

— Eles não são a única empresa que contrata atores na Coreia. E nem todas as empresas devem ser assim. Talvez você possa trabalhar pra outra.

Já pensei nisso. Mas sei que não é bem assim.

— As expectativas vão ser versões da mesma coisa, não importa pra onde eu vá.

Olho para ela, implorando para que entenda. Mas a confusão que vejo em seu rosto me diz tudo. Não há vencedores nessa situação.

Hannah comprime os lábios e assente.

— Jacob, perdi três anos da minha vida porque estava sofrendo, fui teimosa e te cortei da minha vida. Mas, agora que nos reconectamos, sei o que estou sentindo. Já te falei que te amo. O problema é que isso só torna tudo mais difícil quando você for embora. Doeu da primeira vez. Mas estou muito mais envolvida agora e, desta vez, sei que vai ser impossível. Então acho que você devia só arrancar logo esse esparadrapo e voltar pra Coreia com todo mundo. Esse verão vai ser uma boa lembrança e a gente vai seguir em frente com as nossas vidas.

— Espera, o quê? Você quer que eu vá embora? Você não quer tentar fazer isso dar certo? — Sei que meu tom é desesperado, mas não esperava isso. Lógico que eu sabia que seria difícil, mas não estava pronto para desistir.

Lágrimas se acumulam em meus olhos, assim como nos de Hannah.

— Não consigo, Jacob. Não sou forte o suficiente pra te ver com outra pessoa, mesmo que seja só atuação. Não consigo ficar vendo esse pessoal te tratar mal e você infeliz desse jeito. E o mais difícil de tudo é saber que não posso te ajudar, porque você vai estar a dez mil quilômetros de distância. Não sei como fazer isso.

— Hannah, por favor. Você vive dizendo que todo mundo te abandona. Mas, sério, é você que acaba cortando todos os laços. Não me afaste de novo. Por que você não tenta fazer as relações darem certo? Do que você tem tanto medo?

As lágrimas escorrem livremente pelo seu rosto agora.

— Tenho medo de ficar sozinha. De ser deixada pra trás. De não ser suficiente pra fazer alguém escolher ficar.

Queria ter uma resposta melhor para ela.

— Hannah, você é suficiente. Você é mais que suficiente. É só que essa situação é uma merda. Não sei o que fazer. Por favor...

Ela balança a cabeça. Minhas palavras não são o bastante.

— Desculpa — ela diz. — Tchau, Jacob.

— Hannah — chamo.

Não vá. Não desista da gente. Não volte pro Nate Anderson. Não.

Posso ser ator, mas este é o maior drama que já vivi. E essa angústia é a emoção mais real que já experimentei. Talvez Hannah esteja certa. Talvez não valha a pena sentir essas coisas por ninguém, para começo de conversa, e talvez seja mais fácil apenas se afastar.

capítulo vinte
Hannah

É um clichê de San Diego dirigir até o The Cliffs, o grande penhasco com vista para o mar, para pensar e esvaziar a cabeça. Mas é o primeiro lugar que me vem à mente para ficar sozinha, junto com as cerca de vinte outras pessoas que também vieram sozinhas, todas tentando se ignorar e se esforçando — porém falhando — para não olhar para os velhos pelados curtindo a Black's Beach ali embaixo, a única praia de San Diego em que a roupa é opcional.

Fecho os olhos e sinto a leve brisa soprando. As ondas vêm e vão, e o som traz muitas memórias da minha infância.

Penso em quando éramos crianças, Jacob e eu. Não me lembro de um único dia em que não estivéssemos dando risada. Eu sempre estava feliz com ele. Ele era um amigo tão doce, leal e pequenininho... Jacob sentia as coisas intensamente e as expressava de forma sincera, e me fez sair do meu casulo de insegurança e necessidade de aprovação. O medo de que eu não fosse suficiente para as pessoas começou quando meu pai foi para Cingapura e só piorou quando todas as outras pessoas da minha vida me deixaram.

Incluindo Jacob.

A pessoa com quem eu me sentia livre para ser eu mesma — briguenta, teimosa, mandona, medrosa, ferida — também me deixou. Então passei a não me sentir mais livre para ser eu mesma. Foi quando comecei a interpretar qualquer papel que os outros quisessem que eu interpretasse.

Nunca conversamos sobre isso. Mas, mesmo separados por três anos, nós dois encontramos o mesmo destino. Ele também estava sempre fingindo ser quem os outros queriam.

Até que ele voltou. E posso dizer com confiança que nós dois somos muito mais nós mesmos do que fomos em muito tempo.

Não sei dizer se estou feliz por ter passado o verão com Jacob ou se era melhor ele ter ficado de fora da minha vida. Seu sorriso ilumina meu mundo. Seus beijos fazem eu me sentir adorada. Sua risada me garante que não sou patética. A forma como ele me olha me diz que sou digna de ser amada.

Sua escolha de continuar levando a vida que o faz infeliz, de me deixar aqui e voltar para a Coreia, despedaça meu coração.

Não quero que ele vá embora. Mas não há lugar para mim nessa vida, há?

Me sento na beira do precipício, levando os joelhos ao peito e envolvendo minhas pernas com os braços, me fechando totalmente e mantendo todo mundo do lado de fora.

— Sabia que você estaria aqui.

Olho para trás e vejo minha mãe parada ali. Ela está usando uma viseira enorme, que protege todo o seu rosto do sol. Seu cabelo, preso em um coque solto, está ficando grisalho.

Ela veste calça cáqui, camiseta branca, cardigã cinza comprido e pochete. É tão modesta quanto se pode ser — é a típica *ajumma* discreta.

Ela ficou assim depois que meu pai se mudou. Foi se perdendo aos poucos. Ela só se doa aos outros, sem pedir nada de volta. Quando foi que isso se tornou algo admirável? Quem é que cuida de você, então?

Ela se aproxima e se senta ao meu lado, sem se importar com o fato de que todos aqui estão sozinhos, em sua solidão, em silêncio. Minha mãe não sabe falar baixo, então me preparo para que todos os estranhos fiquem sabendo da minha vida.

Ótimo.

— Seu paizinho adorava este lugar — ela diz para mim e para todos em um raio de três quilômetros, incluindo os vovôs pelados lá embaixo.

Me encolho um pouco. Não só pelo volume da sua voz, mas pelas lembranças do meu pai aqui em San Diego. Ela está falando no passado, como se ele estivesse morto. Talvez eu também faça isso. Mas Jacob tem razão. Meu pai está vivo e com saúde. Só que, de alguma forma, isso faz eu me sentir pior.

— Ele adorava morar em San Diego, perto do mar. Ele se sentia um homem rico — ela continua. — Daí ele se mudou. Morar em Cingapura faz ele se sentir um homem mais rico ainda.

Ouço a tristeza misturada com um pouco de amargura em sua voz. Ainda fico impressionada com o tanto de pressão que meus pais carregam para serem vistos como bem-sucedidos. Será que fazem isso porque são imigrantes? Ou é uma coisa cultural? Jacob parece bem-sucedido, mas é infeliz. Quem se importa com o sucesso se não se pode ser feliz?

— Seu pai é rico, mas faz eu me sentir pobre — ela declara.

Talvez sucesso também não seja importante para a minha mãe. Não pelo preço que pagamos.

Engulo o nó na garganta. A gente não costuma conversar assim, eu e minha mãe. Então qualquer coisinha que ela compartilha comigo parece quase demais — importante demais, preciosa demais, dolorosa demais.

Mordo o lábio para conter as emoções e ignoro o desconforto. Já não ligo mais se os outros estão ouvindo. Pela primeira vez, minha mãe está me dizendo que também perdeu algo, e me odeio um pouco por não ver enxergar antes. Por só pensar na minha própria dor. Meu pai, minha irmã e os Kim também a deixaram para trás.

— Sinto muito, mãe — digo.

Ela pega minha mão e a aperta, ainda olhando para o horizonte. O som das ondas quebrando, antes pacífico, agora parece violento e sofrido contra as rochas.

— Fiquei tão brava. Pensei em pedir o divórcio.

As palavras me atingem. Não vi o golpe vindo. Nunca ouvi minha mãe falando nada disso antes. Divórcio não é aceitável na cultura coreana, muito menos na igreja. Será que minha mãe está assim agora porque acha que não tem outra opção?

Penso em Jacob e imagino que deve ser exatamente assim que ele se sente. Encurralado, entre a cruz e a espada.

Aperto a mão dela.

— Mas como posso me divorciar? Eu amo ele. Ele me ama. Talvez às vezes ele se ame mais. Ou talvez trabalhar em Cingapura seja seu jeito de mostrar que me ama, que nos ama. Não sei. Só sei que não quero estar com mais ninguém.

Estar tão longe do meu marido é difícil, mas eu não escolheria outra coisa, se isso significasse que eu o perderia. Mesmo se a igreja dissesse que posso me divorciar, ainda assim eu não faria isso. Eu amo seu pai. Amo mesmo.

Sua voz falha, partindo meu coração e fazendo as lágrimas jorrarem. Não esperava ouvir nada disso. Enxugo o rosto com a mão livre e, com a outra, aperto mais a mão da minha mãe. Há um grito agoniado e intenso tomando minha garganta, mas me recuso a deixá-lo sair. Fico ali a ouvindo falar.

— Estar tão longe do seu pai também é difícil para você.

Fecho os olhos e conjuro o rosto dele. Ele está sempre sorrindo quando olha para mim. Tento imaginá-lo sem essa alegria, mas não consigo. Não consigo porque o amo. E seu rosto sempre me mostra amor.

— Seu pai não te ama menos porque se mudou pra Cingapura — ela diz.

Dói ouvir isso.

— Helen não te ama menos porque se mudou pra Boston.

Balanço a cabeça, tentando ignorar suas palavras.

— Hannah, eu não te amo menos porque trabalho tanto na igreja ajudando os outros — ela continua, entre lágrimas.

— Mas sinto muito se fiz você pensar que sim. Você é uma garota forte, independente e confiante, e sinto muito se te deixei sozinha por achar que você daria conta.

Meu corpo inteiro treme, mas aperto os lábios para conter os soluços querendo escapar. Não me sinto nem um pouco forte, nem independente, nem confiante. Sinto todo o sofrimento que carreguei a vida toda me envolvendo. A dor é grande demais. A solidão, a incerteza e a sensação de nunca ser boa o suficiente para ninguém me acertam feito as ondas lá embaixo.

Minha mãe me envolve com um dos braços e me puxa para si, me reconfortando com sua voz calmante e beijinhos na cabeça. Me entrego ao seu acolhimento e ao seu amor. Tento me livrar de toda a raiva, meu mecanismo de defesa. Estou muito cansada de estar brava com todo mundo o tempo todo, inclusive comigo mesma.

— Jacob tem escolhas muito difíceis pela frente. Sua família inteira depende do trabalho dele financeiramente. Mas ele coloca muita pressão em si mesmo. Perder o pai tão cedo, lutar contra suas questões de saúde, tentar ser o homem da família... é um fardo pesado demais. Não percebe? Ele sempre cuidou de todos, até de você. Preciso agradecê-lo por ficar ao seu lado quando eu não estava prestando atenção. Ele é um garoto muito, muito bom.

Deixo as palavras da minha mãe penetrarem minha mente. Sempre pensei que era eu quem tomava conta de Jacob quando éramos pequenos. Eu o protegia dos valentões. Eu não deixava ninguém o provocar, se aproveitar dele ou lhe oferecer algo que pudesse provocar alergias.

Mas ela está certa. Jacob também sempre cuidou de mim. Ele esteve presente quando ninguém mais estava. Ele era a minha rede de proteção. Jacob me amou quando pensei que ninguém me amava, muito menos eu mesma. Ele sempre me amou. E agora, enquanto todos ficam precisando, querendo e tomando coisas de Jacob, quem está lá para apoiá-lo?

Eu o abandonei ontem à noite.

Tive a chance de ficar ao seu lado, de apoiá-lo, de cuidar dele, mas virei as costas. Ele queria conversar, achar um jeito de fazer as coisas darem certo, de cuidar de mim, de nós, e eu me fechei e fui embora.

— Tenho sido muito egoísta — digo.

A mudança do meu pai para Cingapura não significava abandono.
A mudança da minha irmã para Boston não significava abandono.
Jacob voltar para a Coreia não significa que vai me abandonar.
Eu não era o motivo de as pessoas irem embora. Esta só foi a consequência infeliz das decisões difíceis que elas tiveram que tomar em suas vidas. E eu era apenas uma criança carregando a vergonha e a crença de que essas escolhas foram tomadas por eu não ser amada.
A verdade — a compreensão — começa a liberar anos de mágoa e solidão firmemente entranhados em mim, que vão aos poucos se desenraizando aqui com minha mãe.
Viro para a frente e estreito os olhos para ver onde o céu encontra o oceano, mas não consigo enxergar. Estou sempre procurando um fim, mas por que é que tem que haver um? Será que o amor precisa terminar?
Eu amo Jacob. Se ele precisa ir, o que vamos fazer? Será que podemos fazer o relacionamento a longa distância funcionar? Talvez sim. Talvez não. Mas mesmo que não possamos ficar juntos romanticamente, será que eu não deveria estar ao lado dele como amiga? Independentemente de suas escolhas, será que não tenho que apoiá-lo em vez de abandoná-lo? Não aprendi a lição da última vez?
Não estou disposta a perdê-lo. Não de novo.
Solto um suspiro profundo, tranquilizante e purificador. Sinto a dor física deixando meu corpo. Não tenho todas as respostas para o que vai acontecer na minha vida. Mas tenho certeza do que preciso fazer agora.
— Te amo, mãe. Obrigada por vir me buscar aqui — digo.

Me encosto nela para absorver sua força, seu amor, sua compaixão, seu poder. Ela se levanta e me oferece a mão, e eu a aceito e fico de pé. Minha mãe me dá mais um beijo na cabeça e sai caminhando na direção do carro. Fico observando-a. Também quero estar ao lado dela. E quero receber seu amor, da forma como ela puder me oferecer.

Viro para trás para lançar um último olhar para o oceano. Posso não ver Cingapura daqui, mas meu pai está no meu coração. Também não posso ver Boston daqui, mas Helen está sempre comigo. Semicerro os olhos para ver o que há além do horizonte. Mas não enxergo nada. Não dá para ver a Coreia daqui. Mas sei com toda a certeza que Jacob está e sempre estará presente.

Assinto para mim mesma e sigo minha mãe. Sou filha dela, e ela é mais forte do que eu pensava.

E eu também.

capítulo vinte e um
Jacob

Forço mais o zíper, torcendo para que ele não quebre. O fato de eu estar sentado em cima da minha mala tentando fechá-la reforça a minha frustração de ter que ir embora de San Diego duas semanas mais cedo.

Não estou pronto para partir.

Só que não tenho motivos para ficar. Hannah deixou claro que quer que eu vá.

Como foi que chegamos a esse ponto? Eu nunca deveria ter colocado Hannah nessa posição, expondo-a ao estúdio, aos executivos, aos fãs. Deus, as coisas que eles disseram a seu respeito nos comentários e na cara dela... As coisas de que a estão acusando... E eu, incapaz de defendê-la, sem ter coragem suficiente para fazer escolhas que não vão partir seu coração.

O pavor me consome toda vez que penso em voltar para Seul. Durante três anos, convivi com todos os altos e baixos de estar na Coreia. Tive que lidar com a vida de ator de TV e com as restrições de ter um fandom. Sobrevivi a uma vida com quase nada de liberdade. Tive que fazer isso. Era o que a gente precisava.

Eu nem sempre odiei tudo. Mas eu me perdi, perdi minha identidade nesse processo. Olho para o meu caderno e penso em todos os desenhos que fiz. Agora provei coisas que quero da vida — experimentei coisas, em vez de só fingir.

Um verão em San Diego, um verão com Hannah, um verão vendo minha mãe e minha irmã mais felizes e relaxadas do que nunca, me mudou. Ou, melhor, me lembrou de quem realmente sou. Não sei como vou conseguir voltar para a minha antiga vida. As coisas nas quais eu tentei me concentrar — me dedicar ao trabalho, me desafiar com a atuação, ser capaz de sustentar minha família — não parecem mais suficientes.

Mas é a escolha que fiz.

Apenas abaixe a cabeça e trabalhe, Jacob. Seja o robô corporativo que eles querem e faça o que mandarem. Interprete esse papel. Penso em Min-Kyung. É nisso que vou me tornar: uma pessoa falsa, que não sabe qual é sua verdadeira identidade, que só finge, mesmo longe das câmeras. Por que é que preciso de algo mais? Aceite o programa e faça o que disserem. Posso fazer isso. Vou trabalhar mais duro que nunca. E quando terminar, vou conseguir outro trabalho, e depois outro, e vou continuar fazendo o que esperam de mim.

Não importa o que quero. A única coisa que importa é o que faço.

— Já arrumou tudo?

Minha mãe está parada à porta, me oferecendo uma caneca. Aceito-a e dou uma olhada no conteúdo. É *shikae*, a bebida doce de arroz que me lembra os verões da minha infância em San Diego. É engraçado que eu nunca mais tenha bebido *shikae*, apesar de ser totalmente acessível na Coreia. Tudo para compartimentalizar minha vida antes da Coreia e minha vida atual. Para separar Jacob Kim de Kim Jin-Suk.

— Acho que peguei tudo. Se eu esquecer algo, você ou Jin-Hee podem levar depois?

As palavras falham. Estou deixando não só Hannah, mas minha família também, pois elas só vão voltar para a Coreia daqui a duas semanas. Estarei sozinho para valer. Com quem vou conversar?

Minha mãe observa minha expressão atentamente.

— Jacob, tem certeza de que quer fazer isso? Voltar pra Coreia tão cedo? — ela pergunta. — A gente pode descobrir um outro jeito de fazer isso funcionar.

Não sei direito o que é o "isso" de que minha mãe está falando. Será que existe algum outro jeito se a empresa está furiosa comigo assim? Ou pior: será que existe algum outro jeito se eu não quiser mais fazer isso? Quero acreditar nela, extrair das suas palavras o apoio e a confiança de que preciso. Mas não vejo saída.

Ela se aproxima e fica de cócoras ao meu lado, abraçando os joelhos e se balançando para a frente e para trás. Ela apoia a bochecha nos joelhos. Ela é pequena, jovem e linda. Já passou por tanta coisa depois da morte do meu pai, incluindo a falta de apoio da família dele, e agora tem que lidar com a chantagem do meu tio. Não posso lhe dar mais preocupação e estresse perdendo o emprego.

Abro um sorrisinho para ela. Não é alegre, mas me esforço.

— *Umma*, acho que não tenho escolha — digo. Estou me referindo tanto às demandas do estúdio quando aos desejos de Hannah. Mas não falo essa parte. — Preciso voltar. Preciso voltar ao trabalho.

— Jacob, você sempre tem escolha. Sei que às vezes pode não parecer. Essa sua vida, talvez você tenha pensado que não teve escolha. Tudo aconteceu muito rápido, e em uma época em que a gente estava passando necessidade. Sua carreira decolou e cresceu tão depressa, mas... — Ela hesita, olhando para o chão. As familiares rugas de preocupação em seu rosto, que pareciam ter sumido durante o verão, voltam a aparecer.

— Tudo bem, mãe. Estou bem — tento tranquilizá-la.

Ela se levanta e se senta na cama. Dá batidinhas ao seu lado, me convidando. Vou até lá e me sento também. Me sinto uma criancinha de novo quando ela pega minha mão e a segura em seu colo.

— Você devia estar tão assustado naquele dia que saiu de casa para o treinamento... — ela diz.

Que coisa estranha mencionar isso agora. Faz tanto tempo, e a gente nunca conversou sobre isso, sobre como me senti. Acho que todos só precisávamos que desse certo.

— Não foi tão ruim — digo.

— Estou tão orgulhosa de você, Jacob. Meu filho forte, corajoso, gentil e compreensivo.

Lá vem a choradeira. Minha mãe não costuma falar sobre sentimentos assim de forma aberta, e não sei se posso aguentar muito mais sem desmoronar. As primeiras lágrimas quebram a barreira e escorrem pela minha bochecha. Eu as enxugo, mas elas logo são substituídas por outras.

— Você teve que se tornar um homem antes mesmo de ter encerrado a infância. Teve que trabalhar para sustentar sua família. Teve que assumir a responsabilidade não só pela própria saúde e bem-estar, mas pela nossa também. Seu pai nos deixou cedo demais. E eu não fui forte o suficiente pra descobrir como cuidar de nós. Mas você... — Ela aperta minha mão. — Você foi forte. Quero te agradecer por tudo o que fez pela nossa família. Mas... — Ela abaixa a voz. — Também quero te pedir desculpas por ter colocado todo esse fardo em você.

— Mãe, sou o filho mais velho. É minha responsabilidade...

— Não, me deixe terminar. Eu te observei este verão. Eu sabia que nossa vida na Coreia era estressante. Mas nunca tinha entendido o quanto ela te limitava. Você está tão feliz aqui, tão despreocupado, tão vivo. Você dá risada. Desenha. Você é o Jacob de que me lembro de quando era pequeno. Aqui, você pode ser só um adolescente. Você pode explorar como quer crescer e viver... e amar... aqui. Eu não tinha percebido o quanto eu estava te privando ao decidir ficar na Coreia até este verão.

Penso nas coisas que pude fazer nas últimas semanas, principalmente nas coisas que eu não podia fazer na Coreia por causa do trabalho. Coisas que eu poderia e teria experimentado se tivesse uma infância normal. Mas o que é "normal"? O que eu faço agora pode bancar férias assim, apartamentos em bairros seguros, a educação de Jin-Hee e muito mais. Tudo tem um custo.

— As férias foram ótimas, um descanso necessário, com certeza. Me diverti muito. Mas isso não significa que eu de repente não posso voltar pra Coreia e pro trabalho, mãe. — Aperto sua mão e com a outra enxugo as lágrimas que não param de cair. — Não precisa se preocupar. Vai ficar tudo bem.

Só que nem eu acredito totalmente no que estou dizendo.

Ficamos ali sentados em silêncio, e o único som é o de nossas fungadas e soluços.

Até que ela se vira para mim. Seus olhos estão úmidos, mas vibrantes. Tristes, mas determinados.

— Jacob, você já tem idade suficiente para fazer as escolhas mais adequadas para si mesmo. E está na hora de eu voltar a fazer algumas escolhas pela família. Então te pergunto: o que você quer fazer? Não o que você acha que tem que fazer. Se você não tivesse que carregar esse fardo, o que escolheria? É esta vida que você quer viver? Quer continuar atuando? Kim Jin-Suk é a pessoa que você quer ser?

Olho para a minha mãe, confuso. Ela nunca me fez essas perguntas antes e, para ser sincero, nunca nem perdi meu tempo pensando nas respostas. Não sei o que dizer. Minha vida certamente é limitada. Não sou sempre feliz. Mas será que quero desistir da atuação, da fama, da segurança financeira, da criatividade? Será que tenho coragem de pular fora? E se eu tivesse, o que eu poderia fazer, segundo o contrato?

Eu nunca explorei esses "E se…". Tenho muito medo de querer algo diferente, algo que eu nunca vou poder ter. Penso em Hannah, imagino-a rindo, seus olhos brilhando, e sinto uma pontada no coração. É por isso. Para que ficar pensando em outras possibilidades quando tudo o que tenho é esse beco sem saída?

— Não sei — finalmente digo.

Minha mãe abre um sorrisinho.

— Essa é a resposta que você precisa encontrar antes de qualquer outra coisa. O resto a gente descobre depois — ela fala.

Não pode ser assim tão fácil. Querer algo e então… fazer o que for preciso para conseguir.

— Está tudo bem, mãe. A gente não precisa pensar nessas coisas. Tenho muita sorte por poder fazer o que faço.

Ela balança a cabeça e coloca as mãos nas minhas bochechas, olhando no fundo dos meus olhos.

— Jacob, você *precisa* pensar nessas coisas. Você merece ter a vida que deseja tanto quanto qualquer um. Quero que você seja feliz. Só por um minuto, pare de pensar em como cuidar de todo mundo. O que você deseja e do que precisa pra cuidar de si mesmo? Esqueça Min-Kyung, Hae-Jin, os executivos do estúdio, os fãs, até eu e Jin-Hee. Pense em si mesmo, só dessa vez.

Ela se levanta e me lança um olhar amoroso.

— A sra. Cho nos convidou para ficar mais tempo, por quanto tempo quisermos, na verdade. E estamos conversando seriamente sobre abrir um negócio juntas. Algo que o pai de Hannah disse que adoraria apoiar. Existem muitas escolhas pra nossa família, muitas oportunidades, muitas coisas para pensar e discutir. Não vai ser fácil. Mas quando foi que nossa família fugiu de um desafio? Somos guerreiros. Mas pra você, Jacob, só há uma coisa a ser levada em consideração: o que vai te fazer feliz?

Abro a boca, surpreso. Quando foi que tudo isso aconteceu? Qual o significado disso? Mas não falo nada. Minha mãe apenas assente, sorri e sai do quarto.

Se eu não *tiver* mais que trabalhar, será que ainda vou *querer*? É isso que ela está me perguntando? É isso o que tenho que me perguntar? Será que eu poderia frequentar uma escola normal? Talvez estudar arte e desenho? Ou atuação, mas sem a pressão da fama?

Penso em como seria a vida se eu fosse um estudante comum, indo para a escola com outros adolescentes. Imagino uma vida sem seguranças, câmeras e fãs gritando para mim. Imagino uma vida em que não tenho maquiagem na cara e não recebo instruções de como me vestir todos os dias.

Vejo o rosto de Hannah.

Pego o celular na escrivaninha e escrevo a mensagem depressa:

Precisamos conversar... por favor.

Aperto o botão de enviar, me sentindo tanto incerto quanto determinado. Não sei o que significa tudo isso. Mas, se a escolha é minha, se posso fazê-la sozinho, então a estrada à minha frente me parece repleta de possibilidades.

Seja corajoso e dê o primeiro passo. Pegue essa estrada, Jacob.

capítulo vinte e dois
Hannah

Por que deixei minha mãe ir na frente está além da minha compreensão. Dirigir pela rodovia 15 a exatamente 95 quilômetros por hora está fazendo minha pressão arterial disparar. Ela nunca dirige no limite de velocidade. Ela tem medo de acidentalmente pressionar o pedal com força demais e acabar acima de cem, então dirige a 95, só por precaução.

Alguns podem achar isso fofo. Eu acho exasperante. Preciso chegar em casa. Preciso conversar com Jacob. E mamãe Cho está atrapalhando.

Uma montagem em câmera superlenta ao som de uma canção de amor melosa se desenrola na minha cabeça. Jacob mordendo um burrito californiano, com guacamole na bochecha. Jacob arrancando a camiseta e revelando seu bronzeado horroroso, correndo na direção da água com um enorme sorriso no rosto. Jacob gritando feito um garotinho na montanha-russa da Legoland, com as pernas compridas demais dobradas e os joelhos no queixo. As melhores lembranças do verão inundam minha mente, claras como o dia.

Eu correndo para ele, com o cabelo ao vento. Ele correndo para mim em um gramado, um pé de bota ortopédica, o outro de chinela, me agarrando e nos girando enquanto nos beijamos, ofegantes.

Pelo visto, ando assistindo a K-dramas demais.

Só que já vou ter trinta anos quando isso acontecer, pelo jeito como minha mãe dirige. Tomo a decisão — que provavelmente vai me render um enorme sermão depois — de ligar a seta, mudar para a faixa da esquerda, pisar no acelerador e ultrapassar o carro dela. Não a olho, só vou mais rápido, a 105, 110, 120 quilômetros por hora. Cruzo duas faixas ao me aproximar da saída da rodovia. Meu objetivo está me esperando em casa, e preciso contar para ele como me sinto. Preciso falar para ele ir ser uma estrela, e que eu estarei aqui o apoiando sempre que precisar de mim. Eu sempre irei apoiá-lo.

Saio da rodovia e acelero em um sinal amarelo. Se eu for parada pela polícia agora, saberei com toda certeza que o mundo está mesmo contra mim. Mas não vejo luzes piscando nem ouço sirenes. Ai, Deus, se minha mãe me vir, vai ter um ataque do coração. Dou uma espiada no retrovisor e não vejo sinal do carro dela. Eu a deixei comendo poeira.

Nada de buzinas nem acidentes. Estou fora de perigo.

Viro na minha rua, paro na garagem e desligo o carro. Nossa porta, que está sempre destrancada, está entreaberta. Sem hesitar, corro para dentro e subo dois degraus de cada vez. Estou sem fôlego quando alcanço a porta de Jacob.

— Jacob! — digo, ofegante. Espero.

O quarto está vazio. A cama está feita. Perfeitamente arrumada. Sempre deixe o lugar mais arrumado do que encontrou. Não vejo o carregador do celular na escrivaninha. Nem a mala no canto.

Não.
Giro ao redor, sem saber para onde olhar.
— Jacob? — chamo, alto o suficiente para que a casa inteira escute.
Jin-Hee sai do quarto com uma expressão que me diz tudo o que preciso saber. Os cantos da sua boca estão voltados para baixo, e seus olhos vermelhos estão fixos no chão.
— Ele foi embora. Saiu agora há pouco com Hae-Jin e Min-Kyung.
— O quê? Não. Não pode ser. Foi pra onde? — questiono, desesperada.
Vou encontrá-lo. Vou para onde quer que ele esteja. Vou pro aeroporto estacionar na área de desembarque, mesmo que o guarda de trânsito grite comigo e comece a apitar. Vou passar correndo pela segurança e pular as fileiras de assentos da área de espera para chegar até Jacob. Serão necessários dez homens para me derrubar. Eu vi os filmes. Sei como as coisas vão se desenrolar.
— Acho que eles estão no hotel. O voo é hoje à noite — Jin-Hee diz.
Ah, graças a Deus. Me ocorre que minhas pernas são curtas demais para pular cadeiras e que passar correndo pela segurança provavelmente me faria acabar na prisão. O que seria uma merda, e realmente estragaria meus planos de encontrar Jacob.
— Jin-Hee, você sabe em que hotel eles estão? — pergunto, aflita.
Por que é que não prestei mais atenção quando todos estavam discutindo esses detalhes? Ah sim, porque eu estava ocupada demais choramingando e saindo da sala batendo os pés, completamente derrotada.

— Eles estão no Intercontinental Hotel. Eles sempre ficam lá quando viajam. — Boa garota, essa Jin-Hee. — Min-Kyung se recusa a aceitar qualquer outro.

Hum, isso deve limitar bastante as viagens. Não me lembro de nenhum Intercontinental na base do Grand Canyon nem no Parque Nacional de Joshua Tree. Azar o dela.

Abro um sorriso enorme, e os olhos de Jin-Hee se iluminam enquanto ela sorri de volta. Ela sabe exatamente o que está prestes a acontecer, e espero que as coisas deem certo, por todos nós. O destino de um amor adolescente ainda por florescer está nas minhas mãos.

— Muito obrigada. — Me aproximo dela, pego seu rosto entre as mãos e dou um beijo na sua testa. — Estou indo invadir o castelo — digo, me virando para as escadas.

— Vocês dois são tão esquisitos — ela fala atrás de mim.

Paro para dizer a Jin-Hee mais uma coisa. Afinal de contas, estamos no meio de uma lição.

— Lembre que não tem problema a garota correr atrás do garoto. Não tem problema a princesa salvar o príncipe. Não tem problema…

— Hannah *unni*, eu vi *Mulher Maravilha*. Sei o que é uma mulher fodona.

Estico o braço para que ela dê um soquinho no meu punho, me esforçando para não comentar que o amor de Diana morre no final do primeiro filme.

— Não fale palavrões — grito, descendo as escadas.

— Hannah Cho, você dirige rápido demais… — minha mãe ralha ao entrar em casa.

— Desculpe, *umma*, preciso ir. Preciso dizer a Jacob que amo ele — replico, passando por ela correndo e saindo pela porta.

— Ah, bem, que bom. Mas não corra demais. Ótimo sermão, mãe.
Entro no carro depressa e disparo para o Intercontinental. Penso em mandar uma mensagem para Jacob, mas não tenho tempo. Preciso encontrá-lo antes que seja tarde demais. E não é seguro mexer no celular dirigindo.

Por que é tão difícil encontrar os estacionamentos dos hotéis? Cogito estacionar na rotatória da entrada e deixar que eles descubram como mover meu Camry usado. Mas a última coisa de que preciso agora é que chamem um guincho. Quando eu alcançar Jacob, vamos precisar desse malandrão aqui para nos levar na direção do pôr do sol para o nosso felizes para sempre.

Então pego um bilhete na máquina e estaciono na área de visitantes — vou deixar para me preocupar com o valor mais tarde. Desço três lances de escada e finalmente chego ao saguão.

O lugar é enorme e amplo, e examino toda a área procurando meu homem. Há várias pessoas usando ternos, conversando, esperando com suas bagagens, cuidando de suas vidas. O que, felizmente, torna muito mais fácil encontrar Jacob.

Em um canto, perto do bar do hotel, há um grupo de asiáticos provocando mais comoção do que qualquer outro. Espectadores curiosos os observam enquanto uma dupla de cinegrafistas filma dois jovens de pé lado a lado. Eles estão meio abraçados, de frente um para o outro, com os braços estendidos e as mãos nos cotovelos. A pose é tão estranha quanto aquelas poses forçadas dos bailes da escola, e uma sensação de alívio me invade quando me lembro de que eles estão apenas atuando.

Certo?

Jacob e Min-Kyung não são um casal, repito mais uma vez para mim mesma. Com toda a pressão que o estúdio está fazendo e a iminente renovação do contrato, Jacob não está pensando direito. Também tem a decepção de eu tê-lo deixado sozinho. E o fato de que Min-Kyung é incrivelmente linda. Então não faz mal dizer alto e bom som para o universo algumas vezes mais: eles não são um casal. Eles não são um casal.

Olho para os dois se abraçando, e desta vez tenho a impressão de que o gesto é menos forçado. Será que estou vendo coisas? Pare. Não é natural fazer essa pose na frente das câmeras e dos fãs. Isto não é real.

Novamente sinto aquela pontada de irritação por Jacob ter que fazer isso quando as câmeras estão ligadas e todos os olhos se voltam para eles. Mas eu decidi, antes de embarcar nessa jornada insana para conquistar meu homem, que vou apoiá-lo nessa. E estarei ao lado dele se as coisas ficarem insuportáveis. Preciso confiar nele e não fazer como no passado, quando perdi o controle.

Flashes disparam e os cliques das câmeras soam alto, mesmo em meio à conversa dos grupos reunidos no saguão. Hae-Jin está de lado, como um cão de guarda bravo. Observo a situação para planejar o próximo passo.

Não posso simplesmente ir até lá e fazer uma cena falando pro Jacob que o amo, que apoio suas escolhas e que vamos descobrir juntos como levar o relacionamento a distância, enquanto ele me pega em seus braços, me abaixa e se inclina para me dar o beijo mais romântico e desajeitado de todos os tempos. Nota para mim mesma: quem sabe eu possa adicionar um tapa dramático em Minky nessa cena imaginária, já que estamos nessa. Seria tão satisfatório.

Mas também não posso só ficar parada ali, observando. Porque isso é meio bizarro. E o estacionamento é cobrado a cada quinze minutos.

Me aproximo deles, caminhando ao longo do perímetro do saguão, e me escondo atrás de um grande fícus em um vaso coberto com luzes cintilantes. Ninguém vai me ver aqui.

Hae-Jin chega perto de Min-Kyung para sussurrar algo em seu ouvido. Ela examina o espaço e juro que seus olhos pousam em mim, escondida atrás da planta, apenas por um breve segundo, e depois continuam perscrutando o saguão. Me repreendo por ser tão paranoica e espero a oportunidade de me mover.

O que vão fazer, me chutar para fora? Posso reservar um quarto com o cartão de crédito exclusivo para emergências que minha mãe me deu. Tenho todo o direito de estar aqui.

Min-Kyung assente de leve para Hae-Jin. Mas não ligo para isso, porque só o que importa é que Jacob aproveitou este momento para digitar algo no celular. Ele está sorrindo — um sorriso doce de quem está escondendo um segredo. Esse sorriso pertence a mim.

Olho para o meu celular e abro minhas mensagens. Meu coração dá uma cambalhota completa quando vejo três pontinhos piscando ao lado do nome de Jacob na tela. Ele está digitando algo, provavelmente declarando seu amor por mim. Óun, que romântico.

Quero saltitar para chamar sua atenção. Quero gritar para que ele me veja, me reconheça e atravesse o saguão correndo até mim, para me levantar em uma pose digna de *Dirty Dancing*.

Olho para o celular, mas os pontinhos desapareceram. Não recebo nenhuma mensagem. Quando volto a olhar para eles, congelo.

Min-Kyung está mais perto de Jacob. Perto demais. Alerta. Perigo. Fique longe do meu homem.

Ela leva as duas mãos com unhas perfeitas ao seu rosto, segurando suas bochechas em um gesto carinhoso. E, antes que eu possa piscar ou gritar, ela o agarra e o puxa para um beijo. Cheio de paixão. Molhado. E, para o meu horror, ele não recua.

Isto é muito mais do que o estúdio está exigindo, não é? Tipo, ele não impediu o beijo, mas tecnicamente também não está a beijando de volta. Do contrário, seus braços estariam em volta dela.

Mas ele não a afasta.

Merda.

A dúvida me atinge feito a maior onda do oceano, me fazendo submergir. Talvez Jacob tenha mudado de ideia, no final.

Relembro todos os momentos que vivemos juntos. Os beijos. As risadas. As conversas. A compreensão me acerta no rosto enquanto continuo revisitando as cenas para provar que estou errada.

A ficha finalmente cai. Jacob nunca me disse que me ama.

Eu falei.

Mas ele não falou de volta.

E por que falaria? Eu estava namorando o babaca que infernizou sua infância. Fui tomar *bubble tea* com o cara cuja mera presença o desequilibra, e nem me preocupei em avisá-lo sobre isso. Eu me declarei para ele, mas não mostrei que me importo. Depois o mandei ir embora e o deixei sozinho. Eu o afastei de todos os jeitos possíveis, assim como fiz três anos atrás.

E Min-Kyung veio ajudá-lo a recolher os caquinhos.

Ele não precisa de mim. Ele tem... ela. Ele não está fingindo. Ou talvez esteja fingindo que está fingindo. Balanço a cabeça, tentando me desvencilhar de todas as dúvidas. Só que elas se agarraram aos meus neurônios e não querem desgrudar. Uma coisa é certa: não sou a única beijando Jacob Kim. E isso faz de mim a maior trouxa do mundo. Me afasto da planta e sinto o recinto girar.

Um cutucão no meu ombro me arranca do delírio.

— Senhorita, temos que escoltá-la para fora da propriedade. — A voz grossa do segurança de terno escuro ressoa no meu cérebro.

— Espere, o quê? Por quê?

Nunca fui escoltada para fora de lugar algum. Será que eles vão me segurar pelos braços e me chutar pela porta para que eu caia de joelhos, gritando para Jacob me aceitar de volta e me levantar? Será que vão me algemar?

— Fomos avisados de que a senhorita não tem autorização para estar aqui, e que é uma ameaça para uma de nossas convidadas.

Ameaça? Tenho um metro e meio e peso quarenta e cinco quilos.

Minha mente oscila entre irritação e medo, misturados com confusão. Será que eles acham que eu sou um daquelas fãs *sasaeng*, que posso ser perigosa?

Lanço um olhar rápido para Jacob e sua comitiva. Ele está de costas para mim, inclinado com os braços em volta de Min-Kyung. Os olhos dela se fixam nos meus enquanto sussurra algo no ouvido dele. Não consigo ler seus lábios mas, de um jeito dramático, parece que ela está dizendo... *Eu te amo*. Ela não está olhando para ele. Não está olhando para a câmera. Ela está olhando diretamente para mim.

Não. Não, não pode ser. É uma cena. Eles estão atuando. Isto não é real. Ele nem gosta dela. Ele gosta de mim. Ele pode não me amar. É difícil saber, já que ele nunca falou. Por que ele não falou?

— Senhorita, peço mais uma vez para que saia antes que nós...

Não consigo mais ficar aqui vendo isso. Jacob beijando Min-Kyung enquanto eles trocam palavras de amor e carinho. Provavelmente as mesmas palavras que ele disse para mim, com exceção do "Eu te amo", claro, porque ele nunca se declarou, digo a mim mesma mais uma vez.

Sinto um enjoo, que logo sobe para a minha garganta. Preciso ir, preciso sair daqui. Não sou bem-vinda.

Disparo sem olhar para trás. O caminho mais curto para a saída é uma linha reta pelo saguão, passando por Jacob. Não faz mal. Ele ainda deve estar com os lábios grudados nela, de olhos fechados. Penso nos seus cílios longos e grossos e em como repousam em seu rosto quando ele fecha os olhos. Quero pegar uma tesoura e cortá-los fora.

— Hannah?

Sua voz perfura o caos na minha cabeça e eu tropeço. O piso de mármore consome minha visão. Estou prestes a cair, e vai ser épico e vai doer pra caramba. Pode até haver sangue. Vou perder os dentes. A conta do dentista vai ser gigantesca.

De repente, mãos me agarram e me salvam da minha queda e do meu fim.

Jacob.

Me viro, preparada para lhe dizer umas verdades e depois lhe dar o mais apaixonado dos beijos, marcando-o como meu para que o mundo todo veja. Posso lutar por ele. Vou lutar por ele!

Mas, quando olho para as mãos me segurando, um rosto desconhecido e um pouco preocupado me encara.

— Ei, está tudo bem? Você quase caiu. — Foi apenas um gesto aleatório de bondade vindo de um completo estranho, que me impediu de ir de cara no chão.

— Hum, estou bem, obrigada — digo, hesitante.

— Você devia tomar mais cuidado, pode se machucar.

Eu devia tomar mais cuidado... com meu coração. Com minhas expectativas. Com minha confiança.

— Hannah — Jacob me chama, se aproximando.

Me afasto do desconhecido e saio andando. Não posso falar com Jacob agora. Não posso confrontá-lo. Estou envergonhada demais, magoada demais e com medo demais da verdade.

Logo estou correndo.

Cruzo a porta correndo.

E vou até o estacionamento correndo.

Ouço passos atrás de mim, mas estou determinada e mortificada demais. É uma combinação poderosa, e ninguém vai me pegar.

Subo as escadas até o terceiro andar do estacionamento e enfio o bilhete na máquina de pagamento junto com uma nota de cinco dólares. Não espero o troco. Posso não ir ao Starbucks amanhã e quem sabe sobreviver.

Dou a partida, pronta para dirigir para longe do passado doloroso, do presente confuso e do futuro impossível. Pronta para esquecer o romance a longa distância. O reencontro dos melhores amigos de infância que acabaram se apaixonando. O rosto que faz meu coração se expandir além de sua capacidade.

Tudo isso é difícil demais. O amor não deveria ser assim tão difícil.

Talvez eu devesse só cuidar das minhas feridas e fazer o que for preciso para tornar minha vida fácil, para que as coisas voltem a fazer sentido de novo. E dizer adeus ao verão.

Então sigo na direção de casa, exatamente a direção oposta a Jacob Jin-Suk Kim.

capítulo vinte e três
Jacob

Não consigo tirar a expressão de Hannah da cabeça. Fiquei surpreso ao vê-la aqui no hotel. Depois, desesperado ao assisti-la prestes a cair, correndo pelo saguão. E, por fim, extremamente irritado ao testemunhar aquele cara colocando as mãos nela para impedir que se machucasse.

Mas então ela se virou por apenas um segundo, e vi confusão misturada com mágoa quando seus olhos encontraram os meus. Estremeço e engulo a preocupação. Preciso encontrá-la para podermos conversar.

Por que esse Uber está demorando tanto?

— Jin-Suk, espere Hae-Jin pegar o carro, só vai levar uns minutos — Min-Kyung fala atrás de mim.

Não me viro para ela. Não quero nem a olhar. Que porra ela estava pensando quando me beijou? Ela sussurrou "Eu te amo" no meu ouvido e eu me afastei na mesma hora. Ela mal suporta ficar perto de mim, então por que diabos falou isso? Não acredito nem por um minuto que foi porque ela pensou que as câmeras estavam gravando. Conheço seu lado manipulador muito bem, e se tem uma coisa que Min-Kyung não é, é descuidada. Ela calcula cada movimento. Então o que foi aquilo?

Será que foi por isso que Hannah correu daquele jeito? Será que ela nos viu?

Mesmo assim, Hannah me conhece. Ela sabe que isto não é real. Eu contei para ela o que o estúdio quer de mim e o quanto eu odeio isso. Estou enlouquecendo tentando entender. Cadê essa porcaria de Uber?

O Suburban preto para na nossa frente e um homem de terno escuro desce para abrir a porta.

— Entrem — Hae-Jin manda.

Sua cara diz que eu não tenho muita escolha, então entro, com Min-Kyung logo atrás.

— Vamos levar você à residência dos Cho. Mas você só vai ter trinta minutos, e depois vamos para o aeroporto. Estou falando sério, Jin-Suk. Não vou tolerar suas birras infantis e seus dramas adolescentes — Hae-Jin anuncia, em um tom cuidadosamente controlado, mas a tensão em sua mandíbula e em seus olhos a entregam. Ela está furiosa e de saco cheio de mim.

O alívio que sinto me surpreende. Talvez eu queira mesmo que ela fique de saco cheio de mim. Isso talvez simplifique a minha vida.

— O que é que a Hannah estava fazendo aqui? E por que ela fez aquela cena correndo daquele jeito? As pessoas devem ter se perguntado quem era aquela fã doida e descontrolada. Se eu fosse ela, estaria morrendo de vergonha — Min-Kyung diz. — Sério, quantas vezes uma garota pode se fazer de trouxa?

A raiva vai crescendo dentro de mim, testando os limites da minha paciência. Minhas narinas dilatam e minha

respiração fica pesada enquanto tento manter a boca fechada. Ela não tem o direito de falar mal de Hannah. Não mesmo.
— Por favor, por favor. Cala a boca — digo.
Se ela responder, não vou conseguir me controlar. Não quero brigar agora. Com a sorte que tenho, Hae-Jin vai fazer o carro dar meia-volta e seguir direto para o aeroporto. Não posso arriscar. Preciso falar com Hannah.
O céu já escureceu, mas ainda há trânsito na rodovia. As luzes vermelhas dos carros freando em intervalos aleatórios me mantêm distraído até chegarmos em casa.
Casa.
Minha casa não é em Seul, onde eu trabalho. É aqui, em San Diego, onde Hannah está.
Penso na pergunta da minha mãe. O que eu quero? Sei a resposta. Eu quero estar em casa.
O carro mal para na garagem e já estou descendo. Entro todo atrapalhado. A casa está quente e tem um cheiro familiar de alho, temperos, comidas gostosas. E as risadas vindas da sala conforme os apresentadores do programa de auditório coreano falam ao fundo me inundam de conforto.
Casa.
Todos os olhos se voltam para mim quando entro depressa. Sobrancelhas questionadoras se erguem, bocas se escancaram, surpresas ao me ver nesse estado, desesperado para ver Hannah. Mas ela não está ali com nossas mães e Jin-Hee.
— Cadê a Hannah? — pergunto, sem fôlego.
— Ela não está aqui — a mãe dela responde.
— Não faz muito tempo que saiu — minha mãe diz.
— Ela foi ao luau do acampamento de salva-vidas com... aquele tal de Nate — Jin-Hee completa, com os olhos

arregalados de preocupação. — Mas ela jurou que só ia pegar uma carona com ele e nada mais.

— Onde é? — pergunto.

Minha voz sai alta demais, mesmo com a TV em um volume exagerado. Não me importo com Nate. Preciso falar com Hannah.

A sra. Cho se levanta e passa por mim a caminho da cozinha. Ela me entrega um panfleto com desenhos de pranchas de surfe e ondas, em que se lê "Venha se despedir do verão" no topo. O luau vai acontecer em uma praia, a Torrey Pines Beach, e depois vai rolar uma festa no Mount Soledad. Por um instante, passa pela minha cabeça que visitar o Mount Soledad à noite era uma das coisas da minha lista. Dizem que ele tem uma das melhores vistas para a cidade. Era lá que eu queria me declarar para Hannah.

— Certo, Jin-Suk. Você veio, e Hannah não está. É hora de irmos para o aeroporto — Hae-Jin diz.

—Aeroporto? — A surpresa na voz da minha mãe me pega desprevenido. — Hoje? Pensei que você ia embora amanhã. — Ela me olha preocupada, com as sobrancelhas franzidas.

— Desculpe, *umma*. Foi tudo de última hora. Eu ia te ligar. — Olho para Hae-Jin, que está com aquela cara séria, e para Min-Kyung, furiosa, e, naquele instante, tomo a decisão que pode me ferrar, mas que me parece cem por cento certa.

— Mas, como mudei de ideia e decidi ficar, nem me dei ao trabalho. Não queria te deixar preocupada.

— Jin-Suk. — A advertência no tom de voz de Hae-Jin é algo que não passa despercebido.

— Você é um idiota — Min-Kyung diz. — Vai ser o seu fim. Você está basicamente cavando a cova da própria carreira. Será que não entende? Com toda a competição desse meio, basta um passo em falso com o estúdio pra você ser substituído assim. — Ela estala os dedos, e o som ressoa pela sala silenciosa.

A TV foi desligada. Todos os olhos estão em nós. Minha mãe está de pé agora, mas não se move. É a minha deixa. Ela está me permitindo fazer a minha escolha.

— Entendo, sim. Entendo que é impossível trabalhar com você, e você pode se considerar sortuda se encontrarem alguém disposto a me substituir. Mas tenho certeza de que logo vai haver algum novo ator saindo do Programa de Formação, e depois outro e mais outro. Você devia se preocupar mais é com a própria carreira, em vez de ficar insistindo na minha. Não precisa se repetir, eu entendi da primeira vez. Só levei um tempinho pra me decidir. Mas agora eu sei.

Paro de falar e fecho os olhos, tomando um segundo para pensar direito no que estou prestes a fazer. Abro os olhos de novo e tenho a impressão de que estou vendo claramente pela primeira vez em muito tempo.

— Eu tenho limites. Sei o que estou disposto a fazer ou não pelo estúdio, por esta carreira e por mim mesmo. E os últimos dias foram muito além do que era esperado em termos de atuação e publicidade para uma série. Estou disposto a cumprir meu papel. Não estou disposto a magoar as pessoas que são importantes pra mim.

— Não seja ridículo. Pense com cuidado no que está fazendo, Jin-Suk. Você pode acabar em uma posição em que não quer estar, e não vai poder voltar atrás — Hae-Jin diz. — Além disso, você está sob um contrato.

— Sobre isso... — minha mãe intervém. — Tive um tempinho pra revisar o contrato e pedir a segunda opinião de um advogado, nosso amigo da igreja aqui em San Diego, especialista em contratos de Talentos. Para a nossa sorte, parece que a única obrigação de Jacob em seu contrato atual é gravar a série e fazer marketing e publicidade dentro de expectativas razoáveis. Imagino que ninguém vai julgar que as coisas que estão sendo exigidas do meu filho ultimamente se enquadram em expectativas razoáveis. Eu detestaria que o público ficasse sabendo como o estúdio tem tentado manipular os fãs com um romance falso. E como ainda não assinamos o contrato da nova temporada, como é que vão explicar seu sumiço no meio da série? Se vocês querem tanto que a gente coopere, acredito que precisam cooperar também.

Hae-Jin estreita os olhos, e o olhar que ela lança para a minha mãe é cortante. Mas minha mãe sorri, sem se abalar com a raiva direcionada a ela.

— Vocês estão arruinando as chances de Jin-Suk ser contratado de novo. Diga adeus a essa carreira, neste estúdio ou em qualquer outro.

Minha mãe se vira para mim, e solto um suspiro de alívio enquanto assinto. Isso é exatamente o que quero.

— Bem, agradeço a informação. Agora, parece que vocês têm um voo para a Coreia para pegar, e não queremos atrasá-las. Meu filho, no entanto, vai permanecer aos meus cuidados pelo restante de suas férias programadas. Voltaremos para terminar a temporada como planejado.

Mais duas semanas. Minha mãe nos conseguiu mais duas semanas.

O silêncio na sala é ensurdecedor. Ninguém se mexe, exceto minha irmã, que olha de mim para a minha mãe e para Hae-Jin como se estivesse assistindo a uma partida de tênis com três jogadores.

— Muito bem — Hae-Jin retoma em uma voz fria e pragmática, sem demonstrar emoção. — Nos vemos na Coreia. Por favor, vá direto para o estúdio assim que chegar. Já antecipo que os executivos vão querer conversar sobre essa... bagunça... que você criou este verão. Já tivemos a dor de cabeça de lidar com o tio de Jacob, e agora... isto? Eu definitivamente recomendo preparar seu advogado. Mas, até lá, aproveite o resto das suas férias.

Ela faz uma breve reverência e se vira para sair. Min-Kyung me encara, e seus olhos são como adagas. Só que, para o meu alívio, ela fica em silêncio. Apenas contorce os lábios de desgosto e balança a cabeça com decepção.

— Acho bom você dar tudo de si assim que voltar — ela diz.

Se eu não estivesse tão aliviado por ela estar indo embora, eu daria risada. Mas vê-las colocando os sapatos e saindo de casa libera toda a minha tensão. Me jogo no sofá e solto um suspiro profundo.

— Bem, agora que isso foi resolvido, que tal pegarmos os casacos e nos apressarmos? — a sra. Cho pergunta.

Me sento e balanço a cabeça.

— Preciso falar com a Hannah — digo.

— Sim, exatamente. E quem você acha que vai te levar até ela? — Ela agita as sobrancelhas para mim.

Penso nas minhas opções. Posso chamar um Uber, mas não sei direito para onde ir. Eu poderia demorar muito para encontrar Hannah, e como ela está com Nate, não tenho tempo a perder. Sinto um aperto no peito ao pensar em Hannah e Nate juntos. Cerro a mandíbula, absorvendo toda a raiva.

Só que, se eu chegar com nossas mães e minha irmãzinha, isso pode afetar minha imagem e provavelmente estragar minhas chances de reconquistar Hannah. Como ela vai se sentir se sua mãe aparecer em um evento com seus amigos?

— Jacob, vamos lá. Não fique aí parado feito um cachorrinho perdido. Precisamos encontrar a Hannah. Coloca seus sapatos de príncipe encantado e bora — Jin-Hee diz.

Está decidido.

Corro para a porta, enfio os pés nas chinelas e me viro para sair.

— Ai! Não! Você não pode ir conquistar sua garota com essas chinelas. Não te ensinei nada? — Minha mãe me dá um tapinha no braço e se abaixa para pegar sapatos extremamente brilhantes e desconfortáveis.

— *Umma*, não! Ele não pode usar isso. Vai parecer um *ajusshi*. Hannah e seus amigos vão dar risada desses sapatos de velho — Jin-Hee replica, batendo na testa.

— Aqui, Jacob, pegue esses — a sra. Cho sugere, me oferecendo meu All Star. — Hannah gosta desses. Ela tem um par cor-de-rosa. Agora, vamos. — Ela me dá um empurrãozinho e nos arrasta para fora.

Beleza, Hannah. Não faço ideia do que vai acontecer, mas espero que você me dê uma chance de te falar como me sinto... e espero que tudo termine com um beijo (que *não* role enquanto nossas mães estiverem nos vendo, de preferência).

Me remexo no banco de trás e olho para o relógio. Meu coração bate a um quilômetro por minuto — pelo menos uma coisa aqui está se movendo em um ritmo decente. A sra. Cho é a motorista mais lenta de todo o universo, e começo a me perguntar se Hannah já vai estar em casa de pijama... dois dias depois... quando chegarmos ao nosso destino. Hannah, lógico, provavelmente diria que eu não posso falar nada, considerando que eu e a sra. Cho competimos (lentamente) pelo título de maior tartaruga na direção.

Não consigo conter o sorriso que se espalha pelo meu rosto só de pensar em Hannah me provocando. Como é que sequer cogitei ir embora mais cedo? E como foi que sobrevivi três anos sem ela na minha vida? O que sei com certeza é que isso não vai acontecer de novo.

— Essa coisa toda de conquistar sua garota é fofa e estou superanimada por ser a Hannah, mas, hum... será que você poderia não sorrir desse jeito esquisito? Está me deixando desconfortável.

Irmãs. Aff.

Subimos a estrada sinuosa até chegarmos ao estacionamento no topo do Mount Soledad. Quando era criança, sempre via a cruz iluminada ali em cima e ouvia o que as pessoas "faziam" lá à noite. Mas esta é minha primeira vez aqui. É lindo, e por um tempo fico apenas olhando para o lugar, tentando me orientar, quando noto um grupo grande de pessoas ao lado do estacionamento, fazendo bastante barulho com suas risadas e conversas altas. Que jeito de estragar o clima.

Solto o cinto de segurança e, antes que eu abra a porta do carro, minha mãe estica o braço e coloca a mão no meu joelho. Me preparo para ouvir todo um discurso sobre como devemos nos proteger, como beber álcool é pecado e fazer sexo antes do casamento é ruim aos olhos de Deus. Mas não estou preparado para o sorriso gentil que ela me dá.

— Jacob, você sabe o que quer. Sabe o que merece. Agora, vá dizer a ela tudo o que sente. Vai dar tudo certo — ela garante, apertando meu joelho.

Assinto e engulo o nó na garganta.
Olho para a sra. Cho, e ela abre um sorriso que acredito ser de aprovação.
Depois, olho para Jin-Hee, que faz um joinha.
— É agora ou nunca — digo.
Vou até o grupo de adolescentes, reconhecendo alguns rostos familiares que vi por aí este verão. Está escuro o bastante para que ninguém me note logo de cara, ou perceba que Kim Jin-Suk está ali no meio deles. Corro o olhar pelo grupo e vejo a cabeça enorme de Nate Anderson.
Hannah está na frente dele. Perco o fôlego ao vê-la sob o luar e a cruz do Mount Soledad. Ela é linda. E, a julgar pela sua expressão, não está nada feliz.
A princípio, meu coração crepita com uma raiva ardente de ciúme. Depois, ele se comprime de tristeza por eu tê-la colocado nessa situação. Então ele vai subindo como um balão de ar quente quando percebo nitidamente o que está acontecendo aqui: Hannah não quer estar com Nate.
Respiro fundo e sigo na direção deles.
Enquanto me aproximo, a mão de Nate se fecha no braço de Hannah e ele a puxa para si. Ah, não. Ele está inclinando aquela cabeça gigante para lhe dar um beijo. Mas, no último segundo, Hannah abaixa o rosto. E não levanta o queixo para encontrar os lábios dele.
Nate coloca a mão na bochecha dela, tentando fazer com que Hannah olhe para ele. Se liga, cara. Ela não está a fim. Ela não está a fim de você.
Aperto o passo e abro caminho entre a multidão.
— *Oppa*, é você. Você veio. — Ouço uma voz aguda e arrastada. Uma garota agarra meu braço.
Eu me livro dela só para ser agarrado por outra pessoa.

— Eu te amo, Won-Jin. Você não faz ideia do quanto sou obcecada por você — outra garota diz.

Ela está perto demais, e seus lábios tocam minha orelha. Ela só consegue enxergar o personagem da série. Afasto-a com gentileza, olhando para além dela, tentando encontrar Hannah.

Ela tem ambas as mãos no peito de Nate, e eu fico estático. Não, não faça isso, Hannah. Não toque nele. Então vejo que suas sobrancelhas estão franzidas e seus lábios se mexem freneticamente. Nate levanta as mãos, como se não entendesse o que ela diz.

Então ele segura os braços de Hannah, que dá um pulo de surpresa.

Disparo. Quando os alcanço, Hannah se vira com os olhos arregalados. Estou cego de raiva.

— Tira as mãos dela — digo.

Nate mal percebe o que está acontecendo. Assim que ele vira a cabeça para mim, eu recuo um punho, dou um passo à frente e acerto um soco bem na cara dele.

— Ai, porra — ele fala, esfregando a bochecha.

— Ai, porra — eu falo, esfregando a mão.

Ouço uma comoção atrás de nós. De repente, minha mãe e a sra. Cho estão batendo em Nate com suas bolsas.

— Toma isso! Não toque na Hannah! — a sra. Cho diz.

— Vá embora, seu *nappeun saekki-ya* — minha mãe vocifera. Ouvir aquelas duas xingarem Nate me deixa mais feliz do que o esperado.

— Parem! Suas malucas! — Nate exclama, com os braços erguidos para proteger a cabeça.

Elas não batem forte e devem parecer mais mosquinhas zumbindo em volta dele. Mas suspeito que seu ego esteja sendo atingido.

— Jacob, o que você está fazendo? — Hannah grita, se colocando entre Nate e eu.

— Esse babaca aí não aguentou ouvir um "não" — digo, segurando minha mão provavelmente quebrada.

Mantenho a atenção em Nate, esperando que ele avance sobre mim, mas torcendo para que não. Sabia que ele tinha uma cabeça de concreto. Até parece que vou conseguir lhe dar outro soco. E, pelo jeito como minha mão está latejando, acho que jamais vou conseguir socar mais ninguém na vida.

Por sorte, nossas mães têm Nate sob controle.

— Eu estava lidando com a situação — Hannah diz.

— *Umma*, sra. Kim, parem de bater nele. Mãe, essa bolsa é da Coach.

Ela se vira para mim. Seu rosto está contorcido em uma careta e suas narinas estão dilatadas feito as de um touro furioso. E toda essa raiva é direcionada a... mim?

— Ele estava com as mãos em você, te agarrando, tentando forçar um beijo.

— Que exagero. E eu posso lidar com Nate, aff. — Você não pode aparecer aqui do nada e bater nele como se fosse um Neandertal. Ele tem o dobro do seu tamanho.

— O dobro, não. Talvez uma vez e meia o meu tamanho — comento.

Abaixo a cabeça, incapaz de olhar para Hannah defendendo-o desse jeito. Cheguei tarde demais.

— Ouça, Jacob. Nate estava tentando me beijar, sim...

Viro para o outro lado. Não quero que Hannah veja meu sofrimento quando me disser que escolheu ficar com ele. Quando me disser que é tarde demais.

— Mas eu falei pra ele que não podia fazer isso. Nate sabe o que sinto por você. E mesmo se você, sei lá, mudou de ideia sobre mim, eu não seria capaz de sair correndo pros braços de outro cara.

Giro a cabeça com tudo para garantir, para ler em seu rosto, que ouvi direito.

— Boa garota — a mãe dela solta. — Esperta.

— Hannah. — Minha voz é quase um sussurro. Sou tomado pelo alívio e mal consigo falar.

— Não quero o Nate. — Ela olha para o grandalhão. — Desculpa, não quis ofender, Nate. Você é um ótimo cara, mas as coisas nunca dariam certo pra nós.

— Pois é, sinto que talvez eu já estivesse em desvantagem antes mesmo das coisas começarem — Nate diz, olhando de mim para Hannah, massageando a mandíbula. Ele dá um sorrisinho para ela e se encolhe.

— Hum... Foi mal, cara. Não quis dar uma de pitbull pra cima de você — digo.

— Ah, tá tranquilo. Essa aí vale a pena. Vou entender isso como sua revanche pelo que eu te fiz passar quando éramos crianças. Eu mereço.

Então ele se lembra.

Nate estica a mão para mim. Desajeitadamente, cumprimento-o com a mão esquerda, a que não está latejando de dor.

— Sua mão. — Hannah pega-a gentilmente e a aninha nas dela. — Você está bem?

— Esquece minha mão, Hannah. Me desculpa por tudo. Desculpa por não ter tido coragem suficiente pra enfrentar o estúdio. Desculpa por não te defender publicamente quando os comentários na internet ficaram maldosos. Desculpa por deixar Min-Kyung me controlar e estragar nosso verão. Desculpa por você ter que ver a gente se beijando. Juro que não era real. Desculpa por ter te deixado aqui três anos atrás.

Respiro fundo e continuo:

— Mas estou aqui agora. E vou compensar o tempo perdido. Vamos descobrir um jeito. Por favor, me diz que está comigo. Que você acredita que a gente pode fazer isso funcionar. — Engulo todos os anos que passei sentindo medo da rejeição, de decepcionar as pessoas, me preocupando em não errar, sentindo saudade de Hannah. — Posso ter vindo pra San Diego pra curar meu tornozelo, mas, por sua causa, acabei curando meu coração.

A multidão à nossa volta solta um "Ahhh" em coro.

Encosto a testa na dela e sussurro:

— Sei que pareceu a fala de um roteiro, mas juro que é verdade.

Me afasto e a olho nos olhos para que tenha certeza de que estou sendo eu, e não atuando.

— Hannah, eu te amo. — Apenas nós ouvimos essas palavras.

Seus olhos cintilam com as lágrimas. Ela procura em meu rosto algum motivo para ter medo. E quando seus olhos encontram os meus, vejo todo o seu amor por mim. Ela me abraça. Eu a encontro no meio do caminho, nossos lábios se tocam, e nossas lágrimas se misturam.

Mal ouço a multidão de adolescentes à nossa volta explodindo em vivas e palmas.

— Bom, bom, isto é muito bom — minha mãe diz.

— Estou tão, tão feliz — a mãe de Hannah solta.

— É, eu realmente não precisava ver meu irmão enfiando a língua na boca da Hannah. Eca — Jin-Hee comenta.

Hannah se afasta e olha para mim. Sinto falta de seus lábios no mesmo instante. Seu rosto fica sério de repente, e, por um segundo, penso que ela vai mudar de ideia. Mas seus braços continuam nos meus ombros.

— Você trouxe nossas mães e sua irmã de doze anos pra uma festa do ensino médio? Pra me reconquistar? — Ela se esforça para parecer irritada, mas sua boca se contorce para conter o sorriso e a entrega.

Dou de ombros.

— Era a coisa mais importante da minha vida. Então trouxe pesos pesados pra me proteger.

Ela assente.

— Gostei.

Então me beija de novo.

— Eu te amo, Hannah Cho. Sempre te amei, e sempre vou te amar — digo.

Ela engole em seco e me olha com intensidade.

— Eu também te amo, Jacob Kim. E nunca mais vou te deixar ir embora.

epílogo
Jacob

— **Não sei como te falar isso,** mas não posso mais guardar este segredo de você. Sei que vai ser difícil ouvir, me desculpe por te fazer sofrer. Mas eu… estou morrendo.

É meio surreal fazer uma confissão de morte para a personagem que você deveria amar e pela qual lutou tanto. E quando você finalmente vai ficar com ela, bum, solta a pior notícia possível. Cara, os roteiristas de *De corpo e alma* sabem mesmo como dar um soco no seu estômago e apunhalar seu coração. Fico até emocionado ao fazer a cena. Mas não consigo me sentir tão mal, porque ela é meu passaporte para a liberdade.

Estou na Coreia há três meses, e as coisas não estão tão ruins quanto antes do verão. Primeiro, porque meio que parece que estou de férias, já que agora sei que não vou ficar por muito tempo. E tudo tem sido mais tolerável, porque tenho feito chamadas de vídeo com Hannah quase todos os dias desde que saí de San Diego. A diferença de fusos horários é um saco, mas demos um jeito. Ver seu rosto na tela não é o mesmo que vê-lo pessoalmente, mas é muito melhor do que o que tivemos durante aqueles três anos. Quando voltei de San Diego, a bomba tinha mesmo explodido. Hae-Jin não exagerou quando disse que eu estava ferrado. Os executivos do estúdio não estavam nem um pouco felizes. Mas conseguimos chegar a um acordo para que eu saísse da série. A empresa trabalhou duro para manter os detalhes debaixo dos panos. Mas eles vazaram para a *Reveal*, o grande portal de fofocas de celebridades, a possibilidade de eu deixar a série. Se eu não vou mais ser o protagonista da série mais popular do momento, as revelações do meu tio não são mais tão interessantes. Vamos ver o que vai acontecer. Ouvi dizer que não devem pagar nada para ele. Estou cruzando os dedos, já que pelo visto a empresa não vai lhe oferecer um tostão. Parece que ele apostou e perdeu.

E isso acabou pressionando os roteiristas a pensarem em uma reviravolta na história para explicar minha saída, então aqui estamos nós, filmando minha última grande cena com Min-Kyung. Meu personagem tem uma doença grave, incurável e desconhecida, e está morrendo. Depois disso, Won-Jin estará morto e enterrado.

— Nãooooo!

O grito atormentado que sai da boca de Min-Kyung faz todos os pelos do meu braço se eriçarem. O terror absoluto e a dor que ela consegue transmitir com essa única palavra é impressionante. Sem dúvida, ela foi feita para esse tipo de trabalho. Eu, no entanto, definitivamente não fui, e o alívio que sinto no instante em que o diretor berra "Corta!" me permite respirar de novo.

— Bom trabalho, pessoal. Vamos fazer uma pausa e retomar em vinte minutos.

Min-Kyung nem sequer fala comigo. Ela se vira e sai batendo os pés. Não me perdoou por estragar tudo. Mas eu não me importo. Só mais um dia e estarei livre dela, dessa série, dessa carreira e da Coreia... por enquanto.

Não sei direito o que vai acontecer depois. Mas sei que estou animado com as poucas coisas que resolvemos. Vou frequentar uma escola normal para terminar o último ano do ensino médio. Só não estou animado para ter aulas de matemática e ciências, que eu não estudo há anos. Mas estou empolgado por ter conseguido me inscrever nas aulas de arte que eu queria.

E estou empolgado para ficar em San Diego com Hannah.

Felizmente, não preciso esperar até lá para vê-la.

Olho para o canto e vejo o rosto que faz meu coração pegar fogo. Hannah veio me visitar na Coreia, algo que acho que nenhum de nós jamais pensou que fosse acontecer. Seu sorriso é doce e ela levanta o queixo para mim, impressionada com tudo o que acontece aqui no set. Não consigo evitar estufar um pouco o peito. Vou até ela, escondida nas sombras.

— E aí, o que achou? — pergunto.

— Você é tão bom, sério. Não acredito que Won-Jin está morrendo — ela diz, emocionada. — E preciso dar um pouco de crédito pra Min-Kyung. Ela realmente arrasa. É muito boa. Senti na *alma* aquele grito.

Coloco os braços em volta dela e me abaixo para beijar sua testa, seu nariz, seus lábios. Apesar de todas as chamadas de vídeo, não há coisa melhor que abraçar Hannah e sentir sua pele contra a minha. Solto um suspiro no meio do beijo.

— Só temos que filmar mais umas cenas, e depois a gente pode sair pra dar uma volta pela cidade de noite — digo.

— E não esqueci que te prometi uns *tteokbokki* e *patbingsu*.

Ela assente, se afasta e sorri.

— Ótimo. Eu diria que estamos na metade da minha lista de "Coisas pra fazer na Coreia", então é melhor nos apressarmos.

Hannah

As lâmpadas são fortes e deixam o estúdio quente, apesar do ar-condicionado ligado. Lembro de Jacob comentar que Min-Kyung gosta que o ambiente esteja sempre a uma determinada temperatura, senão ela tem um ataque de raiva. Uma parte de mim sente pena dela. A vida deve ser muito difícil quando se é infeliz assim, apesar de todos os privilégios.

Alguém vem passar pó na cara de Jacob. Ele vira a cabeça de um lado para o outro para liberar a tensão. Jacob é todo sério no trabalho, e tenho que admitir que acho sexy vê-lo assim.

É a primeira vez que venho a um estúdio de televisão. É a primeira vez que estou na Coreia.

É um país lindo, especialmente no outono. Sinceramente, não há nenhum outro lugar no mundo onde eu gostaria mais de passar o feriado de Ação de Graças do que com minha mãe e os Kim.

E meu pai.

Ele decidiu vir para a Coreia se encontrar com a gente, e tem sido ótimo estar com ele. Helen não conseguiu vir: está em Berkeley com o namorado, John. Mas ligamos para ela para desejar feliz Ação de Graças.

Minha mãe, meu pai e a sra. Kim andam empenhados discutindo planos de negócios. Elas vão abrir uma pequena cafeteria perto da praia em Del Mar, onde elas vão servir suas comidas coreanas favoritas. Não vai ser nada exclusivo nem inovador, só algo para elas poderem sustentar nossas famílias e se manterem ocupadas. E não há muitos restaurantes concorrentes no bairro. Acho que vai dar certo.

Jacob e eu também estamos atarefados visitando pontos turísticos pela cidade depois que ele sai do trabalho. Ele não tem mais tantas coletivas de imprensa ou outras demandas, agora que as coisas mudaram. Ninguém o pressiona a namorar Min-Kyung. Ela vai ter um "namorado" novo para a segunda temporada.

Fico no canto, nas sombras, tentando não atrapalhar. A cena de hoje é crucial e acabou de ser escrita, depois das férias de verão de Jacob. Won-Jin, o personagem de Jacob, vai revelar ao seu amor proibido que está morrendo. Só de pensar na mudança no enredo, meu frágil coração já dói. Primeiro, porque não quero ver Jacob contando para alguém que está morrendo, mesmo que seja encenação. Segundo, porque na verdade me apeguei bastante à relação de Won-Jin e Sun--Hee, e estava torcendo para que os dois finalmente ficassem juntos. Tenho certeza de que Min-Kyung vai fazer um excelente trabalho produzindo lágrimas e soluços para convencer a todos que seu coração está se partindo. Segundo Jacob, um novo personagem, o irmão de Won-Jin, vai surgir para reconfortá-la, e uma nova história de amor vai florescer para os fãs.

Daí, Jacob vai ter cumprido seu contrato e estará livre para seguir em frente.

Olho para o meu celular, cuja tela de bloqueio é uma foto da gente no nosso último dia em San Diego. Estou sorrindo. Nada de lágrimas. Confesso que estava um pouco preocupada quando chegou a hora de Jacob ir. É difícil se desvencilhar de velhos hábitos e emoções. Mas ele me garantiu que ia ficar tudo bem. E tudo está mais que bem desde então.

Jacob me ajudou a entender que, só porque alguém vai embora, não significa que deixou de te amar. Não significa que você tem que cortá-lo totalmente da sua vida e começar de novo com novas pessoas para preencher essa lacuna. Só significa que vocês estão longe e precisam encontrar novas maneiras de se comunicar e se manterem próximos.

Fiz chamadas de vídeo com Jacob quase diariamente até a minha viagem para a Coreia, e com meu pai, semanalmente. Em San Diego, faço questão de ligar para Helen algumas vezes por semana, e saio para jantar com a minha mãe todo domingo depois da igreja. A vida voltou a estar completa, e só precisei de um pouco de paciência, cuidado, esforço e amor.

Posso ter aprendido a lição com três anos de atraso, mas fez toda a diferença. Agora entendo. As pessoas se mudam, mas permanecem em nossos corações. E se você tiver sorte, sua alma gêmea vai te encontrar de novo um dia.

Sra. Kim e sra. Cho

— **A Coreia é tão linda** nessa época do ano — a sra. Cho diz, encantada.

— Sim, minha amiga, é mesmo. Vamos ter que voltar no ano que vem — a sra. Kim responde.

— Estou animada para os próximos passos. Nós duas estamos juntas de novo, prestes a abrir um negócio, e, bem, Jacob e Hannah se apaixonaram.

— Sim, sim. A gente já sabia que isso ia acontecer um dia, desde que éramos só duas melhores amigas grávidas ao mesmo tempo. — A sra. Kim dá uma risadinha, lembrando da juventude.

— Sabia mesmo. A vida tem seu próprio tempo, mas sempre abre uma brecha para que o coração e a alma encontrem o amor.

agradecimentos

Eu adoro ler os agradecimentos do autor no final dos livros. É fascinante e emocionante ver quantas pessoas são necessárias para apoiar tanto o autor quanto as palavras em suas jornadas. Mas, agora que é a minha vez, estou morrendo de medo de esquecer alguém. Então, quero começar com um genérico OBRIGADA. Obrigada a todos que me apoiaram e acreditaram em mim. Obrigada até a quem pensou que isso tudo era ridículo e que eu nunca conseguiria. Vocês todos fizeram isso acontecer, cada um à sua maneira.

Obrigada a todos que sabem muito mais que eu e que seguraram a minha mão com paciência e gentileza e me conduziram nesse processo.

A Taylor Haggerty, minha agente, de quem sou a maior fã histérica. Às vezes, preciso me beliscar para me convencer de que estou trabalhando com você, e não sonhando. Sua generosidade, seu conhecimento e sua paciência comigo e com todas as minhas perguntas e preocupações são muito, muito valorizadas. Obrigada por me tirar da beira do precipício. Tenho muita sorte de ter ao meu lado você e toda a equipe da Root Literary, a melhor do ramo.

A Stephanie Cohen, minha extraordinária editora, sempre a postos com seu olhar afiado e gifs do BTS. Este livro é o que é por sua causa. E a Bess Braswell, obrigada por acreditar em *Um drama de verão* desde o início. Sou tão grata! E às incríveis equipes editoriais, de marketing e comunicação e de design da Inkyard e da HarperCollins — é realmente preciso uma comunidade inteira para dar vida a um livro. E estou muito feliz por estarmos juntos nessa.

E agora um agradecimento aos amigos e à comunidade de escritores, que foram meu maior presente.

Todo o meu amor aos meus Kimchingoos, Jessica Kim, Graci Kim, Grace Shim, Sarah Suk e o honorário Mack Gully. Vocês não são apenas minha equipe de escritores, vocês são minha família, para o que der e vier. Ri e chorei demais com todos vocês. Eu não teria sobrevivido sem vocês. Nós vamos mudar o mundo com nossas histórias. *Hwaiting*!

Me parece quase demais desejar um grupo de amigos que são ao mesmo tempo parceiros de crítica incríveis *e* escritores que você adora ler *e* também são engraçados, atenciosos e perspicazes e transformam a conversa em grupo na *melhor que existe*. Então, sem dúvida, eu sei como sou abençoada por ter The Coven. Obrigada, Annette Christie, Andrea Contos, Auriane Desombre, Sonia Hartl, Kelsey Rodkey e Rachel Lynn Solomon. Eu amo vocês.

Aos Slackers… Dou risada toda vez que penso em como acabamos nos conhecendo. E continuo a dar risada praticamente todos os dias. Vocês são seres humanos extraordinários, escritores incrivelmente talentosos e, de verdade, a melhor rede de apoio que existe. Amo vocês, Alexis Ames, Elvin Bala, Ruby Barrett, Rosie Danan, Leslie Gail, Jen Klug, Jessica Lewis, Meg Long, Chad Lucas, LL Montez, Rachel

Morris, Mary Roach, Nancy Schwartz, Lyssa Smith, Marisa Urgo e Meryl Wilsner. Muito obrigada a quem esteve comigo desde o início. Quem aguentou a mim e todas as minhas dúvidas antes mesmo do livro existir. ☺ Tantos passos nesta jornada poderiam não ter sido dados se não fosse por cada um de vocês: Alexis Daria, Elise Bryant, Gloria Chao, Julie Abe, Tara Tsai, Sarah Harrington, Felice Stevens, BBE, AMMr3 e PW18.

E àqueles que estiveram presentes em alguns dos momentos mais impactantes da escrita deste livro: Tahoe Writing Retreat (Jess, Grace, Sarah, Julie), Ireland Writers Tour (Thao Le, Julie C. Dao, Rachel Griffin, Sarah, Rachel Greenlaw) e Madcap Retreat (Elise, Graci, Tracy Deonn, Yamile Mendez, Yasmine Angoe). Sou muito grata e me sinto muito inspirada por todos vocês!

À minha agente dos sonhos, Sarah Younger, e à minha editora dos sonhos, Rebecca Kuss. Vocês me deram conselhos e apoio que vão além de qualquer trabalho. Amo vocês!

Obviamente, este livro não existiria sem o meu profundo amor por K-pop e K-dramas, e compartilhar essa paixão e esse fandom com Kristin Dwyer, Lauren Billings, Sasha Peyton Smith, Axie Oh, Julie Tieu e tantas outras pessoas tem sido uma alegria *sem tamanho*.

E já que estamos aqui — eu já disse isso antes, e sei que muitos não vão entender, mas para aqueles que entendem (quem sabe, sabe)... obrigada ao Bangtan Sonyeondan. ☺ Vocês tiveram um grande impacto na minha vida, fosse me ajudando a encontrar partes da minha identidade que pensei estarem perdidas ou com minha saúde mental nos momentos mais difíceis. Vocês todos são um tesouro. O mundo é um lugar melhor porque vocês existem. *Borahae!*

A Jason e Adrian, obrigada por me amarem e me aceitarem como sou. Sou uma pessoa melhor por tê-los como amigos.

Sou eternamente grata à minha família: minha irmã, Sunny, que me apresentou o amor pelos livros e é provavelmente a verdadeira razão pela qual estou escrevendo; Wayne; Caleb; minha mãe, que tem o coração mais bondoso que já conheci e demonstrou um apoio incrível a essa carreira; e Chrissy, Bear e Buttercup, meus filhotes, que preenchem a minha alma. EU AMO VOCÊS DE TODO O CORAÇÃO. E ao meu pai, que está entranhado não apenas em minha vida, mas em toda a jornada deste livro. Desisti da minha carreira anterior para ir atrás deste sonho. Não sei se meu pai teria aprovado isso, mas a vida dele definitivamente foi um exemplo do tipo de coragem de que precisei para tomar decisões assim. Devo TUDO a ele. Eu te amo, *appa*. Sinto sua falta todos os dias.

E por último... um *enorme* obrigada a todos aqueles que vão ler este livro e dar uma chance à minha história. Muito obrigada. É uma honra. Vamos juntos nessa jornada! Prometo fazer de tudo para tornar cada novo livro melhor do que o anterior.

CONFIRA NOSSOS LANÇAMENTOS, DICAS DE LEITURAS E NOVIDADES NAS NOSSAS REDES:

- editoraAlt
- editoraalt
- editoraalt
- editoraalt

Este livro, composto na fonte Fairfield,
foi impresso em papel pólen natural 70 g/m² na Corprint.
São Paulo, Brasil, outubro de 2022.